As Estações de Demp Esmerald

e o Gato da Penumbra

Pablo Soares

As Estações de Demp Esmerald

e o Gato da Penumbra

partners coerência

DIREÇÃO EDITORIAL
Lilian Vaccaro

COORDENAÇÃO EDITORIAL
Bianca Gulim

ASSISTÊNCIA EDITORIAL
Jadna Alana

PRODUÇÃO GRÁFICA
Giovanna Vaccaro

CAPA
Fábio Dantas

DIAGRAMAÇÃO
Michael Vasconcelos

DADOS INTERNACIONAIS DE CATALOGAÇÃO NA PUBLICAÇÃO (CIP)

Soares, Pablo.
As estações de Demp Esmerald e o gato da penumbra / Pablo Soares.
– 1ª edição – São Paulo: Coerência, 2022

ISBN: 978-65-89850-29-8

1. Ficção brasileira 2. Fantasia I. Título

CDD: 869.3

Grupo Editorial coerência
partners coerência

São Paulo
Rua Coronel Leme, 43
Centro | Bragança Paulista | SP
12.900-340
www.editoracoerencia.com.br

Dedico a mim e a meu coração sonhador e curioso, ao meu espelho, que por algum motivo revive as memórias estranhas da minha cabeça, aos livros, que me deram conhecidos, e ao doce céu, que observo tanto.

Antes desse ponto, tudo é como um sonho. Não entendemos, mas queremos entender; não amamos, mas queremos amar. Às vezes, não queremos ter pais, no entanto não sabemos que estes também não sabem ser pais.

Somos um mundo perfeito e intocado, como um cristal de diamantes, e esperamos que todos compreendam nossa delicadeza e fragilidade.

Então nós sujamos.

É como se não tivéssemos família, e estamos sozinhos, dando prova do nosso próprio caráter.

Bem-vindos à infância.

Sumário

Inverno

1. O gato preto/Demp Esmerald 11
2. Barreiras do senhor nevado 23
3. Ruas finas e largas 33
4. Um final de dia complicado 45
5. Pesadelos no pântano 55
6. Assombrações têm assombrações? 67

Primavera

7. O começo com perdão 81
8. Mentiras reveladas 91
9. Desculpas corretas 103
10. Um final de dia agradável 113
11. Respostas repugnantes 119
12. Lobinhos no luar prateado 129

Verão

13. Corvos ruidosos 145
14. Final de filme lindo 157
15. Conforme os vestidos 169
16. Canções e violões 177
17. Resfriado tempestuoso 187
18. Nas profundezas dos mares 197

Outono

19. Luar com Cris 211
20. Um fim de noite perfeito 223
21. Personificação fantasiada 233
22. A peça desastrosa 245
23. Cartas cinza 257
24. Reflexos maldosos 269

Inverno II

25. Sequestros na penumbra 285

Nota do autor 295
Poemas Descartados 297
Agradecimentos 325

Inverno

1

O gato preto/Demp Esmerald

Os novelos eram encontrados por toda parte. As estantes estavam cheias de linhas diferentes, prontas para serem utilizadas por qualquer um que quisesse aprender a arte da costura. Havia também algumas tesouras nas prateleiras e máquinas barulhentas encostadas na parede. O piso era coberto por um carpete rosa, as estantes, feitas de madeira negra do sul. As janelas de carvalho, tampando os ataques do sol de verão, tinham uma coloração avermelhada como papoulas.

As idosas que viviam naquele vagão, sem um horário de trabalho, dormiam nas poltronas. Ali criavam novos tapetes, cachecóis e até mesmo linhas para roupas inteiras, pois o tempo era livre e vasto.

O trem possuía várias atrações diferentes, no entanto aquela conseguia chamar mais atenção entre os turistas. A gerente Karen, com seus cabelos curtos e loiros, usando joias grandes sem vida, gabava-se bastante desse fato. Muitos dos que visitavam o lugar foram pelo motivo que encantava até mesmo aqueles que já viviam ali por décadas.

As linhas rebeldes que se recusavam a se transformar em carpetes, shorts e saias ficavam espalhadas no chão, tristes e solitárias, sem direção para seguir, mortas. Contudo, quando um número considerável se juntava no pé de uma estante qualquer, uma vida se formava.

Solidários e carentes, procuravam outros iguais, formando pequenos montes multicoloridos, criando uma pequena criatura arco-íris ao se alinharem. Eram porcos de pelúcia, lulas, miniovelhas com pelagem colorida, dragões mágicos; animais vivos, porém sem coração e sangue.

Eles perambulavam pelo trem, ofuscando qualquer holofote. Karen era a única que não se admirava com aquele fenômeno mágico, sempre fingindo compaixão, mexendo as joias em desespero.

Os animais se esfregavam nas pernas e se acomodavam no colo das idosas e idosos que ali jaziam, deixando Karen com ódio no coração por ter sua atenção de gerente roubada.

Quem resistiria à tamanha fofura? Ninguém!

Em um dia chuvoso, com trovões caindo com brutalidade e gotas grandes da tempestade dando pancadas nas paredes, as idosas dormiam em suas camas. O vagão era dominado pelo silêncio, dando a deixa para a gerente Karen.

Karen mexia nas tesouras nas estantes, como que para cometer mais uma vez uns dos maiores crimes morais de toda sua vida. Via seu reflexo maldoso através da tesoura, passando de maneira psicopata a faca de dois gumes no cabelo loiro, pensando no que poderia fazer em sua salinha trancada...

Prestes a sair para seu cômodo privado, foi interrompida por um miado agudo e rouco. Vislumbrou algumas linhas negras se juntarem por cima do carpete rosa, unindo-se até formar um animal.

À sua frente um gato totalmente negro se formou!

Algo muito mais raro do que achar um tesouro no fim do arco-íris, protegido por um anãozinho irritante.

Suas linhas negras tremiam conforme andava em direção à saída ainda longínqua dali. Talvez se fosse um gato irritante colorido isso não afetaria sua maneira, porém esse não era o caso. A criatura à sua frente possuía pelagem preta e olhos de um verde profundo. Não era qualquer pelúcia viva do asilo. Era um milagre.

Ele agia de maneira indiferente a ela, ignorando-a por completo.

Karen correu atrás do felino, pronta para tirar uma foto e depois se vangloriar para seu pior inimigo: Ernesto Fundiguer, o dono da venda Loja de Brinquedos. Este roubava sua clientela desde o verão passado, com seus relógios falantes e bonecos que se mexiam. *Idiotas*, segundo Karen. Qual era a graça de ver um quebra-nozes andar?

Se apanhasse o gato e tirasse uma rápida fotografia, os turistas voltariam mais intensos ao seu aconchegante vagão. Seria o *marketing* perfeito para atrair mais pessoas.

No meio de sua corrida para pegar a pobre criatura, umas das portas se abriu, surgindo madame Charlotte Nora. Trajava vestes longas com tons pasteis, o cabelo amistoso e bem cuidado se exibia no topo da cabeça e uma única joia, a qual roubava todo o brilho das de Karen, pendia em seu pescoço.

Era um grande medalhão verde. Quadrado, com as bordas de ouro, fora esculpido com uma fenda negra no centro.

A maior fraqueza de Karen era seu jeito mesquinho; possuía inveja da madame, que sempre carregava ares formosos e rígidos. A aparição da mulher fez a gerente se distrair e deixar o animal fantástico sumir de vista.

Madame Nora era uma das mais antigas inquilinas do asilo, sempre se exibindo de maneira elegante com suas vestes leves e bonitas. Sua costura era perfeita e produzira muitas roupas pelo mundo; caras, porém fabulosas. Tinha um grande número de admiradores, muitos deles sendo do próprio trem. Quem precisava de gato quando se podia olhar para madame Nora?

Karen também possuía um outro motivo para odiá-la: as vestes de Karen sempre eram baratas e de pouca qualidade por causa de seu salário. Ainda assim, ela não podia expressar seu ódio. Boa parte da renda que vinha das visitas também era causada pelo charme *falso* de madame Nora.

– O que está fazendo? – questionou madame Nora com seu tom de superioridade.

Do lado oposto da porta carmim, um outro idoso apareceu; a roupa quadricular era igual aos óculos grandes e velhos. Robert se aproximou. Era o único que não *apreciava* madame Nora, mas isso por causa de sua velhice.

Ele preferia as jovens.

Robert se achegou, a mão enrugada apoiada ao ombro de Karen. Ela apenas fingiu simpatia com uma careta estranha.

– Não seja uma velha carrancuda. Está pior que o velho errático que fica só no sofá – retrucou ele.

Madame Nora com sua vaidade apenas o ignorou.

– Apenas encontrei um animalzinho adorável. Pena que estes não vivem muito fora do vagão em que nasceram. O mundo é perigoso do outro lado, e eu queria tirar uma foto com ele – respondeu Karen, forçando um sorriso.

Ela deu de ombros e Madame Nora fechou a porta com força. Karen em seguida jogou a mão do velho pervertido para trás, saindo aborrecida dali. Depois seguiu até sua salinha de gerente; a tesoura remexendo na mão perversa.

Já que a comissão dela não aumentaria, iria se divertir um pouco.

⁂

O gato incrivelmente negro continuou indo na direção da porta de saída, sem ninguém para atrapalhá-lo em sua missão. Suas patas leves de novelos o ajudavam a não fazer barulho.

Acabou se deparando com uma porta vermelha, tendo uma ideia simples em seu cérebro felino.

Desmontou-se em pequenas linhas pretas novamente, deixando pequenos cristais verdes de lado no carpete rosa – os olhos. Houve um estalinho e o portal se arrombou, deixando a passagem livre para ele. Formando-se em silêncio em um gato de lã mais uma vez, passou para fora do asilo.

Em seguida, andou pelo saguão principal: o salão em que os quartos de quem se hospedava no trem ficavam. O formato era circular abobadado e havia portas enumeradas decorando o local. Passou pela multidão, que o ignorou. Eles estavam muito ocupados em suas vidas vazias. O gato continuou, desviando de pernas e passando por baixos delas, ainda sem perder sua natureza majestosa.

Pulou na beira de uma fonte, sem se desviar do seu objetivo final, e atravessou reto pelo seu reflexo.

Prosseguiu até uma porta que dava diretamente no chafariz, repetiu o processo para adentrar no quarto trancado, tornando-se linhas negrumes, e entrou em um cômodo feio. Era feito de madeira já velha, mais velha que o próprio trem, e havia um cheiro estranho de queimado por toda parte.

Deslizou pela camada fina de poeira, passando ao lado do pé bobo que balançava em cima da cama de ferro, e pulou na cômoda, fazendo um pouco de poeira cair no rosto do garoto que dormia.

Ele tossiu algumas vezes, mas sem acordar.

Fitou de forma misteriosa o garoto de cabelos castanhos que descansava na cama: sua aparência era de um menino de treze anos. O nariz era grande e engraçado. Sua perna atravessava a grade de ferro da cama. O único barulho que ainda existia no quarto era o som da chuva forte batendo na janela, e alguns trovões.

A capa que ficava pendurada do lado do guarda-roupa, farfalhando sem o sinal de qualquer ventania, era transparente, mas um pouco acinzentada.

O felino continuo imóvel, dando toda a sua atenção ao menino. Saltou da cômoda depois de um tempo, deitando-se sobre o peito do garoto.

Agora dormia em seu coração como um guarda leal. Ele era um felino-lã e havia cumprido o que tinha de fazer.

Ele já poderia partir...

⁂

Demp acordou com um estrépito. A perna estava encaixada nas grades de ferro da cama, que batiam com muita força, fazendo-o cair no chão de tábuas sujas e feias. De cima, um par de pedrinhas verde-esmeraldas desceram, rolando junto com ele para o soalho.

Por algum motivo que desconhecia, seu peito estava doendo, porém o corpo todo estava em algum tipo de dormência. Teve dificuldade para se levantar.

Enquanto se tateava, percebeu uma camada fina de poeira que havia por toda parte do seu corpo, causando espirros frenéticos.

O cômodo era comum, e o chão, feito de tábuas de madeira podres havia demasiado tempo. Surpreendia-se que nenhum animal pulava de dentro daqueles vãos assustadores para atacá-lo. As paredes eram um pouco cinzentas e o peculiar cheiro de queimado incomodava seu nariz grande. A cômoda e o guarda-roupa eram os únicos móveis que ainda não estavam estragados pela velhice.

A cômoda estava nua, e o guarda-roupa, mofado.

Vislumbrou seu reflexo na porta do armário e percebeu o quanto seu nariz era comunal.

A única coisa que visualizou e avaliou como sendo interessante foi uma capa transparente acinzentada, depositada atrás dele, que farfalhava ao som da chuva como se dançasse pela tempestade.

— Tão bonita — comentou, percebendo que sua voz estava rouca.

Não deveria falar muito.

A capa não poderia ser considerada grande, alcançando a metade do joelho, todavia isso não o incomodou.

Decorando-a, pequenas estrelas brancas no rodapé a deixavam diferente de qualquer outra. Sem hesitar, vestiu-a. Sentia-se como um príncipe refugiado, fugindo do pai real que o obrigava a se tornar o próximo rei, correndo pela chuva, que dava socos em seu rosto e seu nariz comum.

Seu coração não batia pelo reino ou pela pretendente que seu pai o arrumara, mas por uma mulher da aldeia vizinha, camponesa simples, porém complicada de coração.

Agora estava rodopiando pelo quarto feio, que por alguns segundos virou um campo vasto, tendo algumas árvores de abetos de fundo. Mas aquele cheiro de incêndio sempre o trazia de volta como uma corda o segurando na realidade. Somente quando uma das suas piruetas o fez tropeçar em um vão das tábuas parou de tentar imaginar, caindo na cama; dura e nada confortável.

O corpo doeu com o baque.

Por alguns minutos, acreditou ser uma criança esperando sua mãe. Adorava imaginar, diferente dos adultos.

Existem crianças tão altas assim? Devo ser um adolescente. Ou um canário! Olhe o que posso ver: pequenas pedrinhas verdes! Será que são da cor dos meus olhos?, pensou ele.

Deitou-se sobre o cobertor e um estalinho desconhecido chamou sua atenção.

Ao lado da porta da saída, que ainda não ousara transpassar, uma mesa surgiu. Pequena e redonda. Nela havia um prato prateado com alguns biscoitos, que apanhou sem demora, faminto. E também um jornal cinza enrolado por uma fina tira cor de gelo.

Tirou a fita e enrolou em seu punho magro e esguio.

Ele saboreou um *cookie* e leu o periódico local.

Havia apenas uma pequena matéria:

> "Reunião no salão principal
>
> Todas as portas estão direcionadas ao mesmo local, a fim de dar notícias urgentes.
>
> Sra. Demp Esmerald, informamos que o treinamento de honra só se iniciará depois do Natal, porém seus pertences serão levados para o local apropriado hoje durante a reunião. Qualquer porta que abra também o direcionará ao dormitório, no entanto somente ao fim do encontro emergencial."

Sra.?, pensou. *Eu não sou uma mulher! Que ultraje!*

Após depositar os biscoitos e o jornal, a mesa começou a rodar e sumir, imitando sua vinda intrometida.

Para ser sincero, Demp estava tão perdido quanto antes.

Quando abriu a porta, o som da chuva se tornou abafado e foi substituído por murmúrios e cochichos de preocupação, contudo isso não afetou o sentimento de gratidão por estar em um lugar tão chique.

À sua frente havia um vasto salão redondo com milhares de portas pintadas e desenhadas pelo melhor pintor. No teto, quatro candelabros dançavam no ar em volta da grande e magnífica estatueta de ouro. As águas vacilavam lá embaixo, cintilando em um chafariz no pé da escultura. Uma mulher enorme estava acorrentada à base da fonte, de mãos dadas a um feiticeiro, que apontava a varinha para o céu tempestuoso. No alto havia uma janela redonda revelando o tempo um pouco mais calmo ao lado de fora.

De vez em quando uma pessoa prateada passava, flutuando e atravessando o salão pela parede, a maioria trajando vestes medievais mortas.

Havia inúmeras fileiras de cadeiras brancas tornadas para o centro e no pé da estátua, uma plataforma de madeira com um átrio no tablado, feito para o que seria a *reunião*.

Salamandras travessas corriam por baixo dos bancos. Seu dono tentava apanhá-las usando sua varinha, enquanto mulheres assustadas corriam delas, com medo de cair do salto caro que calçavam.

Demp se acomodou na fila do meio, os olhos furtivos fitando cada um que passasse, dando várias brechas para sua imaginação fofoqueira. Era divertido criar motivos e histórias para cada um.

Diante de si, um velho gorducho remexia seu pano e limpava por várias vezes a testa suada. No outro lado uma mulher mexia o colarinho que usava e no extremo do salão alguém gritava para chamar atenção.

O espaço foi se enchendo, de forma que Demp não poderia parar o olhar somente em uma pessoa. Então se contentou em encarar a janela e ver a chuva se enfraquecendo conforme o vento a lavava.

Depois de dois minutos olhando a tempestade, Demp se virou.

Ao seu lado, uma garota alta se acomodou no assento. Ela tinha mechas claras, um nariz pequeno e fino, a pele branquela e usava um vestido um tanto curto; tinha colocado uma calça por baixo dele.

Estava sentada de maneira incomodada, mexendo e remexendo o cabelo longo, fazendo e desfazendo coques no rabo de cavalo de cor clara.

Demp não se sentiu desconfortável e estendeu a mão como um sinal de nova amizade.

Ele explodiria se não falasse com ninguém.

— Saudações. Sou Demp Esmerald. Este lugar não é maravilhoso? Até o formato das janelas me encanta. Ah, como se me convidasse para vislumbrar a chuva. Muitos olham para a janela, veem o temporal e se sentem tristes por perderem um piquenique, mas eu, não. Vejo e imagino como algo romântico. Não se pode negar que a chuva ajudou vários casais apaixonados. Duvido que se não tivessem molhados iam se lembrar e contar para seus filhos com tanta emoção! Ah, até essas serpentes com pernas são criaturas majestosas, de uma maneira diferente — disse de uma vez.

Logo no início de sua fala a menina já havia se quietado, ouvindo com prazer sua voz um pouco esganiçada.

— Estou vendo que não é daqui mesmo. Temos algo em comum. Sou Lucena Light, mas pode me chamar de Llu. Só estou há uma semana neste trem e já me sinto deslocada... — A última frase foi um gemido. — Me escrevi para a honra neste verão. Sei que você também se escreveu porque foi esse nome que li quando vi a lista. Como deve ser lá? — Llu perguntou, atiçando a imaginação de Demp.

— Deve ser como descreveram a você — disse uma garota do outro lado friamente.

Ela enxugava os cabelos grandes e estufados de cor preta. Seu tom de pele era ainda mais escuro. As vestes eram um tanto peculiares, com um cinto de caveira bizarro, no qual residia um cajado de madeira com pedaços de cristais na ponta.

Nos joelhos nus, dormia o livro intitulado *A história das bruxas*.

— E quem é você mesmo? — provocou Lucena, fitando com olhos brilhantes, desafiando-a.

— Kyrha Sabugueiro — respondeu, tirando toda a água do cabelo.

Demp queria questionar logo o que estava ocorrendo, todavia não teve essa brecha.

Os cochichos vizinhos sumiram sem explicação. Kyrha se ajeitou no banco, olhando fixamente para frente. Lucena mexeu no cabelo, nervosa novamente. Demp, sem entender, virou-se para ver.

No tablado uma figura gorda, com a cor perolada transparente, ergueu-se no apoio; às vezes as mangas longas atravessando o suporte. Suas vestes eram de grande valor, muito mais do que as de qualquer mero mortal ali sentado. Assentiu com a cabeça careca fantasmagórica e iniciou seu discurso.

— Primeiro agradeço por todos que vieram aqui nesta reunião de total emergência. E fico feliz por saber que a classe de honra deste ano se reuniu mais uma vez, apoiando e ajudando nosso querido trem.

Houveram gritos de comemoração, mas pararam logo.

— Sem mais enrolações — voltou a falar —, já estamos no início do inverno, e como tradição fizemos nosso festival neste maravilhoso salão ontem. — Seu rosto mostrava indícios de tristeza. Balançou as mangas e continuou, como se tentasse jogar toda a emoção ruim para fora: — Síria Look, uma mulher de trinta anos, não voltou para seu quarto de luxo após a festa. — Os cochichos nasceram novamente, mas morreram com apenas um resmungo do fantasma. — A família Look agora espalha panfletos com seu rosto angelical.

Demp fitou o pôster e se corrigiu em pensamento.

— Sabemos que ainda não está morta porque nenhum fantasma ou assombração surgiu no trem — continuou. — O único item encontrado foi seu colar de pérolas em sua cama. Desejo que todos mantenham os olhos abertos e tomem cuidado com as portas mágicas. — Ele suspirou e adicionou: — Por mais que ela tenha sumido, não temos certeza se é algo ruim...

— Oh — Demp soltou baixinho.

— Como medida preventiva contra qualquer maldição, desejo renovar o voto de sangue.

Uma bacia de pedra flutuou fantasmagoricamente, chegando à altura da testa da mulher estátua, passando de raspão por um dos candelabros. Muitos ali tiraram de suas vestes itens variados como agulhas, frascos, relógios, livros, ursinhos de pelúcia, entre outros; todos apontando para cima.

Demp estava tirando o relógio, achando que precisava sacrificar um objeto seu, mas a mão de Lucena o repreendeu.

— Somos novos demais para participar, Demp — sibilou. — Você não sabe? — soltou uma pergunta retórica.

O fantasma na plataforma dançava os dedos inquietos no suporte. Muitos dos adultos e idosos levantaram as mãos, segurando alguma coisa. Deles, saía uma espécie de líquido variado; a cor mudando conforme a pessoa. Um espectro.

Essa água mágica voava em direção à bacia, como uma grande cachoeirinha ao contrário, deixando Demp fascinado. As cores subiam, tornando-se um arco-íris, porém muitas das pessoas ali pareciam agir de forma indiferente com a face séria e triste.

Quando a maioria das pessoas já havia acabado e guardado seus objetos, a bacia deslizou mais uma vez na direção do fantasma, sumindo logo após encostar no suporte.

— Em caso de emergência, convocarei outra reunião. Desejo a todos um feliz Natal. E espero que Síria volte. Foi mais um adendo do que algo com que deveriam se preocupar — disse por fim.

Parecia ter uma alma magoada, pois era um pouco rabugento.

Quando o fantasma atravessou a estátua, as fileiras foram se dissolvendo. Lucena apanhou seu punho e convidou:

— Vamos juntos.

Ele agradeceu por dentro. Para onde mais iria? Como peixes que nadam junto ao cardume que sobe o riacho, Llu e Demp foram mergulhando entre as pessoas.

Vou perguntar a ela quando encontrarmos um lugar menos movimentado, pensou.

Enquanto a seguia, um pequeno grupo se acumulou, formando um círculo junto de um choramingo de desaprovação. Parecia que o trânsito tinha sido quebrado em um engarrafamento.

E Demp olhava fixamente para o acidente de carros.

No centro do círculo havia um tufo de cabelos pretos, molhados, tremendo de leve. Se ele se concentrasse podia ouvir seus gemidos de dor. À frente dele havia um garoto moreno alto com paletó chique arrumado, cabelos curtos e encaracolados.

Ele apontava a varinha para a menina com os olhos revelando desdém e sacou o graveto para dentro do bolso em seguida, xingando Kyrha baixinho; como se fosse tão natural quanto respirar.

Lucena se prontificou e correu na direção dela, batendo nos ombros da multidão curiosa.

— Bruxa nojenta. Não a ajude! — urrou ele, porém Lucena não fez questão de escutá-lo.

Demp a imitou e perfurou as pessoas sem piedade. Do lado de Kyrha, no chão, estava seu livro de capa azul. Ele o apanhou enquanto Lucena ajudava Kyrha a se erguer da humilhante cena que se seguira.

Quando se levantou, encarou seu adversário com ódio, a cabeça molhada por causa dos cachos. Por trás daqueles cabelos grossos e encharcados havia um rosto sofrido.

Demp sentiu empatia por ela. Agora entedia o porquê de ser tão grosseira, entretanto isso se dispersou mais rápido do que as fileiras brancas do salão.

Kyrha fugiu da mão de Lucena, dando um pequeno empurrão em seu peito, e voou na direção de uma porta qualquer. Demp tentou persegui-la pelo barulho de seu choro, mas Lucena o impediu.

O círculo já não era perceptível, pois as pessoas estavam misturadas, e o garoto que importunara Kyrha sumiu. Demp começou a ser arrastado pela maré.

Llu pegou seu braço.

– Ela não vai confiar na gente tão rápido, Demp. – Ela parecia tão apaziguadora que Demp começou a duvidar se Llu era realmente uma pessoa boa, engavetando esse assunto no fundo da sua mente. – Isso me lembra de um cachorro que queria adotar. Ele era da rua, muitas das pessoas que passavam o atacavam. Eu dei petisco a ele, porém o comeu e fugiu. Achei que era ingrato.

– Sei – ele murmurou.

– No dia seguinte, ele surgiu um pouco mais manso, e dei outro. Devagarinho, nos tornamos amigos, mesmo minha mãe não aceitando.

Enquanto caminhavam para longe, Demp pensou em Kyrha como uma pequena criatura amedrontada pelas mudanças e esperanças do mundo, não como um animal de rua.

Ficarei de olho em Lucena.

Demp queria poder saber o que fazer, mas que experiência tinha? Tudo acontecera tão rápido que sua mente ainda trabalhava para pensar...

O quê?

A multidão o sufocava.

Parecia que estar em um mar não era o que queria.

Demp era da terra.

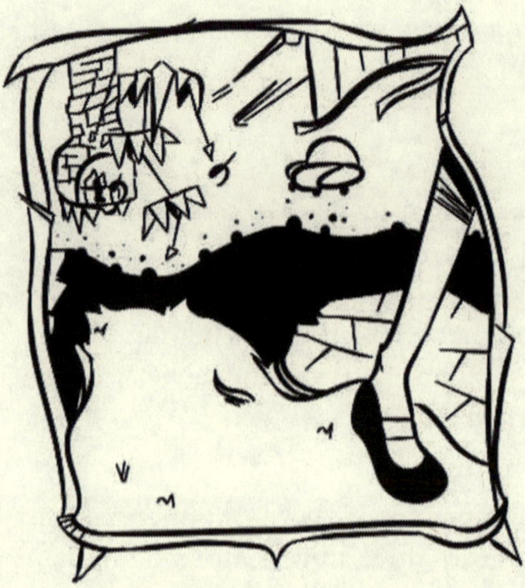

2

Barreiras do Senhor Nevado

Lucena se deslocou até uma porta avermelhada; a maçaneta era dourada como todas as outras do trem. Ainda estava abatido por Kyrha, porém esses pensamentos fugiram da sua mente após Llu abrir a portaria por completo.

O vagão era espaçoso e aconchegante. A primeira coisa que avistou foi um feitiço atingir o grande candelabro do teto. Os cristais balançavam como tivessem ofendidos, e Demp não poderia discordar deles.

O dormitório podia ser dividido por três partes.

O primeiro andar era um lugar vago, no qual qualquer um poderia treinar e colocar suas ideias em prática. No final, uma lareira flamejava, tendo duas poltronas à espera de alguém que desejasse espairecer aquecido, e uma mesinha entre elas para colocar os pés.

Demp a testou e não podia expressar tal prazer. Descobriu que podia ver a janela do segundo andar se se jogasse um pouco para o lado. Lucena também pareceu se deleitar no momento, pedindo mais alguns segundos a ele. O chão era na maior parte coberto por um tapete vermelho de bordas douradas, no qual, se as poltronas estivessem ocupadas, ele poderia se acomodar no chão iluminado pelo fogo.

O vagão era tão enorme quanto uma mansão. Será que eles estavam mesmo em uma locomotiva? Ele olhou para a janela, para o horizonte se movendo devagar.

É, eles estavam.

Para ir ao segundo andar precisava usar uma escada em espiral banhada por ouro, que funcionava muito bem na imaginação de Demp. Ela girou e ele logo fitou mais uma vez o térreo.

Havia um vão de dois corredores, que revelava a já visitada entrada, e um grupo brincando com feitiços no teto, atingindo o candelabro, que sacudiu ferozmente.

— Parem com isso! Eles estão irritados! — gritou a eles, que suspeitaram da sanidade do garoto de nariz grande.

No segundo andar, havia uma enorme janela que tinha quatro vezes o tamanho de Demp.

A chuva estava longe, podendo somente ver uma nuvem negra se distanciar a curto prazo. A paisagem era cheia de montanhas nevadas. Acreditava que uma delas era feita apenas de gelo, já que podia ver a luz do sol voltar para o céu acinzentado da temporada através dela. Ele conseguiria ficar ali naquela abertura por semanas... mas Lucena não tinha tanta paciência.

O corredor à esquerda tinha sete portas, e o outro, seis. Lucena explicou que cada dormitório acomodava duas pessoas, dando na soma total trinta humanos, que seriam divididos para três equipes. No lugar da sétima porta do corredor à direita jazia um quadro de madeira cheio de avisos.

— Depois do Natal as equipes vão ser anunciadas, então acorde cedo — aconselhou ela, passando o dedo pelos panfletos do quadro. Quando estava preparado para ir ao último andar, a biblioteca, a escada não saiu do lugar, recusando-se a girar e levá-los para o próximo andar. — Deve estar cheia — falou, deslizando o dedo pelo corrimão dourado. — Você está com Demon, no quarto três, e eu vou dividir o meu com Kyrha, número quatro... Que coincidência — disse Llu, resoluta.

Demp poderia se decepcionar, mas a ideia de fazer ainda mais amizades florescia na sua pequena mente. No entanto, do que adiantava mais amigos se a que queria não se concretizaria?

Apertou com mais força o livro azul que ainda guardava em suas mãos.

❄

Estava sentado em uma das poltronas, a cabeça apoiada no braço com as pernas dobradas, observando o céu cinza cobrir o espaço anil. A lareira parecia ter aumentado de potência, deixando a sala ainda mais quente e laranja. Lucena pareceu não se incomodar, descansando os olhos sobre as pálpebras na escuridão.

O salão começou a ficar demasiado cheio, perturbando a todo custo os pensamentos de Demp. A barulheira de gritinhos e conversas eram como alfinetes em sua mente.

Assim que olhou para frente vislumbrou grupinhos espalhados por todos os lados, fofocando ali e aqui. A paz dele estava sendo ameaçada pelos sussurros.

— Você acha que as atividades serão tão difíceis assim? — sibilou Lucena, contemplando o nada.

Ela queria continuar o assunto que fora interrompido anteriormente por Kyrha.

— Desde que sejam divertidas, por mim tudo bem — afirmou sem dar muita atenção.

Haviam conversado por longos minutos, deixando os assuntos monótonos, então preferiu explorar o trem com a mais nova amiga, pulando de seu confortável assento.

— Como uma aventura misteriosa e sem fim. Os limites podem ser quebrados em partículas minúsculas, deixando nossos sonhos voarem felizes! — disse, tentando encorajá-la.

Lucena podia ter um coração bom quando se tratava de ajudar, porém seu medo havia criado ramos fazia poucos minutos, procurando qualquer justificativa para continuar acomodada na poltrona.

— Mas temos de esperar o almoço — protestou.

Em resposta, Demp indicou o relógio no pulso:

— Ainda vai demorar, e temos o dia livre ainda.

Demp queria explorar um pouco. Um anseio dentro de si dizia para ir.

— E se não for divertido? E se um cara vier nos humilhar também? Como Kyrha? Vamos ficar aqui, sentados e relaxados...

Demp sempre conseguia contradizê-la com respostas fantasiosas e mágicas, o que a empolgou um pouco. A menina não podia esconder a animação.

Assim sendo, Llu se levantou e foi com ele para a saída do salão.

No caminho, ela iniciou seu processo de ansiedade: mexia, ondulava, remexia, alisava e girava o cabelo.

— O que foi?

— Ah, Demp, vamos ficar. Todo mundo vai ficar olhando para a gente — suplicou, mudando de ideia subitamente.

— Do que importa tudo isso? Podemos achar outras coisas além de pessoas inconvenientes. Que tal um lago cintilante ou árvores de maçã? Campos vastos para correr, montanhas e *animais!* — A última palavra pareceu dar mais confiança à garota alta e esbelta.

Por fim, largou o cabelo e deu um sorriso desajeitado.

Eles atravessaram o salão principal em direção à porta giratória do outro lado do saguão, indo até a aventura distante e curiosa. Os desenhos no teto e nas paredes se tornaram mais nítidos sem a multidão entrando e saindo de sua visão; as nuvens negras finalmente se dispersaram, levando o *romance* a outra terra.

Lucena mais uma vez alisava seus coques no rabo de cavalo, cada vez mais apressada.

Demp optou por conversar para acalmá-la, mesmo que significasse perder os maravilhosos detalhes daquele vagão central.

— Ela se mexeu! Eu juro — disse, assustado, indicando a gloriosa estátua da mulher acorrentada. Lucena pareceu se distrair e começou a fitar o chafariz de ouro com mais interesse. — Será?

Llu, percebendo o fascínio que Demp tinha por aquele vagão, admiração essa que não o permitia dizer "salão principal" sem elogiar o local, falou:

— Este encantador saguão fica mais confortável sem aquelas lagartixas loucas.

Demp não pôde se dar ao luxo de ignorar o comentário dela e começou a soltar gargalhadas involuntárias.

Talvez não fosse tão engraçado, mas a situação era!

Havia perdido o fôlego várias vezes, apoiando a mão no ombro amigo de Lucena, a outra no próprio joelho, sem parar de rir por um segundo sequer. Será que esqueceria como respirar?

Muitas das pessoas que passavam por ali, chiques, ricas, com suas vestes longas e imponentes, olhavam-nos confusos e até com desdém, porém isso não aliviava o momento glorioso de risadas longas e divertidas.

Depois de alguns segundos, continuaram tirando as lágrimas felizes dos olhos, querendo vislumbrar a porta de saída no fundo. Voltaram a andar.

— Ok, eu sei que você está sendo irônica, Llu! — Demp exclamou.

Ela deu de ombros.

— Vou lhe dar o benefício da dúvida.

A conversa não parecia ter sentido, mas Demp a achava divertida.

Estavam no meio da caminhada, andando abobados pelo enorme salão, até que um cheiro desconhecido açoitou as narinas dilatadas, trazendo consigo conforto e paz. Lucena também pareceu sentir aquele sentimento, balançando suas mãos mais moles do que de costume, inclinando-se na mesma direção que ele.

Era hipnotizante o odor.

Pararam em uma vitrine rosada e elegante de uma loja de bolos que ocupava o espaço de seis portas normais. No vitral havia meia dúzia de exemplos de confeitaria. Os dois sentiam uma atração incomum pela loja nunca antes vista e quase que automaticamente seus estômagos grunhiram em resposta à maravilhosa visão do vitral.

Lucena foi a primeira a tomar a iniciativa e retirou do bolso do vestido duas moedas de ouro. Ele fez o mesmo, tateando a calça, e com sorte encontrou um par de moedas.

Estas tinham um desenho de um meteoro, iguais às de Llu. Ele entregou a moeda, já imaginando o bolo de morango tocando seus lábios.

A maravilhosa venda de aroma encantador era dividida em vários tons de rosa-pálido, com mesas redondas espalhadas pela sala. Demp sentira a falta de um balcão logo quando entrara, então, como Llu, acomodou-se em uma mesa branca de bordas douradas, aguardando algum atendimento.

Por causa do vitral rosa, o cômodo era todo rosado, trazendo o *romance* de volta à sua terra. A loja estava bastante vazia, com apenas um casal na mesa de vista para a única janela da sala.

Enquanto estava sentado ali, não podia deixar de olhar fixamente o tablado do chão. Parecia que cada centímetro da loja era perfeito de uma maneira diferente. Distraído, avistou um borrão branco no alto.

— Oh, xícaras voadoras! Que encantador — disse Demp à sua amiga.

Lucena não pareceu se surpreender, mesmo quando a xícara pousou na sua frente, decidida a impressionar, mas sem sucesso. A jovem escapava o olhar para os lados, mexendo na maioria das vezes no cabelo claro.

Demp, não conformado, apanhou um papelzinho dentro da xícara alada, este por sua vez se soltou da sua mão e abriu no ar. Um lindo cardápio se desdobrou magicamente com uma lista variada de trinta sabores diferentes. Sem ouvir nenhuma resposta do outro lado, apontou para o que seria *bolo de morango*. O menu voltou ao pires e voou até a janela, na qual sumiu de vista.

— Parece amargurada com algo, Llu.

Ela pareceu supressa com sua dedução. Será que a menina o achara burro o suficiente para não reparar em algo tão óbvio? Lucena apoiou os cotovelos na mesa, mais deprimida do que antes.

— Acho que é este lugar. Talvez o branco, o cheiro de casa. Essa cor me lembra de meu primeiro amor, Sr. Nevado. Era assim que o chamava. — Demp ficou perplexo. Esperava por muitas coisas, entretanto não por aquilo. Ela ignorou seu rosto espantado e continuou sem ressentimento: — Oh, eu tinha seis anos. Foi a primeira vez que minha mãe me deu alguma coisa! Quando ela o trouxe em seus braços — algumas lágrimas caíram em suas bochechas rosadas —, vi sua pelagem branca e as orelhas longas. Sr. Nevado foi meu primeiro animal de estimação, e ele morreu ontem...

Demp se sentiu aliviado por um lado, mas tomou cuidado para essa expressão não surgir em seu rosto complacente. Deixou sua mão sobre a dela para consolá-la.

— Sinto muito.

— Recebi a carta da minha mãe ontem à noite e estou me sentindo assim o dia todo. Quando estou com você isso diminui um pouco, pelo menos uma boa porcentagem. Demp, você fala tanto que posso deixar a conversa sob sua responsabilidade e esquecer meu coração partido. Amanhã é Natal e tenho medo de não aguentar ver a neve. Foi em um Natal que minha mãe me permitiu tê-lo. Estamos chegando em uma parte gélida do planeta e logo estarei *rodeada de lembranças mortas* — citou.

— É.

— Vim com o intuito de ser tão feliz quanto era em casa, mas parece que me enganei. Porém, não quero estragar o seu e o meu Natal de uma só vez. Desculpe por ser assim. Não queria sair porque não queria me recordar dele... Vou tentar ser mais divertida e menos pessimista... — Demp ficou em silêncio, queria deixar Llu desabafar do jeito dela. Llu sorriu. — Agora me responda, pediu o bolo de morango? Diga que sim!

No final, Lucena conseguiu se apegar às coisas boas, aos momentos magníficos que tivera com seu Nevado. O que seria dela sem ele? Ela não sabia, contudo iria eventualmente descobrir.

Ela comeu mais da metade do bolo.

Demp decidiu que o bolo de morango seria seu preferido. Mesmo que só tivesse provado aquele, sabia que o amaria sempre, como Lucena e seu cabelo longo, porque agora ele fazia parte de uma memória.

— Não acha que há algo romântico na própria morte, Llu? Como o herói que se mata para poupar a vida da donzela — disse, apanhando o maior pedaço que havia ali.

— Há algo original na morte, mas daqui a alguns anos se tornará esperado. E por que não pode ser um *donzelo*? Oh, você pegou o maior! — exclamou ela, enfiando a colher na comida.

Demp ficou pensando na resposta de Lucena e tentou imaginar como a morte poderia ser algum dia *batida*, todavia sua imaginação encontrou um limite e entendeu que se a *morte* fosse bem planejada nada poderia dar errado em uma boa história... Porque no fim ela não avisa, não diz quando. Como um baque.

Os dois voltaram ao dormitório felizes, saltitantes e risonhos. Demp os imaginou como dois coelhos pulando nos campos vastos que acabara de receber uma tempestade.

Acabaram perdendo o almoço, e a tarde veio, mas não se arrependeu de nada que fizeram naquele dia; recordava apenas o pequeno ressentimento de Kyrha.

Antes de soltar a porta, ouviu um grito abafado e o som das escadas de metal girando.

— Pare, por favor! — Ouviu-se, vindo do fim do saguão do clube, em seguida alguns murmúrios enojados.

Demp sabia quem era e com felicidade se virou.

Do lado oposto da sala, Kyrha corria, os cabelos à sua frente atrapalhando a visão. Na mão segurava outro livro.

Pelo canto do olho, vislumbrou o rosto contente de Lucena.

Muitas pessoas agiam de forma indiferente, porém sempre havia um resto que xingava ela de *bruxa* ou a mandava comer um sapo com um aceno.

Na paisagem daquela bela moldura, um candelabro foi atingido por um feitiço malfeito. Na mente de Demp, o mundo estava desmoronando de uma maneira boa. Podia não se lembrar de pequenos detalhes, porém sabia que aquela cena seria única em sua vida, quase como um retrato dramático de filme.

Logo que chegou, apoiou as mãos nos joelhos e tomou um pouco de fôlego para falar.

– Desculpe... Eu fui uma idiota. Desculpe. – Lucena não se segurou e abraçou Kyrha tão forte que a levantou no ar, sem mostrar nenhuma dificuldade. Demp se intrometeu, abraçando-as também. – Podemos ser amigos? – pediu Kyrha depois de tocar o chão com a ponta dos pés.

– Claro – respondeu Lucena e ele em uníssono.

Llu abriu os seus braços longos, cabendo perfeitamente Demp e Kyrha; sentia que nunca iria se cansar dos abraços dela. Os olhares maldosos caíram sobre suas costas, todavia achava que não era o momento de se importar com aquilo.

Quando levantou a cabeça, conseguiu enxergar algumas sardas no rosto de Lucena, algo que só podia ser vislumbrado de perto; mais uma coisa que poderia anotar em *Fatos sobre Lucena Light Ucraix.*

– Achei que demoraria mais. Pelo menos foi assim com meu cachorrinho – falou Lucena, vendo Kyrha se confundir.

– Eu... não sei. Acho que pensei demais depois que você me levantou, sabe? Só precisei passar um tempinho na biblioteca. Fui ingrata. E vi que dividiríamos um quarto. Não quero ser mais inconveniente – disse, choramingando.

Demp pensou sobre aquilo, cogitou um futuro distante no qual se desentenderiam com intensidade e se tornariam apenas estranhos desajeitados. Após isso elas nunca mais olhariam no seu rosto como olhavam agora.

Valeria a pena ser amigo de alguém que não seria seu amigo no futuro?

Conseguira encontrar mais um defeito em si mesmo: sua imaginação precipitada.

Por que ele estava pensando tanto?

❋

— Llu, naquela vez que você disse sobre as inscrições, não me lembro do que estava lá. Pode me dizer? Nos mínimos detalhes, gosto de detalhes — pediu Demp, acomodado no tapete do primeiro andar, deitado de barriga para baixo.

— Ok, vamos lá. — Como não tinha mais nada para fazer, Llu não se incomodou em contar: — Você se escreveu para o Programa de Honra. Como diz o nome, serve para você ganhar respeito de alguma forma. Trabalhando e estudando de forma justa. Algumas das atividades, como Programa de Garçons, são lucros somente para o trem. Ele também serve para nos ensinar a trabalhar em equipe. Então recebemos um pequeno salário no final da temporada, quando acaba o inverno ou coisa parecida. Estamos no primeiro ano. Este é o nosso dormitório, mas há outros. Lembra-se da pessoa que humilhou Kyrha no salão principal? Ele é do segundo ano e por isso temos de respeitá-lo. Sim, eu sei, isso é horrível.

Kyrha tirou os olhos do livro que lia ao ouvir seu nome.

— No terceiro ano temos a possibilidade de viajar como outros estudantes, porque nesse ano pegamos nosso diploma. Alguns ficam para fazer faculdade, outros vão. Os dormitórios suportam trinta pessoas, que são divididas em três equipes, como já disse. Os resultados sairão na manhã após o Natal. Quero muito estar na sua turma. Qual será o nome? Também existem as atividades básicas, como gramática, e outras mais diferentes, como poções. Algumas só serão liberadas em certas épocas, como montaria de dragão no verão. Resumindo, o Programa de Honra é como uma escola, só que mais complicada por causa das atividades mais manuais, como a limpeza. Você só se inscreve se não tiver dinheiro para pagar um colégio, por livre vontade ou forçado pelos pais.

Ela piscou para ele.

— Estou apenas dando uma introdução. Ainda há alguns detalhes chatos que não decorei. Desejo que nossos professores peguem leve comigo, principalmente o de culinária. Tenho de treinar. — Llu se encolheu, envergonhada de ser uma péssima cozinheira. — No verão teremos espaços vagos para trabalharmos em algumas lojas do trem. Eu quero ir para a loja do meu tio. Ainda temos muito tempo para pensar até, claro, o Natal — explicou Lucena pacientemente.

3

RUAS FINAS E LARGAS

Demp, Llu e Kyrha conseguiram apanhar três poltronas no canto do saguão, no qual a iluminação era mais precária, deixando Kyrha aborrecida por não conseguir enxergar os rodapés de seu livro.

O garoto odiou a vista da janela do segundo andar, pois estava tampada pelo corredor do segundo piso e isso incomodava Demp seriamente. A bola laranja certamente descia entre as nuvens de semblante roxo, acomodando-se na paisagem cinza. Reluzente, deveria estar jogando raios da cor do outono nas vidraças do trem, e ele estava perdendo isso!

Kyrha ficou feliz por dividir seu dormitório com Lucena, que também estava agradecida. Através da convivência, seriam forçadamente amigas. Demp estava ansioso, olhando às pressas em todas as direções, procurando a pessoa com que dividiria sua parte do quarto.

O candelabro estava parado por bastante tempo, os garotos que o atacavam tinham saído ao encontro de sapos fermentados, provavelmente para jogar em alguém...

— Quais sãos suas duas estações favoritas? — questionou Lucena, mexendo nas mangas. — Dizem que a resposta pode revelar sua personalidade verdadeira — enfatizou ela. — Amo a primavera e o verão, são cheios de animais adoráveis — respondeu a si mesma.

Kyrha tentou não revirar os olhos, pois estava se adaptando a ter amigos, porém não se segurou e girou seus globos negros.

– Não entendo como duas opções de quatro podem *mostrar* tanta coisa assim. Eu vou no... inverno e verão. Tudo ou nada – respondeu por fim.

Demp ouviu aquela frase e entendeu por que aquela pergunta significava tanto.

Kyrha então seria classificada como *intensa*. E Llu como *amante de animais*. Não eram as respostas que incomodavam, mas as motivações.

O jovem passou poucos segundos nessa questão, como se a resposta tivesse fincado a sua língua havia muito tempo. Ele balançou a capa e gesticulou.

– Outono e primavera. É quando tudo nasce e está perto de morrer, então posso ver a evolução. Pena que ainda estamos no inverno – lamentou-se. – Quando se tem apenas lembranças...

Seu rosto murchou.

O tempo havia passado e o jantar estava próximo. Kyrha, irritada por não possuir a capacidade de ver no escuro, subiu a escadaria até a biblioteca. Disse que levaria Demp quando fosse possível.

Lucena foi visitar a loja de seu tio no vagão das Lojas Tortas.

– Quero contar que estou bem. Quer vir, Demp? – chamara, mas ele balançara a cabeça, negando.

Queria ir, mas tinha outros planos.

Antes de Kyrha partir, planejaram a visita ao vagão das Lojas Tortas na manhã seguinte, pois poderiam conhecer o tio de Llu juntos.

Assim sendo, Demp se ocupou em encontrar Demon. Perguntou sobre ela em grupos espalhados, entretanto a resposta era a mesma: davam de ombros e balançavam a cabeça em negativo.

– Você é o louco do candelabro?

– Oh, sim. Ele disse que se atacarem mais uma vez, terá de cair em cima de vocês!

Em parte não era mentira. Mesmo que fosse uma criação de sua mente, em sua imaginação o candelabro de fato iria se soltar para revidar a esses malfeitores metidos.

Demp queria se divertir com aqueles rostos medrosos. E conseguiu.

Será que ele era muito sádico?

O menino menor fez uma careta, puxando o ombro do outro para irem para outro local, um em que Demp não estivesse.

A véspera de Natal se iniciou e os azevinhos decoravam as portas e a escada. As poltronas vermelhas continuavam sendo as mesmas, mas a lareia estava coberta por festivas meias carmins. Gorros se encontravam em muitas das cabeças, o piso se embranquecera na cor de gelo e o clima animado estava preparado dentro do coração de Demp e fora dele.

Mesmo com essas *distrações*, não se contentou a se esquecer de Demon e continuou a procurá-la entre os garotos e garotas. Sem desistir.

Porém, quando o jantar veio, deixou aquela lembrança voar como as outras para voltar em outro momento; semelhante aos pardais soltos de uma gaiola dourada.

Ele acharia Demon em outra hora. Ainda tinha muitos minutos.

Demp jantou e prosseguiu com a busca por mais algumas horas.

Seu relógio bateu onze e meia, fazendo um apito. Demp suspirou, fatigado, sentindo a face cansada.

Decidiu descansar, pois seu corpo não estava acostumado a ficar acordado por tanto tempo, então a única coisa que fez ao abrir a porta número três foi cair nos cobertores extremamente fofos de sua cama. Sem ao menos vislumbrar com cuidado o quartinho em que estava alocado. Afundando lentamente na cabeceira, perdeu a consciência.

❄

Demp acordou alongando os braços e tocando a mão na parede. O sol gélido se erguia entre as montanhas nevadas ao fundo da janela leste, e o Natal se iniciou com um grande bocejo.

O quarto possuía duas camas grandes e estufadas, compostas por uma madeira clara. Um guarda-roupa marrom de detalhes amarelos se acomodava perto do canto e a escrivaninha ficava de fronte à janela; Demp ficaria ali por bastante tempo se pudesse, vendo o sol nascer entre picos.

Ao fundo havia uma porta para o pequeno banheiro que compartilharia com Demon.

A única coisa que faltava ali era a pessoa que dividiria seu quarto para fazer companhia ao aconchegante dormitório.

Apanhou a capa e um cachecol escocês de dentro do seu guarda-roupa e saiu apressado ao encontro de Lucena e Kyrha no primeiro andar.

As duas estavam sobre o tapete vermelho com roupas grossas de inverno, fitando com cuidado a árvore de Natal no centro do saguão, decorada por estrelas e bolas natalinas.

– Como o vagão das lojas é muito longe, devemos pegar a *ligação* mais próxima possível. Iremos passar pelo asilo e ir ao vagão das Lojas Tortas. Você pode sentir uma tontura ao abrir a porta, ok? – Foi a explicação de Lucena.

Quando entrou pela porta da saída dos dormitórios, sentiu o corpo ser comprimido e o ar se tornar vago e quase inexistente. Houve um tempo até eles chegarem. E nesse período o mundo ficou totalmente negro com pontinhos brancos. O único som era de sua capa farfalhando ao vento.

E então Demp sentiu a massa voltando com o peso, equilibrando-se nos pés. Ele havia esquecido como andava. Demp cambaleou para fora do portal, quase desabando no asilo.

O chão era coberto por um carpete grosso rosa afofado e várias linhas saíam para fora, cumprimentando os sapatos que passavam para visitá-las. O papel de parede era de diferentes tons azuis-claros, com desenhos de coroas, mostrando o respeito que deviam ter com os idosos do asilo; pelo menos foi assim que Demp interpretou.

Instrumentos de costura, depositados nas estantes negras, esperavam para serem usados. Andando por todos os lados, criaturas multicoloridas açoitavam os pés de quem estava por perto.

Lucena não aguentou e começou a correr atrás de um cachorrinho de penas pretas, cabeça cinza e barriga branca, que fugia freneticamente dela. Demp não esperava encontrar muitos idosos por causa do horário, entretanto fora enganado. Muitos deles caminhavam e se acomodavam nas poltronas tricotando ou em suas máquinas. Os homens estavam lendo jornais quietos, e outros fixados na lareira, com olhares melancólicos.

Demp imaginou o porquê: suas famílias não viriam visitá-los, por isso tanta tristeza. Ele queria se multiplicar em trinta para poder fazer companhia para todos.

As idosas reagiam de forma oposta, sendo duras e amarguradas em seu velho coração. Era o pior Natal que presenciara na vida. A árvore estava bem decorada, mas do que adiantava algo ser bonito só por fora?

Demp começou a pensar em outras coisas, fitando uma ave de lã planar pelo vagão.

Distraído com uma coruja que voava ao redor de sua cabeça, esqueceu-se do pessimismo do vagão.

E *bam!*

Havia esbarrado em algo pesado, tanto que caiu no chão, tonto.

Pensou que seria uma pessoa vagante, mas à sua frente não havia nada.

Seu olhar caiu e viu nada mais, nada menos do que uma perna pálida! À sua esquerda a cabeça e um chapéu chique caído do lado, fatiados. Em sua mão havia uma mão com pulseiras! Partes de um corpo humano decepado.

Era um assassino, acabara de matar alguém sem ao menos perceber. Ele temia pelo momento em que ficaria louco e iria para a cadeia, no entanto não esperava que seria tão breve assim.

Sentiu sua cor sumir e se assemelhar ao tom dos pedaços da pessoa que matara. O suor recaiu da cabeça e ouviu a própria respiração forte, parecia que seu coração iria correr para fora do corpo.

Pés estavam começando a se acumular ao seu redor e conseguia sentir o olhar de decepção cair sobre suas costas. Dois saltos altos roxos estavam de frente para ele, imponentes e altos.

– Perdoo você só desta vez, está bem? Tenho de parar de deixar os manequins andando sem minha supervisão.

Nunca sentira tal alívio sobre os músculos de seu corpo, como se uma massagem não valesse a pena. A mulher que dissera isso era jovem, tinha pele clara e os cabelos, vermelhos e curtos. Suas roupas eram violeta e os óculos quadrados mostravam duas órbitas verdes penetrantes. Ela ofereceu a mão, com unhas modernamente enormes, e o ajudou a se levantar.

Da manga longa escorregou um graveto queimado. Ela fez um aceno e as peças começaram a tremer e voar ao encontro umas das outras. Formando no final um conjunto magnífico e extravagante com o manequim inteiro.

— Oh, tenho de me apressar antes que anoiteça. Vamos, vamos.

Ela saiu exibindo seu rosto fino jovial com a modelo andando atrás dela, desfilando com sua natureza elegante.

Logo depois, Kyrha veio segurando o pulso de Llu, que não parecia muito feliz com a situação.

— Sinto muito. Ela quis pegar um ratinho e eu tive de correr atrás dela antes que sumisse mais uma vez — justificou.

— Você viu aquele manequim? Faz nossas roupas parecerem quase como trapos.

Aparentemente, elas não viram o que tinha acontecido com ele.

Amém, pensou.

⁂

Kyrha fechou a porta e sacudiu as mangas do casaco roxo como se a temperatura tivesse abaixado a tal nível que seus cotovelos já estivessem dormentes por baixo do cobertor, mas Demp não poderia desmentir.

Flocos desciam com elegância sobre o ar, como uma dança universal da chuva. Aos lados havia morros de neve com ventos fortes atacando a terra vazia.

Demp girou o cachecol para poder ver melhor. À sua frente, no chão, havia uma estradinha de pedras ainda não engolida pela neve, e foi dali que iniciou sua caminhada às Lojas Tortas.

Ao longo do caminho conseguia ver na paisagem surgir prédios esbeltos e tortos, alguns baixos como Kyrha e altos como Llu.

— Vocês acreditam que tudo isso está dentro de um trem!?

À medida que caminhavam, a estrada se tornava nítida no chão, e os flocos mais presentes no céu.

Afogado pelo dilúvio que apelidara de *imaginação*, começou a se distanciar do caminho original. Oscilando à direita a cada passo.

Kyrha e Lucena estavam à frente; Lucena tinha as pernas largas e Kyrha não queria ficar para trás, como se fosse um tipo de competição. Nenhuma delas o viu desandar pela estradinha.

Já estavam próximos, visualizando um castelo de gelo, até...

– Ai! – Foi um gemido alto.

Seu pé tocara um morrinho de vinte centímetros de neve. A ponta de sua bota estava um pouco queimada e sentia o dedão se contorcer dentro do sapato.

Do fundo da neve uma faísca saiu. O buraco que formou se dissolveu e a nevasca evaporou como água na lava.

– Vamos, Demp – chamou Kyrha no caminho certo.

Ele começou a se distanciar do morrinho, todavia sem tirar os globos castanhos dele.

Um grande vento veio, trazendo muita neve, transformando mais uma vez a *coisa* misteriosamente quente em uma colina de neve. As pegadas sumiram, como se Demp nunca tivesse passado por ali.

Mas ele não pôde perguntar o que era, afinal haviam chegado.

A estrada se tornou uma grande praça de tijolos, livre de qualquer conjunto de neve, e os flocos que caíam agora sumiam antes que pudessem tocar o chão. Derretidos pelos postes.

O Natal estava mais vívido ali do que em qualquer outro lugar. Um pequeno grupo de cantores treinava a voz para as músicas natalinas. Conseguia observar ornamentações pelos altares e as famosas lojas que compunham a avenida cheia de passageiros.

No centro da pracinha, um mágico peculiar fazia suas apresentações, atraindo crianças em um círculo de "oh" e "ah".

Demp reagia, impressionado, às apresentações, assim como Lucena, que mesmo com sua altura fazia questão de adentrar ainda mais na plateia infantil. O mágico trajava um paletó e usava uma cabeça de boneco de neve com uma enorme cenoura nela. Ele desenhou algo no ar e um elefante voou até Kyrha, que manteve a face entediada como se ele não estivesse ali.

Se alguém a visse naquele momento, acharia que era uma adolescente sem graça e desrespeitosa, ou alguém que perdera momentaneamente o sentido de viver.

O artista, indignado, criou um aviãozinho com duas pessoas pilotando, que atravessou a plateia e planou sobre a cabeça de Kyrha, todavia seu rosto ainda indicava boçalidade.

Em resposta, um longo e provocativo bocejo soou de sua boca, mas antes que o apresentador pudesse tentar mais uma vez, Demp sentiu algo o puxar pelo braço, fazendo-o lutar para ficar. Quando finalmente saiu da multidão, vislumbrou o rosto de Kyrha junto de Llu.

Kyrha não parecia muito paciente.

— Parem de ser infantis. Temos compras a fazer.

— Vamos à loja de madame Manifesto. Lembrem-se de a chamarem de apenas "madame Manifesto". Ela é uma mulher de orgulho inflável, mesmo sendo tão espirituosa, e ficará de bom humor. Assim logo poderei barganhar de forma inteligente — instruiu Kyrha, andando entre uma rua sinuosa.

— Então vamos à loja do meu tio, quero mostrar um cachorrinho de dois rabos que vi e adorei. Seria errado dizer que não desejo que o adotem? — disse a amável Llu com sua mania de adorar qualquer animal.

— Podemos ir em uma livraria depois disso — sugeriu Kyrha, não querendo retornar à obviedade da pergunta de Lucena.

Ela queria ter amigos pelo menos até o fim daquele Natal. Parecia muito triste passar o feriado na biblioteca como no ano anterior... Livros não eram a sua companhia favorita, já que queria ter a sua própria história, e não ser uma simples leitora da própria narrativa.

— E depois podemos passar em uma confeitaria e comer um delicioso bolo de morango e nos deleitarmos neste dia — adicionou Demp, recordando a melhor guloseima que comera na sua vida; cada um assentiu com a cabeça.

Kyrha parou na frente de um prédio de vidro, semelhante a um frasco rosado. Pela parede conseguiu ver fileiras de estantes cheias de poções e algumas bolas de cristais, ramos longos e pequenos e vários outros ingredientes.

Ao entrarem, a porta anunciou a chegada com um sino tilintante, e uma mulher velha vinha às pressas dos fundos do alojamento, flutuando em uma almofada vermelha. Os braços enrugados estavam escondidos debaixo do manto, o cabelo mal penteado e grisalho, pouco visível.

Manifesto deu as boas-vindas e eles responderam em uma reverência.

— Onde posso encontrar um caldeirão de bolso, madame Manifesto? — Quis saber Kyrha ao voltar à posição convencional.

A dona da loja indicou o final do corredor e Kyrha correu na direção.

— Ali, Kyrha, minha querida — falou Manifesto, mostrando sua pele para a menininha bruxa, que provavelmente comprava lá havia bastante tempo. Quando Kyrha se fora, um silêncio incomum foi cultivado entre eles. Demp e Lucena preferiam não dizer nada, tentando não estragarem *sem querer* o plano de Kyrha. — Crianças adoráveis, gosto do silêncio. Imagino que enquanto a menina vai apanhar o caldeirão eu possa ler o futuro de vocês. Como conheço Kyrha e é Natal, darei um desconto de cinquenta por cento, então no total serão duas moedas.

Ambos não sabiam o que dizer, apenas que deveriam agradar o ego de madame Manifesto. Então deram as mãos.

— Sim... madame Manifesto — respondeu o medroso Demp, recebendo alguns arrepios na espinha após entregar sua mão jovial aos braços cobertos e enrugados de Manifesto.

Ela tirou a mão do manto e começou a tatear a dele.

— São curvas demais... — Ela parecia reclamar para uma terceira pessoa. — Nada é de tanta certeza. Essa linha é muito profunda. Ah, essa mais próxima é curta. Oh — os olhos dela se desfocaram de forma assustadora —, irá sofrer um ataque ainda neste inverno. Tome cuidado, está bem?

Com pavor, retirou a mão e escondeu atrás da capa estrelada.

Madame Manifesto voou até Lucena e repetiu o processo com ela.

— Aqui as linhas são retas e lisas. Você não sofrerá. Seu futuro é luxuoso e gentil. Aproveite, minha querida.

Diferente de Demp, Lucena ficou mais radiante ao terminar sua sessão.

Kyrha surgiu de um corredor próximo antes da madame poder cobrar as duas crianças de humores extremos. Kyrha possuía um rosto sereno e calmo e em seu ombro havia uma bolsa com o formato de um caldeirão, a alça de ferro larga balançando conforme andava.

– Kyrha, irei lhe dar o desconto de duas moedas. – Esperançosa, apanhou do bolso treze centavos dourados. – Querida, desculpe, não disse antes, mas seus amigos fizeram uma sessão simples cada. Dei desconto de cinquenta, então serão quinze, que é o mesmo preço do caldeirão original. Acho que é um sinal de boa sorte. Se desfaça do dinheiro para ser mais alegre, porque os ricos choram diamantes.

O sorriso solene de Kyrha sumiu como água em um deserto, tornando-se seco e feio.

A curva do seu sorriso ficou tão forçada que, enquanto tirava mais duas moedas, madame a questionou sobre sua saúde espiritual. Pelo o que Demp leu no rosto dela, ela queria chorar diamantes.

Triste por saber de seu futuro trágico, choramingou para Kyrha quando saíram da venda de Manifesto.

– Primeiro, não deveriam ter gastado dinheiro com previsões; na próxima vez os deixarei do lado de fora. Segundo, madame Manifesto é gentil, mas suas visões são erradas. Acho que ela faz isso somente para se divertir ao ver o rosto das pessoas que compraram suas sessões ridículas. – Foi a resposta cética dela.

– Então não serei rica?

Agora era Lucena quem se entristecia.

Kyrha bufou.

– Se eu soubesse que amigos davam despesas...

❋

Eles passaram por ruas largas e finas até que Llu achou o que queria.

A loja em que pararam era bastante simples e comum, com janelas e flores normais. O telhado era vermelho, a porta, um pouco descascada e monótona. Além das garras de leão que saíam das paredes verdes e a chaminé de tufos laranjas como o fogo de uma chaleira.

Quando entraram, pássaros planavam no teto e gatos alisavam o chão. Havia um número grande de gaiolas por toda parte. A venda naquele momento estava cheia e bem competitiva para quem queria adotar um amigo.

Lucena apanhou um cachorrinho de duas caudas. Era cinza com um focinho largo.

Kyrha pegou algo parecido com uma raposa, volumoso e vermelho.

Demp encontrou em seus pés um gato preto de olhos verdes, levou ao peito e começou a acariciar sua pelagem negra e secreta.

Lucena sumiu, mas logo a encontraram em um corredor dialogando com um senhor calvo. Ele usava um colete vermelho e uma camisa social com listras brancas e azuis verticais. Os óculos redondos repousavam no nariz enrugado e era dono de uma face divertida e bondosa.

— Este é meu tio, sr. Light. E esses são meus colegas, Demp e Kyrha — apresentou Lucena, apontando de Demp para Kyrha.

— Parece que conhecem minha sobrinha princesa — brincou ele, curvando-se à realeza. Ela corou. — Tenho de ir. A loja está bem movimentada no momento, mas chamarei vocês para um jantar em algum dia desses — prontificou o velho senhor.

Demp se despediu do gato, que ronronou, triste. Eles ainda teriam um dia cheio.

4

Um final de dia complicado

O grupo seguiu até uma loja de interesse geral. A venda de artefatos mágicos.

A lojinha era vazia de vida humana, mas cheia de magia e itens falantes.

Lucena argumentava contra o quadro de um cavaleiro sangrento, que ria em deboche. Kyrha mexia nas garrafas falantes; uma delas mostrando toda a sua exuberância e arrogância.

– Se quiser me comprar, saiba que sirvo para uma poção do amor. E quero ser bebericada por alguém *bonito*. Porque não vou tocar os lábios de ninguém feio como você!

Kyrha fez uma careta.

– Ah, por favor, você não vai querer esse frasco feio e usado – provocou a garrafa, entrando no diálogo.

Kyrha apanhou rolhas e meteu nas duas, que tremiam sem respirar.

Já Demp, que foi para o fundo, olhando tudo com cuidado, parou em frente a um lampião enferrujado. Possuía uma engrenagem redonda perto de sua orelha, e lá dentro havia um forte fogo azul. Ele vislumbrou uma pequena etiqueta escondida com os dizeres: "Ilumina o que você realmente quer". Ele girou a engrenagem mais um pouco e os raios se multiplicaram em várias direções. O fogo lá dentro estava maior e imponente. Rodou bastante a manivela. Os raios ficaram fortes, queimando um pouco a pele branca. Em reação desligou, apressado, o lampião enferrujado.

— Você sabe que o primeiro item é de graça, Demp? Gostou? Pode levar! — informou Lucena do outro corredor.

— Onde está o vendedor? — perguntou, e Lucena soltou uma risada abafada.

— Demp, o "vendedor" é a loja. Se você tentar sair sem pagar, provavelmente se tornará uma dessas peças, mas a primeira vez é por conta da casa. Eu não posso pegar mais nada porque já levei um quadro. E acho que Kyrha também já veio aqui — continuou, a voz vindo de muito longe.

Sentiu uma pontada no estômago. Aquele lugar parecia horripilante e amedrontador... As peças, as garrafas, tudo!

— Vamos nos reunir na porta! — gritou, passando pelos caixotes, que tremiam levemente.

Kyrha e Lucena já estavam na saída, menos Demp, com o receio crescendo no pulmão, frenético.

— Vamos, não vai acontecer nada. — Foi a frase reconfortante de Llu.

Ele deu um passo de olhos fechados e sentiu o vento frio do lado de fora bater em sua pele sensível e queimada. É, ele estava ainda vivo.

— Também foi assim na minha primeira vez. Até uma garrafa soltar um grito e eu começar a correr por causa do susto — confessou Kyrha, tampando sua boca risonha.

Eles passaram por mais algumas lojas, comprando cadernos para o ano letivo, canetas, borrachas, penas e materiais. Ah, cestas também, saias para as garotas, colarinhos e mais algumas coisas. A última parada foi na livraria, onde Kyrha surgiu com um romance e Lucena com um livro de receitas de bolos.

Demp apanhou uma história interessante sobre uma fazenda longínqua de qualquer cidade, mas próxima de quem estivesse disposto a desistir de tudo para um recomeço.

Quando voltaram juntos pela estradinha de pedrinhas, Kyrha apontou.

— É um fogo-vivo. São as criaturas que limpam o chão da neve; sabia disso, Demp? — E de relance viu uma chama subir os morros e se esconder debaixo da neve. — Elas estão nas fogueiras, lareias e até nesse lampião — adicionou ela, fitando com interesse a lanterna de Demp. — Por que você escolheu isso?

— Ele não fala... Talvez seja só um objeto normal. — Como uma ligação para voltar ao dormitório, usaram um campo vasto, cheio de morros irregulares cobertos pela neve branca do inverno. Enquanto subiam a última colina, viram uma floresta ampla na parte direita do vagão. — Deve ser maravilhoso vir aqui na primavera. Vamos fazer um piquenique – sugeriu ele, vislumbrando de longe os abetos banhados por uma massa grossa e branca.

Avistaram uma família de cervos brincando na neve, com os abetos sussurrando aos ventos que viviam mais acima.

Mesmo no inverno, a orla era viva.

❋

No salão principal passaram na mesma confeitaria de vitral rosa e xícaras voadoras. Kyrha exclamou, empolgada, ao ver a peça de chá pousar na mesa.

– Como não pude me surpreender quando vi isso pela primeira vez?!

– Talvez tenha de ver duas vezes para apreciar as coisas de verdade – falou Demp, aproveitando o comentário. Retornaram felizes ao entardecer daquele dia, acomodando-se nas poltronas vermelhas e quentes do salão; cada um se sentindo um pouco exausto. – Quando vamos poder fazer *mágica?* – perguntou o ingênuo Demp.

Ele estava olhando a janela na melhor poltrona da sala, imaginando-se usando uma varinha na mão, fazendo os mesmos feitiços dos mágicos da praça, as ilusões mais belas.

Lucena estava tirando os fiapos do carpete e Kyrha lia no outro assento.

– Imagine como deve ser magnífico poder desenhar cavalos no ar e fazê-los galopar pelo céu anil deste inverno – ele acrescentou.

Kyrha abaixou o livro como quem ainda está pensando na pergunta. Lucena parou abruptamente de incomodar os fios do tapete.

– Demp...

– E depois se divertir jogando feitiços reluzentes – interrompeu ele.

– Demp... – persistiu ela, mas sem sucesso.

– Ficar invisível para criar pegadinhas com mais mágica!

– Demp! Você não pode fazer *mágica*! – disse por fim como se tirasse uma pedra da garganta. O rosto dele se tornou pálido. Naquele triste momento um grupo de garotos levados lançava feitiços no candelabro sem dó. – Não me entenda mal, mas você não pode realizar qualquer magia. Você é um *não mágico*. É como se você não tivesse a aura para realizar magia.

Sinto muito. Poucos vêm viver no reino da magia. Você é corajoso. Acho que posso explicar melhor.

Do caldeirão retirou um livro surrado e o abriu com delicadeza.

Ele não estava prestando atenção naquilo, no entanto.

Demp sentia uma fraqueza em seu coração. Como poderia ser tão inocente? Já não bastava ficar surpreso com tudo, agora não poderia nem realizar coisas que via por todo o vagão. Os feitiços, a magia. Parecia que seu cérebro havia se reduzido a uma pequena noz, como se fosse um idiota sem jeito nesse vasto mundo mágico.

Vulnerável.

Ele saltou da poltrona e correu até a escada da forma mais melancólica possível. Quando chegou ao segundo andar, abriu a porta de número três e se lançou entre os cobertores macios e brancos de sua cama. O único som era o de seus gemidos abafados. O coração estava apertado, e os pulmões, ofegantes. Depois de alguns segundos, ouviu a porta se abrir e fechar.

Sentiu um peso na ponta da cama, entretanto não ousou fitar o que havia entrado em seu quarto solitário. Já bastava ele com o nada.

Kyrha sabia o quanto Demp amava fábulas e contos, todavia dessa vez era uma história real sobre o mundo real que existia ali. Deveria usar e abusar de sua cultura cética e séria para explicar as complicações do planeta em que eles viviam.

Ela arfou.

— Ah, não sei muito bem como começar esta longa história. Espero que goste. Nunca fui boa em explicar. Espero que me entenda, Demp Esmerald. Imagine as pessoas como uma tigela de sopa, algumas mais rasas, outras mais profundas. A quantidade de sopa significa seu porte mágico, a potência de sua magia — começou ela, um pouco confusa com suas ideias. — Existem várias espécies de criaturas racionais. Os conhecidos humanos, que são divididos em duas partes extremas: feiticeiros e não mágicos. Entre elas, há algumas divisões, como sereias, centauros, lobisomens e vampiros, mas não é o centro disso no momento. Feiticeiros possuem uma tigela bem profunda, justamente o oposto dos não mágicos, que, chateados com sua genética, separam-se do mundo mágico, vivendo em periferias de montanhas, formando vilas e aldeias eletrônicas, isolando-se. Eles ignoram a magia quase como se não houvesse... Até possuem o próprio calendário.

Ela deu um longo suspiro e continuou:

— Os feiticeiros se ramificam em: centauros, que vivem junto das florestas; as sereias vivem nos oceanos, os demônios, nos vulcões. Todos tendo um tamanho variado de tigela, alguns suportando mais sopa e outros, menos. Desecurecidos e deseluminados razoavelmente possuem uma tigela grande. Feiticeiros são os segundos maiores. Sereias e demônios bem abaixo da etapa mágica, e centauros bastante acima na escala. Bruxas são as criaturas que têm o maior poder mágico de todos, porém foram caçadas por não mágicos. Quando apanhadas, foram colocadas no fogo até enlouquecerem.

Demp sentiu Kyrha estremecer um pouco.

— Depois desse horrível ataque, os feiticeiros tomaram conta do mundo, deixando outras criaturas afastadas de seu meio. Ah, todos grandes egoístas e hipócritas. — Ela revirou os olhos e persistiu na história. — Decidiram expulsar demônios de todas as províncias de seu controle, e todos que foram encontrados nas suas foram jogados em cavernas escuras, alimentados pelos lixos do povo que vive em cima dessas grandes cidades. Sereias, assustadas, nadaram para o mais fundo dos rios. Os centauros se tornaram raros e outras criaturas se afastaram do mundo dos feiticeiros. Pessoas como eu e você não possuem escolha em viver em um mundo melhor. Sinto muito, mas estou tentando ser sincera. Não sei porque você está aqui, Demp, já que não sabia de nada disso. Deveria ter ciência da realidade. Mas não o culpo. Provavelmente no seu universo eles ignoram por completo o nosso, de forma que você nunca ouviu falar de magia. Já vi uma foto do mapa do mundo deles e é bem pequeno... Quando você parou aqui, perdeu-se — recapitulou Kyrha, não querendo parecer grossa. — Poucas raças vivem no mundo dos feiticeiros, passeando ou trabalhando fixamente em uma loja de relógios. Pessoas como Thomas, que se sentem superiores só porque o pai é um governante mentiroso, tomam conta dessas pessoas mais desvalorizadas. Entretanto, o importante é ficar de cabeça erguida, não acha? O orfanato pode ser cruel comigo, mas eu não me importo, porque a vida não é justa. Temos de aceitar isso dentro de nós e continuar.

Sentia-se magoado por não conseguir criar magia e ainda precisava digerir tudo aquilo melhor. Era estranho poder ver a todo o momento crianças jogando feitiços com gravetos nas mãos enquanto ele só vislumbrava.

Porém, a magia não vai parar de brilhar aos meus olhos só porque não posso fazê-la. É como ignorar tudo que não está ao seu alcance. Não posso fazer algo assim, disse para si mesmo enquanto fitava a lua descer pela janela do segundo andar.

O final do dia foi calmo. Na mesa de jantar conseguiu apanhar um pedaço de bolo de morango, fazendo-o se vangloriar até dormir em seus sonhos loucos.

⁂

Após as oito, mãos ambulantes surgiram com bandejas de prata cheias de bebidas e iguarias para a festa de Natal. Lucena bebeu o bafo de dragão e correu até o bebedouro. Kyrha estava animada e apanhou provas de sapos, justamente para provocar seus *odiadores secretos.* E Demp ficou com elas, procurando ainda Demon.

Já eram dez horas quando a porta foi arrombada e apareceu uma bonita garota de cabelos curtos e vermelhos. Roupas roxas e um chapéu enfeitava sua aparência. Os olhos penetrantes eram verdes. Demp a reconheceu sem demora.

Vinha segurando no ombro uma caixa de papelão, passando entre as pessoas e distribuindo vestes.

Ela zanzou entre os times até chegar neles, que estavam no fundo do saguão.

– Feliz Natal. Sou Demon. Estou entregando essas vestes para comemorar o novo semestre – dissera ela, apanhando as últimas roupas da caixinha.

Para Kyrha deu uma jaquetinha roxa, Lucena recebeu uma pulseira com enfeites de flores e Demp ganhou um chapéu festivo de Natal.

– Obrigado – agradeceram todos juntos.

– Eu o conheço de algum lugar... Você é o garoto que trombou no meu manequim?

Ele assentiu, corado, e Kyrha e Lucena começaram a rir em um silêncio não tão silencioso assim.

– Também sou seu parceiro de dormitório, número três. Sou Demp Esmerald. Prazer em conhece-la – cumprimentou ele.

Demon, com a caixa esvaziada, subiu a escadaria rolante com um leve sorriso estampado no rosto fino. Demon poderia parecer conhecida ou bem resolvida, mas era uma pessoa isolada da humanidade que criticava sua maneira de vestir. Sentiu-se aliviada por saber que havia feito um amigo tão velozmente.

Demp tomou o suco de amora e já iria pegar outra copada.

— Vejam a lixeira — disse Kyrha, indignada, guardando os sapos no bolso. Demp avistou no outro extremo do vagão uma fileirinha de pessoa se formar, lançando suas vestes presenteadas na lixeira do dormitório. — Por isso não gosto muito de feiticeiros. Olhe o que fazem quando lhe dão alguma coisa! Vamos lá. Não quero ver ninguém mais chorando neste Natal — falou Kyrha, direcionando-se à lixeira.

Demp se aproximou e viu que um monte de roupas estava lançado no lixo.

Juntos apanharam todas as vestes da lixeira milagrosamente limpa. Lucena foi a que conseguiu pegar mais com seus braços longos e esguios. Subiram a escadaria sem demora e foram ao dormitório quatro torcendo para que Demon não surgisse.

Por sorte, ela não apareceu.

— Isso é um insulto! Como pessoas podem ser tão horríveis com outras pessoas!? Não podemos deixá-la ver isso. Provavelmente vai ficar chateada, pois passou esses últimos dias costurando. Podem ser extravagantes, mas isso não os dá o direito. Olhe essa cinta, é tão simples. É como ver uma mãe loba abandonar a ninhada só porque não gostou de um dos filhos — Demp comentou.

Demp, Lucena e Kyrha optaram por omitir toda a situação. Queriam aproveitar o melhor do Natal com risadas e sem lágrimas. Já bastavam as de Demp.

O garoto ficaria com todas as roupas masculinas e Kyrha e Lucena dividiriam as femininas como quisessem. Ele as pegaria no outro dia quando Demon estivesse ocupada em qualquer outro lugar costurando.

— Ah, sim, foi realmente exaustivo — comprovou Demon, mexendo uma taça de bafo de dragão. Demp percebeu o quanto amigável ela era. Usava roupas atrevidas, mas nada além disso. O comportamento dela até concedeu confiança para ele também usar algo diferente no dia a dia. — Odeio todos os feiticeiros!

Mas não era só de revolta que vivia a guerra.

❄

— Ah, ela é um monstro — dois garotos gritaram, vindo do fundo do saguão, segurando em mãos sapos fermentados.

Atrás, calmamente, vinha Lucena e Kyrha lado a lado.

– Eles tentaram colocar esses sapinhos no cabelo de Kyrha. Eu não gosto de brigar, porém essa foi uma situação isolada. Então os tirei das mãozinhas dele e enfiei na boca de um enquanto o outro corria – explicou Lucena, muito feliz de sua atitude.

Elas se reuniram com ele e Demon.

– Thomas é o garoto do segundo ano que joga água no rosto de Kyrha. Algumas vezes a humilha sem o menor motivo, mas ele sempre argumenta que é por ela ser uma bruxa – comentou Demp quando Demon perguntou sobre o garoto.

– Por que você ainda não fez nada a respeito? – perguntou Lucena.

– Apenas não posso. O pai dele é sócio do trem e provavelmente provocaria expulsão imediata se não fizermos algum plano potente – respondeu Kyrha lentamente, como se aquilo já tivesse sido planejado por ela.

Demon girou sua taça, pensativa.

A conversa avançou outra vez, indo para a infância perdida deles.

– Me recordo da vez que queimei um de meus vestidos com um isqueiro. Acho curioso como o fogo consegue nos fascinar quando mais novos – Demon comentou, rindo após tomar um gole do bafo de dragão.

– Uma vez traças comeram meu lindo vestido rosa. Tive dó de brigar com as coitadinhas. Como poderia culpá-las? Viviam na escuridão de meu guarda-roupa – disse Llu, ajeitando os cabelos. – E sabe o que fiz? Sacrifiquei sete vestidos meus para elas.

– Ah, não me lembrem da vez que consegui de alguma forma arrancar os babados do meu vestido pensando que ficaria mais bonito sem. Fiquei chorando na minha cama por ter estragado meu belo vestido amora – recordou Demon, rindo de si mesma.

A noite passou voando como borboletas em uma ventania de primavera. Demp observava com sutileza a lua cheia se erguer no céu estrelado de cruzes brancas e riscos prateados.

Se ele observasse o lado bom, teria mais roupas além de uma capa e vestes sem graças. O garoto se deitou.

Afinal, Llu acabou se divertido no Natal, pensou.

O sono não veio.

Demp não conseguia dormir, rolando na cama, diferente de Demon, cujos roncos cansados após noites de trabalho podiam ser ouvidos. Ele foi até a escrivaninha, puxou um caderno e escreveu um pequeno poema. Não estava ainda bom, porém precisava liberar aquela criatividade em algum lugar.

Ele se sentiu mais leve e foi dormir.

Quem é você

Seu coração está apertado
Para onde esse papel te levou?
Meu precioso, a tempestade veio
E, como eu já sabia, tudo desmoronou.

Você fingiu ser alguém no alto
Enquanto todos viam descer para baixo
Você disse que ficaria tudo bem
Mesmo sabendo que nada estavam bem.

Seu coração está fechado, agora diz que nunca fui amado
Me lançando xingamentos desanexados
Mas no fundo você só não quer ser você
Porém, não é por isso que as coisas deixarão de acontecer.

O horizonte é nublado, e dentro de você rios caem longe de mim
Você não é um trovão ou facão, apenas uma margarida de dentes-de-leão
Por favor, eu sei que aí dentro há um coração.

Quando você se foi, gritou para mim:
– Quem é você? – E eu nunca poderia esquecer, pois para mim
Você sempre será você.

Mesmo que tudo se for como um sonho, ainda tenho de lembrar
Sempre a me lamentar:
Quem eu sou? Um gato preto a chorar...

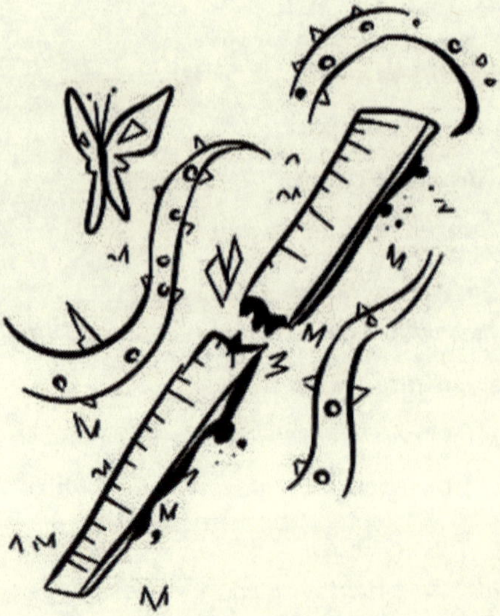

5

Pesadelos no Pântano

Andando pelo pântano nebuloso, recaído pelo luar gélido, estava Demp. As árvores eram esguias e grosseiras, o som que faziam era semelhante a um cochicho risonho. Os sapos pareciam incomodados, e os crocodilos, irritados com os próprios lagos.

Demp caminhou mais uma vez entre a terra partida pelo medo; sabia que poderia aproveitar melhor o ambiente se não estivesse horrorizado. As árvores possuíam rosto entalhados com máscaras e as raízes eram como garras.

As suas ações já não eram mais suas. Os pés andavam mecanicamente e as mãos tremiam. A única coisa que desejava era poder correr e procurar vaga-lumes longe do pântano tenebroso.

Aproximou seu nariz a centímetros da água esverdeada da lagoa, vendo a imagem distorcida balançar fantasmagoricamente. Em frações de segundos, uma mão de madeira podre subiu para a superfície e apanhou seu rosto, puxando-o das profundezas daquele lugar.

!!!

❄

Havia sido despertado pelo som da música do rádio. Demon o comprara na manhã de Natal de um vendedor ambulante, dissera que adorava as músicas que passavam na rádio Fogo em Ascensão.

À primeira vista, Demp imaginara que passariam músicas de estilo mais pesado ou metálico, entretanto se enganara mais uma vez sobre os fatos de sua parceira de dormitório. Demon sempre conseguia ligar o rádio nos momentos em que as músicas *pops* passavam ou algo mais frenético, dando ares renovadores a Demp e ela.

A garota estava se aprontando na frente da janela leste. O sol já nascia no horizonte frívolo e as nuvens cinzas voavam, sonolentas.

— Rápido, Demp. Não quero me atrasar — ela falou, colocando um pingente nos cabelos.

Descendo a escadaria dourada, Demon ajeitou a saia amassada. O cabelo estava bem penteado e um brinco de metal pendia em sua orelha. Ela aproveitou o tempo de chegarem ao térreo e arrumou a gola das vestes de Demp, fruto de sua ansiedade.

Era o primeiro dia de aula!

O barulho das engrenagens havia cessado, e consigo todos os outros. O salão estava cheio, porém ninguém ali ousava pronunciar quaisquer ruídos. Demp e Demon ficaram rígidos e nervosos, mas seguiram o exemplo dos outros, acomodando-se em pé ao lado da escadaria.

— *Enton começarrei se demorra* — disse o fantasma no centro do saguão, em seu sotaque francês mortificado.

Suas vestes eram de ferro e no braço segurava um capacete cinzento. Estava sobre seu cavalo negro de crina suja, com o queixo sempre apontado para cima. Antes que o fantasma pudesse puxar a lista de nomes, um cochicho audível veio da outra ponta do saguão, de um grupo de garotos e garotas em um canto escuro.

O fantasma francês, ofendido, fez seu cavalo galopar na direção do grupo, que deu um suspiro medroso em uníssono.

— *Jurro que matarrei quem me interrompé mais uma vez* — urrou o feroz cavaleiro, voltando ao centro do salão. Demp sentiu, mesmo sem ver, o grupinho se encolher, apavorado. Ele tirou da armadura uma lista em um papiro velho e surrado. — *Como já sabem, serron trêrs turmas, sendó: Assombrração, Serreia Solitárria e Medusa* — anúncio com vigor.

A equipe da Sereia Solitária foi a primeira a ser chamada, agrupando-se em uma fila tímida e quieta. Nervosa, Demon enrolou seu braço no de Demp, com a outra mão nos lábios, diferente de Lucena, que estava alisando a cabeleira clara.

— *A turma Assombrração serrá a próxima* — o professor continuou. — *Victor McLaren.* — Um garoto alto de cabelos ruivos foi à frente. Tinha uma pintinha elegante de baixo de seu olho esquerdo e um telescópio nas costas. — *Megan F. Junior, Liliane Mundana e Evans Black.* — Evans era alto, tinha cabelos negros e desarrumados, suas vestes eram escuras e seu cachecol carmim era uma exceção no traje. Megan remexia a cintura a cada passo que dava; não com elegância, mas com uma espécie de desespero romântico. — *Elizabeth Duplic, Demon Deffit e Otto Thunder.* — Demon se soltou de Demp e andou até a fila. Depois, fez um sinal de positivo para Demp, que agora puxava fios de sua cabeça ansiosamente. — *Lucena Light e Kyrha Sabugueiro.*

As duas surgiram de trás da árvore de Natal. Lucena realmente alisava o cabelo e Kyrha roía as unhas. Foram de mãos dadas à fileira que se acumulava ao lado do cavaleiro.

"Boa sorte", disseram sem fazer som algum para Demp.

O fantasma francês arquejou. Parecia que a lista tinha finalizado.

Ele apertou os olhos e falou:

— *Agorra é Medusa.* — Demp gelou, mas viu em seguida outra vez o fantasma fechar os olhos e colocar a folha próximo ao rosto. — *Ah, aindá tem mais dois...* — Parecia que até no pós-morte os globos eram traiçoeiros. — *Ágata Thanks e Demp Esmerald* — chamou, voltando a olhar o papiro.

Uma garota de cachos maltratados caminhava ao seu lado, usando um vestido de girassóis exuberantes. Seus braços bobos gesticulavam. Ali, Demp fitou a última equipe se formar sem ousar soltar qualquer som, apenas dançando com as mãos agitadas.

Ele sabia que o mundo não poderia ser tão horrível com ele tantas vezes seguidas, mas mesmo assim não se importou em sentir alegria pelo acontecimento.

— *O sistema de honrra já está funcionando... Sim, podem comermorrar* — anunciou o fantasma, que pulou no ar e desapareceu na atmosfera.

Após isso, palmas e gritos começaram a se manifestar. Como uma onda, os aprendizes tiraram de seus bolsos papeizinhos. Demp puxou da calça um, não lembrando de ter pegado o horário.

— É a nossa grade — desvendou uma voz. — Temos aula na cúpula. O segredo da sala é: *plante amor no seu coração* — disse Victor, abrindo a porta para a fila o seguir.

— Que brega — resmungou alguém, possivelmente Kyrha, e a fileira seguiu.

As flores saboreavam o calor da cúpula, penduradas nas paredes, confortáveis em seus vasos observando o temporal de inverno do lado de fora. Um lírio cumprimentou a entrada da turma, balançando junto com a porta.

Demp andava entre Kyrha e Lucena, os três satisfeitos com a manhã, felizes por estarem na mesma classe. Demon andava sem prestar atenção, beirando o trio, sem dar muita importância aos diálogos otimistas.

— Venham logo. Parecem piores do que as lesmas que peguei nos girassóis! Peguem essas sementes — resmungou a amarga professora. O cabelo estava preso em um coque rígido e suas roupas eram largas e mofadas. Além disso, usava óculos marrons de arrame pontiagudo. A professora parecia querer aparentar ser mais velha, já que se vestia como tal e não tinha rugas. — Agora peguem, naquela bancada, os vasos laranja, somente os laranja. Se não conseguir ver um é porque é daltônico.

— Professora, qual o seu... — perguntou Ágata, constrangida.

— Já vejo em seu rosto que a pergunta não vale apena ser respondida. Por favor, fique quieta e faça o que pedi — interrompeu a velha não tão velha assim.

Demp foi o último a chegar na bancada. Otto havia o interrompido no caminho, furando a filinha que se formava à sua frente.

Quando finalmente conseguiu apoiar a mão na mesa, deparou-se com a falta de vasos vermelhos.

Será que sou daltônico?, pensou. *Não. Vi essa cor agorinha no pingente de Demon...*

Ele pegou um vaso avermelhado na bancada de madeira, dando de ombros por não encontrar algo alaranjado, juntando-se a Llu e Kyrha. Achava que Rosalina era como Kyrha, talvez mais amargurada, mas ainda assim boa; e não o faria nenhum mal.

– Agora mexam a terra de cinco em cinco minutos. Ela não precisa de água – instruiu a professora sem nome, no entanto apelidada por Demp como *Sra. Velha*.

O garoto fez o que a professora mandara, olhando para o relógio no pulso compulsivamente. Queria causar a melhor impressão em seu primeiro dia.

Ela passou duas vezes pelos alunos, procurando qualquer erro entre eles.

Demp mexia a terra no ritmo correto, consultando a hora.

A professora se levantou com dificuldade, causando risadas em Otto e Victor.

Lucena estava falando com alguém do outro lado, Kyrha lia um livro nos joelhos, escondido embaixo da mesa para que a professora não visse. Demp ficou pensando, vagando pela sua mente. Ele não se incomodava com o silêncio, na verdade era apaixonado por ele, pois conseguia inventar histórias.

Olhou mais uma vez para cada um na sala: Victor fofocava com Otto, Megan e Elizabeth pareciam já serem amigas e Evans se excluía em um canto com sua planta. Arrastando suas galochas, sem ele ouvir, a professora se aproximou de Demp. Puxou sua gola de forma que apertou o seu pescocinho, deixando-o sem fôlego.

– Por que seu vaso é vermelho!? Já é tão desobediente na primeira aula da estação? Bem, então será a prova viva para seus colegas saberem do que sou capaz. Venha aqui!

Demp tentou dizer algo, mas seus pulmões estavam tampados o suficiente para não conseguir pronunciar uma palavra. Ela o carregou até a bancada, de frente para a turma inteira.

– Não... tinha mais vasos laranja – suplicou, porém ela ignorou seu protesto.

A professora se curvou para um vaso cheio de flores amarelas, e daquele lugar retirou um pequeno caco de argila laranja.

— Mentiroso! Sei disso porque verifiquei a contagem mais cedo! Você quebrou e escondeu!

Ela fungou o nariz, irritada.

— Eu... eu.. e-u.

Os rostos direcionados à sua pessoa deixaram o jovem ainda mais nervoso, tremendo de humilhação e confusão. Furiosa, retirou da mesa uma régua amarela, larga como uma cobra adulta e mais dura que o tronco de madeira do qual fora tirada.

Segurou com força as mãozinhas de Demp e...

Bam!

⁂

Suas mãos ardiam e estavam tão vermelhas quanto o sangue que corria em suas veias chorosas, encostado na parede do dormitório. Não havia mais ninguém por causa das aulas, e ele aproveitou para chorar.

— Nunca mais irei a qualquer aula — declarou, soltando mais lágrimas para Kyrha e Llu.

— Demp, ela foi uma tirana. Você nem teve tempo de fazer qualquer coisa — comentou Llu, solidarizando-se.

— Tenho um defeito maior do que meu nariz... Minha imaginação precipitada parece me castigar às noites e agora. Se essa foi somente a primeira aula... Pense como eu: como devem ser as próximas? — argumentou, dando pausas para deixar as lágrimas escorrerem pelo rosto. — Mas... o pior.... é que não quebrei aquele vaso... Juro... que se quebrasse seria naquele rosto carrancudo — balbuciou.

Kyrha e Lucena tentaram não rir, vendo em suas mentes uma cena de total glória, decidindo gargalhar quando estivessem em sala de aula.

— Demp, logo irá começar a aula de feitiços. Sei que você não pode fazer magia, porém há algo que você não sabe sobre essa aula. — Ele levantou um pouco o rosto. — A professora entregará artefatos mágicos para pessoas que são iguais a você — disse Llu.

— E então poderá criar alguns feitiços, mas apenas com o uso de artefatos mágicos, que são particularmente caros. Por que você acha que aquele lampião funciona sem você ter energia mágica para reabastecê-lo? Ele já é mágico e não precisa de ninguém — Kyrha reforçou.

— Vamos aproveitar — acrescentou Llu.

— Imagine poder fazer um cavalo prateado galopar no ar — falou a estratégica Kyrha, e o peixe fisgou a isca com total prazer. — Provavelmente nessa aula não vamos fazer feitiços, será só teoria, mas logo vamos evoluir e é muito bom passar uma boa impressão.

Ele se levantou com as bochechas rosadas e disse:

— Parece que chorei? — Elas fizeram que não, porém também não queriam se atrasar mais. — Talvez esse seja seu ataque, Demp. E eu serei rica — disse Lucena, precipitando-se, mais radiante do que deveria.

❋

A turma Assombração adentrou em uma sala circular com vários andares. As carteiras eram como grandes bancos fincados ao chão em formato de escadaria. Demp se acomodou no alto, junto de Kyrha e Llu, observando um quadro negro no fim da escada.

A professora era dona de olhos negros gentis, pele clara e um sorriso sutil. Seu corpo poderia ser descrito resumidamente como "uma estátua sagrada". O cabelo também era preto, liso no início, mas tinha ondulações do meio para o fim, e usava grandes e luxuosos brincos nas orelhas.

Segurava uma varinha e a mexeu com elegância em direção ao quadro. Atividades surgiam magicamente rabiscadas com giz. As tarefas eram numerosas, fáceis no começo, todavia se tornavam sinuosas conforme o número da questão aumentava.

Demp se apressou em copiar, tentando acompanhar o nível mestre de Kyrha.

Todas as vezes que Demp possuía uma pergunta que nem Kyrha ou Lucena podiam responder, ele se levantava e ia sem ressentimentos à professora, que o tratava com gentileza. Ela era o oposto da Sra. Enrugada. Aquela se chama Srta. Di.

– Sim, Demp, os unicórnios vivem em florestas e campos e são muitos tímidos. Sim, até mais do que Otto ali. Sim, os exercícios são para eu poder avaliar vocês. Logo poderá fazer alguns feitiços simples. Sim, até cavalos galoparem no ar. – Ela olhou para Demp. – Agora deixe eu fazer uma perguntinha, o que são essas marcas na sua mão?

Demp escondeu a mão atrás da folha.

Comentou, olhando para a janela, como o clima do inverno era bonito e saiu apressado. Di não desviou os olhos dele, no entanto. E ela voltou a questioná-lo na última vez que ele estava em sua mesa, porém sua resposta foi seca:

– Nada, professora Di.

E saiu correndo mais uma vez para sua carteira; a mão na capa.

Desconfiada, e sem convicção na resposta de seu aluno, colocou as mãos no bolso. Sempre a ajudava a pensar melhor...

Em cima, Megan comentava:

– Aposto que ela usou alguma pena de trapaça. Primeiro é uma bruxa, não devemos confiar em bruxas, e segundo não tem segundo argumento. Ela é bruxa e ponto-final – fofocou a invejosa Megan de sua mesa longínqua, falando com Elizabeth, que roía as unhas, preocupada de não conseguir responder nem a primeira questão da atividade.

Kyrha havia conseguido finalizar sua tarefa ainda na aula, dando dicas para Llu e Demp, que se aborreceram bastante com as respostas enigmáticas dela.

– Vamos, vamos, vocês conseguem – disse Kyrha, otimista, o que era apenas uma fachada para não contar a resposta a eles.

Kyrha queria que eles descobrissem.

A turma já se despedia da professora Di, indo famintos para o almoço. Menos Demp, que corria contra o tempo para terminar sua lição a qualquer custo. Llu e Kyrha haviam indo e Demp ficou rabiscando a caderneta, procurando o resultado de sete elevado a sete. Ele estava errando alguma coisa... mas o quê?

O jovem escutou alguém se aproximar, no entanto não desviou os olhos da folha, ainda querendo terminar a questão.

— Desculpe, Demp. — Ele parou, virando-se para o garoto. — Fui eu quem quebrou o último vaso laranja. Me perdoe. Eu não sabia que ela poderia fazer aquilo. Ele estava muito frágil, e, quando o puxei, acabei arrancando um lado. Eu... eu estava o vendo no dormitório e na sala agora a pouco e parece ser alguém legal. Se soubesse que ela o atacaria, não teria escondido e assumiria meu erro. Pode me perdoar? — disse o tristonho Otto.

Seu cabelo era claro, e suas bochechas, rosadas e redondas. Usava uma franja e sua voz soava doce e melancólica, alargando seus suspensórios e ricocheteando no corpo como uma forma de se castigar.

Demp o olhou com supressa e falou:

— Posso fazer isso.

⁂

Demp deixou sua atividade terminada com a paciente professora Di, que o fitou com curiosidade por alguns segundos e vislumbrou os dois garotos saírem de sua sala malucos por um prato cheio no almoço.

Algo que Demp e Otto desconheciam era a habilidade de Di sobre ser uma verdadeira detetive em seus horários vagos, além de ter uma boa audição, ajudando-a a ouvir trechos da confissão de Otto.

Apanhou sua malinha com seus materiais e partiu para seu prestigiado horário de almoço. Com a mão na maçaneta, disse o segredo do dormitório dos professores em um sussurro:

— Forme vidas a partir da sua.

Um saguão semelhante ao dormitório do primeiro ano se formou; havia apenas alguns detalhes diferentes, como uma árvore menor e sem graça e o incrível fato de a biblioteca estar sempre lotada.

Subiu a escadaria de prata e foi à porta número onze.

Uma velha ranzinza a atendeu:

– Não esperava visitas – reclamou Rosalina Thorns com seus óculos pontudos.

A professora Di se permitiu entrar com seu sorriso sutil, fitando a caverna do ogro com cuidado. Os papéis de parede eram descartados e feios, a terra estava espalhada pela entrada e existia uma bagunça natural por todo o espaço.

Di se acomodou à mesa, olhando o fogão com ferrugem ser ligado às pressas.

– Então, Rosalina, como vai a estadia aqui? – questionou Di, apanhando uma xícara de chá.

– Não acho que lhe interessa. A última pessoa que me perguntou isso foi minha falecida mãe – mentiu, irritada.

– Então poderá dizer que a última foi uma linda professora de feitiços – vangloriou-se Di. Sem dar uma resposta, apanhou um pedaço duro da carne e entregou ao prato de Di, que tentou não se sentir ofendida com o alimento dado. – Gosta mesmo de ensinar ou só de bater em crianças? – Foi a cartada de Di depois de um longo silêncio.

Rosalina ajeitou seus óculos, fungou o nariz e disse:

– Não acho que você tenha alguma coisa a ver com meu método de ensino, Di. Ele mereceu. Pegou um dos vasos, quebrou e mentiu. Moleques assim merecem levar dolorosas palmadas. Minha vó me ensinou assim e dessa maneira ensinarei a eles. Sinto em dizer, no entanto agora ele está em minha mira. Sou uma Thorns, e Thorns não se esquecem tão rápido assim, Di. Farei ele odiar a matéria de plantas.

Diferente da anfitriã, Di não acreditava na palmatória, mas sim em conversas.

Porque se você convence a mente, convence o corpo, já o oposto não funcionará de qualquer forma, pensou ela, assentindo, porém sem concordar.

Não se dando por vencida, terminou seu almoço frio em silêncio e saiu com seu conveniente sorriso no intuito de provocar Rosalina, algo que funcionou com eficiência.

Di saiu escondendo sua raiva e prometeu a si mesma que arrumaria uma maneira de fazer Rosalina esquecer Demp. Ele não era o tipo de garoto que merecia ser apunhalado, só fora interpretado de forma errada. Rosalina não iria ouvi-la tão facilmente, contudo.

Mesmo assim, conseguiria. Nem que isso consistisse em tirar o sobrenome de Rosalina, que, para Di, não significava nada além de estrume estragado. Foi dessa maneira que Di passou suas próximas aulas: formando um plano pacífico, mas chegando a ponto de precisar de facas voadoras perseguindo Rosalina.

– Professora, por que está com esse sorriso maléfico? Não é por mal, só que ele me assusta um pouco – disse o medroso e sincero Josh, da equipe Sereia Solitária, encolhendo os ombros.

"Só esqueça, querido", lembrou-se de uma canção de que gostava muito.

Não esqueceria.

6

ASSOMBRAÇÕES TÊM ASSOMBRAÇÕES?

Uma semana havia se passado e a sequência tinha se quebrado com aulas chatas e monótonas; com professores que não riam ou melhoravam de alguma forma suas tarefas. As aulas da professora Di era a única exceção. Ela parecia dançar, elegante, diante do quadro com suas explicações e voar pelos cantos da sala com seu sorriso gentil.

Os pesadelos de Demp se tornaram mais frequentes e vívidos, agora tendo mais silêncio e sangue. Todas as manhãs acordava com um comentário de Demon semelhante a este: "Parece que dorme em um pula-pula para acordar dando tantos saltos. Ainda é inverno. Se acalme, Demp".

Em seguida vinha uma gargalhada abafada.

As aulas na cúpula ficavam cada vez mais insuportáveis, obviamente por parte da rancorosa professora Rosalina. Sempre arrumando uma maneira de humilhar Demp na frente de toda a sala.

— Isso é uma catástrofe! Depois me perguntam por que não devem usar as tesouras! — exclamou quando Demp depositou seu vaso vermelho na mesa dela.

Megan e Elizabeth, já habituadas, riram, mas pararam assim que viram o olhar ameaçador de Otto.

Em uma das noites cheias de granizos, nas quais o temporal ameaçava casas pequenas com telhados fracos, chegou uma encomenda incomum endereçada ao seu nome; e junto dela uma carta feia e amarelada:

Sr. Esmerald, por causa de seu horripilante desempenho em minha aula, e para não atrasar a turma, estou enviando este vaso com uma semente de olho-cru. Quero que a plante. Desejo a flor dela em minha mesa na próxima semana.

Professora Rosalina Thorns

— É incrível pensar como ela consegue ser educada quando escreve uma carta. Como ela não disse "porque você é horrível" ou algo do tipo como nas aulas? — comentou Kyrha com a carta em mãos.

— Deve ser porque no tempo dela não existia carta, então não sabe se pode xingar por elas — zombou Lucena, fitando a letra grossa de Rosalina.

— Então esse é o nome dela... — murmurou Ágata, um pouco desconexa do assunto.

Dessa vez usava um vestido parecido com um pimentão, com bordas verdes e um centro vermelho desbotado. Demp ainda estava de olhos arregalados, encarando o vasinho e pensando como faria o olho-cru crescer tão rapidamente.

— Achei que não podíamos forçar velocidade na natureza. Ela não tinha dito isso na última aula? — ele reclamou. Todos assentiram, menos Demon, que fazia uma trancinha no cabelo de Ágata. — Poxa!

Em uma das trocas de sala, o trio se deparou com Thomas e uma garota chamada por ele de Liba. Os dois sacaram as varinhas e os cumprimentaram com o suco de amora mais amargo que Demp já provara.

Kyrha foi rápida e segurou Lucena com força, tentando impedir que a amiga fosse atingida pela jogada dos dois, mas de nada serviu.

— Seu...! — Tentou xingar Llu entre dentes.

— Vocês merecem. Por ser aliarem a essa *coisa* nojenta — ele provocou, olhando para Kyrha.

Quando já haviam passado, Kyrha disse em um sussurro enraivecido:

— Cheguem mais perto. Vou secar a gente.

Tirou o cajado da cintura, que automaticamente começou a sucção das vestes dos garotos molhados. Ela já havia passado por aquela situação várias vezes e sabia como se prevenir.

— Por que não falamos com algum professor? — questionou Lucena, espremendo seu lindo cabelo.

— Você acha que não tentei com alguns deles? Posso dizer que é parecido como comer um cacto. — Foi a resposta sarcástica de Kyrha. — Eles dizem: "A situação é difícil, Kyrha..." e mais nada.

— Mas eu sou a princesa! Tenho meus privilégios!

— Você acha que uma rainha de aparências pode tirar um presidente do cargo? A realeza é só uma instituição, mais nada. Já eles... — Kyrha não quis terminar a frase. — Precisamos de algo maior do que *privilégios*. Segundo, é você que o serve, não o contrário. Melhor assim do que aliada a ele.

A aula de culinária se iniciou e Demp entrou alegre e saltitante no cômodo. Acabou chegando levemente atrasado por causa do sermão exagerado da professora de plantas, mas não deixou essa negatividade atrapalhar aquela aula tão diferente das outras.

Quando entrou a primeira coisa que vislumbrou foi Kyrha dando um aceno animado para o teto, de cabeça para baixo, e Lucena dançando enquanto mexia a massa do bolo que estava preparando na parede esquerda. Megan e Elizabeth fofocavam à direita e Otto estava com Demon e Ágata.

Victor conversava com o professor Geovane também no alto.

Demp se sentia aliviado por estar em uma atividade mágica. Poder andar pelas paredes e teto o deixava fascinado ainda mais pelas complexidades da magia, algo que sua ignorância ainda precisava superar.

Os pratos e temperos ficavam na parede esquerda, e à direita, outros ingredientes, como queijos ralados. No teto havia uma pequena janelinha branca de bordas douradas. Logo que um prato era julgado bom o bastante era passado por aquela janelinha dourada, administrada pelo crítico professor Geovane.

Demp não sabia para onde ela levava, poderia ser um restaurante ou a lua.

No monótono chão, uma miniatura de pilar existia com um formato elegante de mármore. Demp observou um pequeno papelzinho surgir na pilastra, correndo para apanhar seu avental branco.

Tenho de preparar uma salada simples. Sorte a minha, pensou, colocando a roupa adequada.

Primeiro apanhou o prato na parede esquerda e correu direto para a oposta, na qual pegou um tomate, alface e picles.

– Qual é seu pedido? Hum... saladas não parecem tão difíceis de fazer quanto um bolo... – reclamou Lucena, mexendo com mais pressa a massa, e logo descansando seu braço fatigado.

– É injusto.

– O professor disse que a batedeira quebrou, então estou aqui – contou ela, voltando a amassar a colher na vasilha do bolo.

– Será que ele a quebrou em um de seus ataques? Você sabe que Geovane não é tão calmo quando seu ego é quebrado... Poderia ter sido em outra aula.

Llu deu de ombros.

Demp gostava de imaginar respostas para perguntas com as quais ninguém se importava.

Ele correu até o teto, no qual cumprimentou com um aceno de cabeça o professor. Ele era musculoso e tinha um bigode lustroso e negro, que Victor admirava tanto.

– Se meus cabelos não fossem vermelhos poderia ter a chance de ter um bigode igual ao seu, professor? – Geovane apenas ignorou o elogio de Victor, alisando mais uma vez seu bigode de que tanto se orgulhava. Ele observava Demp andar pela cozinha. Demp voou para lavar os ingredientes e começou a cortá-los com uma faca afiada. – O senhor sabe alguma maneira de trocar a cor de meus cabelos? – implorou Victor.

Demp estava preocupado com seu trabalho e nem prestou atenção nos comentários maldosos do professor. E então começou a fatiar o tomate.

– Baba de dragão adormecido – leu no finalzinho da lista que segurava.

Estava prestes a finalizar toda a tarefa, correu com o prato na mão, balançando perigosamente em sua palma, depositou a comida na bancada e derramou nela o molho desejado; a cor violeta brilhava forte sobre as folhas verdes e vermelhas.

Demp a entregou ao professor, desesperado por um elogio; suplicando com os olhos, deixou tudo à opinião do chefe culinário.

— Você fez tudo muito bem. O tomate foi bem cortado e o alface também. O picles me dá fome. Mas, infelizmente, colocou bastante molho nele.

Demp estava parado à frente do professor, porém sua mente andava tão agitada quanto como correra havia pouco minutos.

— Eu posso resolver isso.

Demp tomou o prato do professor e tirou com a mão o excesso de baba de dragão adormecido, um molho com efeitos que Demp desconhecia. Para não desperdiçar, meteu tudo na boca trêmula.

Segundos depois de deixar o prato na mão do professor perplexo, sentiu o mundo à sua volta girar. As pernas perderem a força e o bigode reluzente do professor desapareceu em uma paisagem negra e atormentada.

Ele não podia diferenciar Victor entrando em desespero ou o professor gritando por ajuda. Mais uma vez estava em um pantanal banhando pelo luar, com sangue entre os galhos das árvores. O lago esverdeado estava mais largo e infinito, cheio de troncos flutuando sobre ele. Descansou nas águas silenciosas do rio e, de repente, sentiu o corpo sendo puxado para dentro das profundezas por um braço velho feito de madeira podre.

Demp sentiu a água emundar seus pulmões.

Mas ele não lutava mais contra o pesadelo, deixou-o levar.

⁂

— Demp?! Demp! Demp!

Sentiu o corpo ser chacoalhado de um lado para o outro pelos ombros. Lucena se formou à sua frente, um pouco mais desesperada do que o convencional. Na ponta da cama, Kyrha descansava de olhos fechados. Demon estava em pé, arrumando algumas coisas na escrivaninha.

— Finalmente você acordou. Desde o almoço você começou a falar umas palavras estranhas, sabe? Estava com um leve medo de não acordar. Minha prima morreu desse jeito, dormindo. Me dá arrepios só de pensar — Lucena falou, dando um suspiro de alívio, e deixou Kyrha participar do diálogo.

Ela o olhava como uma médica que relataria uma doença terminal ao paciente.

– O que ouvi enquanto você dormia não me é estranho. Já é de noite e a biblioteca deve estar vazia. Vamos lá. Quero ver se estou certa. Tomara que você consiga se levantar – disse Kyrha, ainda séria.

Demp se ergueu um pouco cansado; mesmo tendo acabado de acordar parecia que havia corrido quilômetros. A testa estava um pouco suada.

Llu pegou a lanterna em formato de lampião e se foram.

Demon disse que precisava ir ao vagão do asilo para finalizar uma peça, deixando só os três.

O trio subiu a escadaria dourada sem demora.

– O professor ficou muito preocupado quando você desmaiou ou dormiu, tanto faz. Como se o bigode dele tivesse caído – comentou a risonha Llu.

– E só para constar, baba de dragão adormecido faz você dormir. É como um chá de camomila bem potente – adicionou Kyrha categoricamente. – Tem um gosto bom, mas em excesso... não.

Demp estava olhando para a janela acima.

– Quero ver tanto a lua cheia na primavera! Imagine poder visualizá-la nos campos cheios de flores e abelhas, descendo entre os Abetos Sussurrantes. Também quero tanto fazer um piquenique naquele campo. Neste momento está cheio de neve, mas na minha mente está coberto por flores silvestres. Eu vi alguns arbustos, sabia? Podem ter amoras. Tomara que o inverno passe logo, já não posso mais esperar – disse o maravilhado e exausto Demp, como se não tivesse desmaiado.

Ele tentava esquecer o sonho, porém a imagem do lago ainda era vívida em sua mente.

Entraram em uma sala ampla, tanto de largura quanto altura. O candelabro estava desligado e por isso Lucena segurava o lampião de Demp, que iluminava perfeitamente o caminho. As estantes chegavam aos três metros e Kyrha se sentia cada vez mais baixa.

– Liguem a luz – murmurou Demp.

— Aqui não tem ninguém, mas se acendermos alguém virá e mandará a gente ir dormir, então não — sussurrou Kyrha. — Ah, não precisa também falar baixinho — lembrou, aumentando o volume da voz.

Havia uma única janela no alto da parede do corredor do meio, redonda, mostrando o céu escuro e a lua minguante, que logo se transformaria em lua cheia.

Kyrha encontrou sem demora o corredor que desejava. Ela adentrou a escuridão da biblioteca sem medo.

— *Artigos de assombrações e fantasmas* — leu Demp a placa que indicava aquela passagem.

Acharam Kyrha no finalzinho, com um livro marrom desbotado nas mãos. Ela o abriu com pressa e mostrou uma imagem.

— Reconhece essa criatura de seus sonhos, Demp?

Pasmo com a certeza de Kyrha, assentiu vislumbrando aquela conhecida mão.

O tom de pele de Llu se tornou pálido como uma pérola, deixando a luz do lampião tremer levemente na mão. Kyrha estava incrédula com a própria pergunta. Fechou o livro e o guardou.

Kyrha e Lucena começaram a liderar o caminho para irem embora, olhando para todas as direções. Demp estava cansado, a mente latejava de dor, como se a qualquer momento fosse explodir. Assim, sentou-se no soalho sujo da biblioteca, as costas apoiadas na estante gigantesca, ofegante e suando frio. Seu corpo parecia não suportar sua alma.

— Pode ir. Vou ficar com ele. Chame ajuda, ok? — disse Kyrha com a voz suplicante.

Lucena acenou e foi em frente.

Demp se sentia cada vez mais mal, fluxos viam e voltavam, as dores sumiam e apareciam mais fortes. Como forma de seu corpo se defender, desmaiou.

Ainda conseguia ver e ouvir tudo, estava em um transe hipnótico e estranho.

Que Sisce o ajude...!

⁂

Lucena virou o corredor com o lampião balançando febrilmente. Suas veias transmitiam o medo e sua boca tremia com estalinhos. Em uma das voltas decidiu desligar a lâmpada para não atrair nada indesejado. A única luz que ainda existia naquele salão era o luar prateado não muito potente, deixando silhuetas de estantes aparecerem de forma assustadora.

A criatura da imagem era esguia e alta, igual às estantes tenebrosas. Já alisando o cabelo, Lucena ouviu um grito agudo a poucos corredores dali. Correu com suas pernas longas até o local em que estavam seus amigos, e ali estava ela.

Um monstro de pernas e braços finos e largos, parecendo galhos de árvores, um peito grande e estufado, coberto por algas desidratadas. Sua pele era de madeira seca e no rosto uma máscara com olhos esculpidos macabros. Diferente de seus braços finos, as mãos eram largas. Segurava Kyrha, que defendia Demp com seu cajado.

Kyrha sabia o que fazer. Também sabia que Llu avançaria para cima da grande criatura, então como um pedido desesperado deixou seu cajado escapar, e o mostro a capturou de uma só vez.

— Fo-fogo — suplicou Kyrha, sendo sufocada pela mão da criatura.

Lucena hesitou, e, como uma lâmpada iluminando a escuridão, a ideia de Kyrha brotou em sua cabeça.

Girou a manivela do lampião com todas as suas forças, e a luz estava tão concentrada e potente na criatura de madeira seca que uma faísca surgiu em sua pele inflamável. A luz tomou proporções mais fortes, fazendo a grande besta pegar fogo com suas algas desidratadas. Com um uivo, a assombração soltou um grito agudo e grosso; alto o bastante para acordar todos os dormitórios do trem, jogando Kyrha de súbito no soalho da biblioteca escura e dando um chute em Demp com uma das pernas quase completamente incendiadas.

⁂

Era meio-dia quando Kyrha bateu a porta número três do dormitório de honra e entrou no quartinho. Com ela veio Lucena, segurando o sagrado lampião de Demp. Ela o deixou em cima da escrivaninha, na qual ficaria por um bom tempo descansando.

– A professora Di nos deu dois dias livres. O inverno irá acabar daqui a dois dias. Quero tanto pedir mais um dia para ela. Será que é errado, Demp? A professora Rosalina deixou um cartão para você. Otto disse que ela queria lhe entregar. É rosa e limpo. Incrível – disse a otimista Kyrha; parecia que o ataque dera ânimos novos para ela.

Demp tirou do cobertor a mão fraca e apanhou o recado com cuidado: parecia que a carta poderia rasgar sua pele frágil.

Sr. Esmerald,

Queria informar que não será mais preciso fazer seu trabalho extra, e suas notas irão subir conforme seu incrível desempenho em minha aula. Desejo melhoras.

Professora Rosalina Thorns

– Parece que a mãe dela morreu por causa de uma assombração logo depois de ela nascer. Acho que você se livrou dela – comentou Lucena, um pouco fadigada.

❄

Algo que somente Di e Rosalina sabiam era o fato de a mãe da professora Thorns nunca ter morrido por causa de uma assombração.

Di havia conseguido fotos constrangedoras de Rosalina em sua juventude, com galochas velhas e roupas largas e feias; uma verdadeira idosa em treinamento! E ela aproveitou a situação para ameaçar Rosalina de expor as fotografias no jornal do trem. Ou ainda pior: fazer cópias especiais para todos os alunos.

Ideia que funcionou perfeitamente.

— Ok, você venceu — disse a desonrada Thorns.

A situação da misteriosa criatura caiu como uma luva nas mãos das duas.

⁂

— Acho que ela superou o vaso — disse Demp mais para si mesmo do que para qualquer um ali.

— Essas medalhas são tão lindas. Quero ganhar mais, porém não quero andar de novo em uma biblioteca assustadora — afirmou Luccna, mexendo em seu novo prêmio ganhado.

Kyrha tirou um livro marrom do caldeirão para realizar o objetivo da visita:

— "Assombrações e fantasmas, como muitos já conhecem, são criaturas que se originam da morte de um ser racional. Tendo várias espécies entre cada uma. Possui um ditado popular que diz: 'pessoas amarguradas se tornam fantasmas vagantes, e pessoas agressivas, em assombrações assassinas', mas ainda não se pode ter uma comprovação real disso, que não passa de um mito."

Kyrha continuou, pulando algumas páginas:

— "Fantasma surgem após uma morte. São criaturas muitas vezes pacíficas e colaboram para cenas de assassinatos. Costumam habitar locais majestosos, como mansões. Exemplo: fantasma-comum. É transparente e não costuma causar briga, podendo conviver tranquilamente com um humano qualquer. As assombrações são quase o completo oposto dos fantasmas. São muitas vezes agressivas e precisam se alimentar de outros seres racionais para prolongar seu pós-vida. Exemplo: abóboras-falantes, que, por curiosidade, têm medo de gatos."

Duas páginas omitidas.

— "Shokoy: assombração de lago, vive solitária em pântanos, atacando qualquer um que se aproxime da água que habita. Normalmente se disfarça de tronco, boiando na água, mas não se engane e fique bem longe dele.

Não é comum sair de seu habitat para assombrar alguém isolado, porém quando isso acontece costuma drenar a energia vital da pessoa em seus sonhos. Cada mergulho no lago é um pouco de vivacidade sendo sugada da vítima. A pressa costuma apresentar cansaço depois de uma semana. Quando chega o ponto da vítima desmaiar significa que Shokoy preparou o térreo para sua refeição" – leu Kyrha, paciente.

– Então quando ele comeu aquela dose exagerada de molho de dragão adormecido ficou tão vulnerável que estava basicamente sonhando acordado. – Foi a ideia de Lucena.

Kyrha estava orgulhosa de ter ensinado algo a eles e fechou o livro.

– Será que aquela é Síria? A família dela disse que um Shokoy não combina nem um pouco com sua personalidade rica e esnobe. E não discordo. Essa assombração é... nada higiênica – disse Kyrha, olhando de Llu para Demp. – Não me diga que ele adormeceu no meio da minha explicação... – reclamou a decepcionada Kyrha, vislumbrando Demp roncar.

Dessa vez ele não sonhou com um pântano. Estava sobre uma nuvem, seguindo para longe, sem saber para onde, porém se dirigindo para alguma luz dourada que o chamava a atenção.

Estava quase chegando quando percebeu que estava sozinho. Olhou para trás e viu Llu e Kyrha o observando.

– Venham! – chamou ele. Elas balançaram as cabeças. Demp então viu a luz o engolir, e a solidão veio outra vez. – Llu! Kyrha! – gritou, mas estava sem ninguém.

Até quando Demp teria amigos? Até onde elas poderiam ir com ele sem saber seus segredos? Até quando estaria sozinho no mundo? Ele começou a correr pela nuvem, que se converteu em uma tempestade.

No fim, avistou Kyrha e Llu, as duas o esperando...

Demp acordou com Kyrha falando algo a Llu.

Aliviado, voltou a dormir.

O inverno ainda não o tinha alcançado.

Primavera

7

O COMEÇO COM PERDÃO

A primavera vinha gentil e ventosa, carregada de nuvens apressadas no céu esverdeado. Retirando com delicadeza a neve dos morros e telhados, deixando pequenos brotos emergirem do solo claro.

Abelhas e beija-flores apareciam entre os carvalhos para cumprimentarem seus novos vizinhos nos campos. A natureza nascia outra vez.

Otto se mostrou um verdadeiro amigo. Tinha um ar zombeteiro e pregava peças em pessoas de outras equipes. As meninas o odiavam, mas os garotos o invejavam por saber inovar em cada pegadinha.

Em uma de suas peripécias, acabou escorregando no tapete, quando uma das bombas explodiu na hora errada, pegando-o desprevenido e o assustando. Ele caiu de cara no soalho e quando se levantou se sentiu envergonhado, corando.

Os garotos que antes eram amigáveis, agora apontavam e riam de sua cara vermelha. E as meninas não faziam diferente, sussurrando "carma" umas para as outras. Demp, que fitava com atenção, largou o olho-cru, que mesmo que não fosse mais valer alguma nota o cultivava, para socorrer Otto.

Ele se levantou da poltrona, acudindo Otto, erguendo-o do carpete.

Otto suspirou.

— Isso deve ser o universo devolvendo o que fiz para você... — Demp ignorou a frase, mas Otto não parava de se culpar. — Eu mereci, Demp. Quem mais não riria de mim? Até eu debocharia de mim mesmo.

— Eu não — cortou Demp.

Depois do episódio, Otto fez questão de andar lado a lado com Demp, que o ajudava algumas vezes a montar suas bombinhas fedorentas nas poltronas e cantos do saguão. Vingando-se dos garotos e garotas.

Mas a primavera tinha vindo, e mais nada importava.

Demp respirou aquele ar doce com sutileza, sem deixar qualquer aroma passar despercebido. Trazia no braço uma cesta cheia de sobremesas e doces. Lucena caminhava mais devagar, observando as lebres que pulavam lá perto.

— Aqui parece ser um bom lugar. Olhe, consigo ver a floresta dos Abetos Sussurrantes e do outro lado tem um campo de flores silvestres — falou Demp, colocando a toalha sobre a grama fresca.

— Isso é uma papoula, Demp? — questionou Lucena, prestando mais atenção no garotinho ao seu lado.

— Será que tem algum urso na floresta? Ai, não quero nem imaginar, já passei por muita coisa naquela biblioteca tenebrosa — comentou o faminto Demp, tomando um pedaço do bolo de morango que Llu fizera no dia anterior.

O professor Geovane revelou ser uma pessoa caridosa por trás daquele lustroso bigode exibido, liberando a cozinha para eles fazerem suas guloseimas para o piquenique primaveril. Talvez ele nunca tenha sido esnobe, e aquele fosse somente algum de seus devaneios.

Llu conquistara maestria em sua aula havia poucas semanas. Agora não errava nenhuma receita e de vez em quando ajudava a envergonhada e orgulhosa Kyrha. Ela tinha realmente *devorado* o livro de culinária.

Estavam acomodados no topo da colina, observando o horizonte daquela maravilhosa vista. Os abertos que formavam a orla ainda se recuperavam da nevasca, contudo um conjunto de flores crescia no pé de suas raízes e alguns insetos sobrevoavam a área para proliferar. Estava um pouco nublado, todavia Demp não queria perder seu sábado de descanso. Esse era o pequeno *único doce amor* dele.

— "Por que as aranhas fazem teias? Por que os esquilos pulam de galhos? E por que às vezes me sinto um fardo?" — começou a recitar Demp um poema. — Ainda não o acabei... Estou pensando no que colocar para terminar.

Vindo do céu coberto por nuvens, um pontinho vermelho planava, deslizando na direção deles.

— Sinto muito, Demp, mas parece que temos de sair daqui agora — pressupôs Kyrha, decepcionada.

Llu começou a colocar os lanches de volta na cesta.

O borrão carmesim aumentou, tornando-se um avião de papel com um bilhete dentro. Kyrha o pegou no ar, abrindo o envelope.

— "Reunião emergencial no vagão principal" — citou o que dizia a carta alada, devolvendo-a à atmosfera.

O bilhete vinha com uma fita verde-clara. Demp a pegou e enrolou no braço magrelo, junto de sua outra fita gelo. O garoto descansou a pobre papoula na grama, retirando-a dos cachos com o semblante triste, porém em seu rosto melancólico nasceu um sorriso solene.

Tudo nasce na primavera: tanto situações ruins, quanto infortúnios felizes.

Tirou a toalha quadriculada do chão e enrolou no pescoço. Ele pegou velocidade e correu até o pé do morro com os braços abertos. Como se fosse se impulsionar e voar para fora da Terra.

— Você é louco, Demp Esmerald — disse a cética Kyrha, rindo da bobagem de seu amigo.

— Só sei sorrir quando se deve sorrir. Nosso piquenique pode ser outro dia desses — retrucou, dando piruetas no ar.

Mais uma vez estava entre as cadeiras brancas do glorioso vagão principal. A estátua reluzia contra a luz do sol. A plataforma voltou da mesma forma; tudo parecia tão igual, mas quando olhava para os lados, vendo Kyrha ou Lucena, tornava-se diferente outra vez.

Era um pensamento estranho imaginar Kyrha sendo grosseira com eles, ou reencontrar a nervosa Llu, como se aquele tempo não fizesse parte de sua realidade; e realmente não fazia mais.

Lucena, em resposta ao seu olhar curioso, balançou as mangas bufantes com esplendor, e ele pôde ver por alguns segundos a verdadeira rainha Llu surgir de dentro dela.

Ao pé da estátua e ao lado da escadaria que levava para cima da plataforma, uma mulher magricela se balançava, olhando várias vezes para os pôsteres ao seu lado, voltando com olhos marejados e vermelhos. De vez em quando tirando um lenço e assoando o nariz. Usava roupas de pele preta e branca. Tinha cabelos negros despenteados, bochechas rasas e olhos tristes.

Os pôsteres eram de um garotinho de sete anos de cachos também negros, com bochechas mais gorduchas e um sorriso otimista. Os murmúrios se silenciaram como um só e a reunião se iniciou.

O mesmo fantasma gorducho se invocou na plataforma de madeira; seus traços eram penosos e murchos, quase como uma ameixa ressecada. As roupas eram dessa vez mais lisas, parecendo um pijama chique.

— Na penúltima noite de inverno, ontem de ontem, dois garotos não voltaram para sua casa. Walter e Jim Adam hoje de manhã foram datados como desaparecidos. Sua mãe, senhora Adam, só nos comunicou agora, pois tinha esperanças de que eles regressariam, mas já se passaram dois dias e nada aconteceu.

Já a público, a moça tirou da manga uma varinha e a mexeu com leveza, assim duas imagens gigantes flutuaram no ar sobre a plateia. Os rostos dos gêmeos voando pelo tablado.

— Como já tivemos um caso no inverno, e não temos um bom histórico, achamos que estão ligados de alguma forma. Então chamamos pequenos grupos de policiais para nos ajudar. Os responsáveis pelos casos são Ellen Gloriana e Jason Tirano. Qualquer suspeita será bem-vinda, então podem entrar em suas salas.

Demp pediu informação a Kyrha sobre o *histórico do trem* um pouco depois da reunião, e rapidamente ela respondeu. Queria muito ensinar algo a alguém novamente:

— Faz alguns anos, mas casos de desaparecimento neste trem já aconteceram com muita frequência. Até que descobriram que alguém havia enfeitiçado um vagão. Todos que entravam por ele eram raptados. No final tudo ocorreu bem, no entanto desde então fazemos aquele voto de sangue, como na primeira reunião, para nós livrarmos desses vagões. Eu acho que não tem nenhuma ligação, já que na outra vez apenas crianças foram pegas, nada de pessoas como Síria.

Uma policial armada com sua varinha subiu junto de outro na larga plataforma. Ela tinha pele negra e um longo cabelo liso, olhos grandes e sobrancelhas cerradas, o rosto sério. Um homem de cabelos encaracolados e ombros largos estava ao seu lado, com o mesmo uniforme azul e ar ameaçador, usando um distintivo de ouro no peito.

Todas as pessoas vivas saíram do palco em uma fila.

O fantasma desejou boa sorte a todos em um sussurro rouco e girou no ar melancólico que o cercava, dando fim à reunião.

❀

— Quando aconteceu a primeira reunião achei que aquela moça apenas havia fugido para um recomeço, entende? — comentou Demon, terminando uma saia cheia de lantejoulas.

Havia poucos dias trouxera uma máquina de costura para o dormitório três, dizendo que precisava treinar para um *evento especial* no verão. A bordadeira fazia muito barulho à noite e de dia. Demp se irritara no começo e com seu dinheiro guardado do último salário comprara um fone silenciador por três moedas.

Não esperava ter de usá-lo naquela noite tortuosa e barulhenta, sentindo a irritação subir em sua pele.

— Mas agora penso diferente, um *sequestrador*. Ainda bem que não encontraram os corpos. Me daria medo ficar em qualquer lugar sozinha. Nenhum fantasma novo apareceu de lá para cá, não foi? — adicionou sem tirar os olhos da veste, colocando alguns detalhes sobre a bainha. — Então, como foi seu prestigiado piquenique?

Demp, quando ouviu a palavra *piquenique,* tirou o fone com pressa, murmurando um gemido confuso:

— Nada muito interessante... Tivemos de parar por causa da emergência... — Ele olhou através da janela leste. — A lua não parece meio... *soturna*? — descreveu.

— Ela está triste porque você está triste. — Foi a resposta breve e direta de Demon, que voltou a atenção para a saia.

Bateram na porta e Demon foi atender.

Era Ágata.

Demp não compreendeu e ficou curioso quando viu Demon sair pela porta. Ela normalmente não deixava o trabalho.

Só na manhã seguinte, Otto surgiu para contar.

Como ele dividia dormitório com Ágata, não era difícil ter alguma informação dela.

— Ágata recebeu uma carta ainda no inverno... — informou Otto, e Demp escutou, atento.

Ela recebera a triste notícia de que sua mãe morrera, e o corpo não fora encontrado em local nenhum. Quando chegara à sua cidade para presenciar o enterro de seu ente mais querido, disseram que já havia acontecido toda a cerimônia no pequeno cemitério do vale.

Aparentemente, a carta havia chegado atrasada por causa das montanhas nevadas em que o trem passava. Assim que a pobre garota voltara desolada, choramingando com seus cabelos desgrenhados e andando descalça por todo o trem, todos se padeceram com sua dor.

No entanto, Demp, por mais que tentasse, não conseguia ajudá-la, não pudera consolá-la. Algo em seu interior o impedia, como se fosse um gelo frívolo. Tentava procurar palavras de conforto em seu coração, mas nada saía de lá. A única coisa que fizera fora dar frases vazias sem significado algum.

Diferente de Lucena, que se solidarizara a todos os custos.

Por fim, Demp se encontrou em um momento de dúvida, não conseguia achar nenhum sentimento parecido em suas poucas memórias, algo que comentou com Otto.

— Somos pessoas diferentes afinal — falou Otto, tomando de um suco. — Você não deve entender porque nunca passou por tal.

As sobrancelhas de Demp continuaram vincadas.

Mas, se posso ter dó, por que não tenho de Ágata?

Uma manhã calma se formou naquele belo dia. O clima estava coberto por reinos de nuvens, com passarinhos visitando a realeza celeste.

Kyrha acordou com ânimos renovados. O dormitório estava vazio e silencioso. Com cuidado para não acordar ninguém, foi na ponta dos pés até a janela de recados ver a lista esperada dos clubes.

— Clube de gramática com Dewdew, hum... Poções, com certeza, feitiços também. Plantas, definitivamente não. Olhe, clube de artes dramáticas. Pena que não há mestre nessa aula. — Ela continuou ali por um bom tempo, anotando em um caderninho roxo os clubes de que participaria. — Xadrez, talvez. Natação, não... — ponderou Kyrha.

Demp e Lucena acordaram duas horas depois, não tão entusiasmados quanto ela.

Lucena conquistou a coragem para entrar em basquete, junto de Otto. Também havia falado sobre culinária, feitiços e tiro ao alvo. Demon e Ágata entraram em costura e plantas; os desejos sendo respectivamente de cada uma.

Demp se inscreveu em gramática, redação, costura e ansiava por um mestre no clube de artes dramáticas. Oraria por aquilo naquela noite.

Também cogitou participar de feitiços, mas desistiu por causa de sua *deficiência*.

– Imagine estar lá e precisar de auxílio, que vergonha – justificou para a resoluta Lucena.

– Mas você pode ser muito bom também. Eu entrei em *culinária* – ela enfatizou. – Culinária, Demp! – Llu estava certa. Fazia mais de uma semana na sua incrível melhora na cozinha, e emprestara seu milagroso livro de receitas para Victor, que desejava a aprovação do professor Geovane com seu lustroso bigode com desespero. Llu, vendo que Demp não iria se inscrever, desistiu. – Temos de ir... A professora Di disse que hoje teremos de usar magia de verdade.

Demp se empolgou e enquanto andava parecia flutuar.

A aula de feitiços havia se iniciado e a professora Di separou a pequena turma Assombração em duplas. Infelizmente, Demp se juntou a Evans, um garoto grosseiro de cabelos despenteados e um marcante cachecol carmim, sendo isolado de Kyrha e Llu.

O que parecia tão doloroso quanto não respirar.

A professora entregou a Demp um maravilhoso guarda-chuva azul-escuro, semelhante à escuridão da noite. A cor do cabo era de uma árvore vermelha, deixando o marrom mais vistoso aos seus olhos. Nas pontas laterais, brincos em formatos de bananas residiam.

Demp o girou várias vezes, fazendo sua capa o enrolar, recuperando o ar.

Desenhou alguns riscos com bastante concentração e imaginação, mas a única coisa que se formou na ponta do guarda-chuva foi uma brisa leve.

Surpreendentemente, Evans não ousou rir, diferente de Megan, que quase caiu no chão duro. Evans vez a gentileza de repetir o movimento da professora com seu cachecol, seu item mágico, para ajudar o novato Demp.

– Não parece que estou em um luar? Minha capa com as estrelas e o guarda-chuva com luas me ajudam bastante a imaginar essas coisas. No começo tive certo receio de vir fazer esta aula, mas não me parece nada ruim agora. Pena que não vou participar do clube de feitiços. Kyrha me contou que será um lugar de lutas. Seria errado eu usar algo para me ajudar, eu acho.

— Por isso me concentrarei em textos e redações. Logo teremos a aula de sistema do trem. — Demp havia deixado de entender o significado de *não falar*. — Algo bastante aleatório. Podemos estar lavando pratos e em outro momento domesticando dragões. Não parece muito interessante?!

Evans o fitou com seriedade. Era um garoto quieto quando não zombava dos outros, mas um eterno dono de um olhar malicioso. Ele fora bastante convidativo por toda a aula, chamando no fim Demp para apanhar pedras na beira do riacho que encontrara em um vagão qualquer.

— É muita gentileza sua, mas não posso, tenho de avaliar os bolos de Llu. Ela realmente fica histérica quando não tem nenhuma avaliação. Se você quiser vir comigo, tem meu convite. Quanto mais opinião, melhor — Evans respondeu sem hesitar com um "não" curto e grosso.

Demp, querendo perguntar algo a Kyrha, saiu à procura dela, deixando Evans ainda mais irritado. Abandonar uma pessoa insegura é o pior que você pode fazer para si mesmo.

Ele sabia que nunca conseguiria ter amigos como Demp, Lucena, a estranha por animais, e Kyrha, a bruxa nojenta. Sempre seriam apenas preferências para ele, então se encontrou com sua antiga amiga, a solidão, se apoiando melancolicamente no salão, formando feitiços murchos e tristes.

Ele não precisava de Demp.

Quando Demp voltou, Evans estava desmotivado o suficiente para ignorá-lo.

No começo, Demp tentou se comunicar, todavia Evans não retornava nada além de acenos bobos sem sentidos. Trazendo um mar de perguntas sem respostas, Demp soltou uma última frase com as bochechas vermelhas de ódio:

— Você é uma criança, Evans. Isso que é! — Evans realmente queria ajudar, mas sentia uma parede os separando. Continuou imóvel como uma estátua, deixando o orgulho fluir pelo âmago. — Vou me juntar a Kyrha e Llu — Demp acrescentou, virado-se raivoso.

Kyrha e Llu ficaram surpreendidas ao ver Demp daquela forma.

Será que realmente devo perdoar Evans? Definitivamente não. Ele fez o que fez. Ponto-final, disse para si mesmo, tentando manter a postura para se reafirmar, mas naquela noite sua opinião mudou completamente de rumo.

No fecho da porta, uma carta amassada nas quinas surgiu. Era branca com uma letra fina e longa, endereçada a Demp Esmerald no dormitório três do primeiro ano.

Desculpe, fui um idiota hoje mais cedo. Eu tenho dificuldade de fazer amigos. Você tem Kyrha, Lucena, Otto, Demon, Ágata e não sei mais quem, e a mim só resta um cachecol. Me sinto ameaçado quando você me "deixa" para ir falar com eles. Não sou tão bom com palavras quanto você, mas meu coração doe só de pensar que perdi a chance de ser seu amigo. Soa até errado não ser amigo de Demp Esmerald. Eu não falei muito porque estava nervoso. Não sou tão bom em escrever quanto você. Como resposta, vou entrar no clube de costura, já que nem Lucena ou Kyrha estão nele. Assim posso passar mais tempo com você. Espero que me perdoe. Eu sinto que conheço você faz bastante tempo.

Evans D. Black

Ele pensa assim? Que tenho muitos amigos? Eu não tenho... só alguns... 1, 2, 3... 4...5.

Demp não tinha percebido quantos amigos tinha.

Demon não estava no quarto, de forma que podia pensar no assunto sem empecilhos.

— Deveria ser por isso... Ele é como Kyrha. — Demp cometeu o terrível erro de comparar pessoas diferentes em ocorrências diversas. — Eu posso ser amigo dele... Eu posso.

Demp, na verdade, tinha muita pena de Evans por não ter o que ele tinha. Romantizando o ataque melodramático do rapaz de cachecol. O garoto saiu para ver Evans, buscando-o pelo saguão, mas sua pergunta de mais cedo fora respondia ao ver Ágata chorar com Demon a abraçando. Elas estavam nas poltronas. Ágata deitada sobre as lágrimas enquanto Demon tentava a acalmar.

Algumas pessoas estavam paradas as olhando. Alguns parecendo debochar da situação.

Naquele segundo, Demp sentiu uma dor no peito, esquecendo-se totalmente de Evans. Ele havia visto o vulnerável do Black, por isso tinha dó dele, porém não o de Ágata.

Ele não podia se simpatizar com uma pedra.

Mas agora ele via, e via que era honesto.

E, para animá-la, planejaram uma festinha do pijama.

Demp tinha pessoas ao seu redor que não possuíam o que ele tinha. Tentaria ao máximo fazê-los felizes, mesmo que isso incluísse Evans.

Do que servia ser feliz, se não podia viver em um mundo feliz?

8

Mentiras reveladas

Demp estava deitado no carpete em uma noite fria e ventosa, as árvores balançavam com suas folhas verdes e as borboletas adormeciam nas flores fechadas nos campos. Ele apreciava o fogo na lareira, deixando tons laranjas aconchegantes por todo o salão.

Kyrha vinha com uma grande remessa de jornais nos braços, cobertos por cachos pretos, e usava um moletom roxo que comprara recentemente das humildes vendas de Demon.

Ágata surgiu naquela noite com um vestido de uva, cheio de bolinhas roxas e verdes; parecia estar feliz depois de muito tempo. Demp já não se recordava de seu sorriso esguio ou de suas frases esquisitas.

Após seu avanço em relação ao luto, Demon e ela fortaleceram demasiado a amizade.

Ágata era uma garota de cabelos desgrenhados e curtos, com um humor peculiar.

— Será que algum dia vou poder entrar em um poço mágico? — falara após uma discussão sobre a aula de montaria de dragão.

Estava sempre com os globos dos olhos vazios, como se estivesse em outra terra. Não na lua, mais longe...

Kyrha deixou os jornais jogados no chão e rapidamente começou a verificar trechos espalhados em suas páginas.

— Acho que achei alguma coisa. "Thomas Fritic ajuda biblioteca de não mágicos doando alguns livros de sua própria coleção milionária." Oh, nada! De novo... Encontrou alguma coisa, Llu? — Quis saber Kyrha, que procurava algo vergonhoso do poderoso Thomas Fritic.

Lucena levantou a cabeça e a balançou negativamente, abolindo qualquer esperança naquele triste luar de primavera.

Demp respondeu da mesma forma quando a pergunta se dirigiu a ele, então, depois de algumas horas de pesquisa inútil, debruçou-se na cama cansado de quaisquer pensamentos. Naquela noite não precisou de tampões de ouvidos para adormecer.

Os dias se passaram como os ventos nos céus, as nuvens estavam esverdeadas e opacas e o sol reluzia entre os castelos brancos. As pessoas pareciam tão desmotivadas quanto ele; perdera noites em artigos de jornalecos velhos sem sentido, como se o único raio de sol tivesse sido engolido pela escuridão vazia.

Demp já não sabia se conseguia escrever mais algum poema.

Eles estavam no início da tarde, e Demp ia junto de Evans para o clube de costura.

Evans percebeu que Demp estava exausto e pessimista. Como isso era possível?

— Se anime, é o primeiro dia... — Foi a frase mais otimista que saíra de sua boca durante anos.

— O primeiro e já parece tão ruim... — resmungou de braços cruzados.

Como Evans poderia discordar? Portanto, preferiu se calar.

Entraram em um vagão familiar, com um carpete rosa no chão e cortinas carmins nas janelas. Havia estantes negras encostadas na parede e uma estranha concentração de idosos por todo o salão. Desfilando pelos cantos, manequins com roupas de luxo. O terrível som da máquina de costura voltou aos seus ouvidos.

Era um ruído que seus ouvidos detestavam. Quase tirando a paz de sua cabeça; se ainda existisse nela, claro.

Mas tudo de ruim foi recompensado com um estranho gato preto de olhos de esmeraldas. O bichano chegou e se enrostou em sua perna.

— Olhe, Evans, são iguais às que tenho no meu quartinho. Lembra do meu sobrenome? Vou ficar com ele por enquanto. Parece que me dá novos ares de otimismo. Gosto de gatos, principalmente este. Qual a chance de encontrar um feito de linhas somente de uma cor?

Após alguns minutos carregando o incrível animal, uma mulher de cabelos curtos e loiros, dona de joias grandes sem vida e um olhar malicioso, algo que fez lembrar Evans, apareceu à sua frente.

Ela o interrompeu com uma mão não muito gentil, tirou das roupas uma máquina de fotos, como se estivesse esperando aquele momento durante sua vida inteira, e pediu para sorrir.

— Isso vai deixar o asilo mais famoso! — exclamou, quase apertando o botão da câmera.

Saindo de uma porta lateral, vinha uma mulher esguia de cabelos grisalhos, pele clara e olhos severos. Suas vestes eram de seda e um deslumbrante colar pendia no pescoço. Para Demp era um grande olho de gato, para outros, uma joia verde com uma única fenda negra.

— Você é Demp Esmerald? — Ele assentiu. E estranhamente Evans confirmou por ele. — Então entre. O clube de costura é por aqui. Não quero que nenhum dos meus alunos fique tirando fotos e se atrasando para minha aula — disse a mestre do clube de costura.

Demp deixou o gato negro no chão e correu até a porta, deixando uma mulher indignada para trás.

O quarto era confortavelmente grande. Havia algumas bancadas com instrumentos como tesouras, linhas, novelos e agulhas. As cortinas eram curtas, alguns vasos luxuosos decoravam a sala e um retrato de uma bela moça dançando com um príncipe residia em uma estante.

Demp se acomodou em um círculo de poltronas, cheio de pessoinhas como ele.

— Ajeite essas pernas, Demon. Josh, pare de conversar. E quem é esse aqui? Ah, Otto, se acomode naquele assento — comentou a professora.

Aparentemente Otto também estava participando da aula e, com um enorme sorriso no rosto, sentou-se ao lado de Demp.

A trajetória da aula foi simples. Era um lugar silencioso e calmo, no qual Demp vagava com seus pensamentos e de vez em quando conversava com Otto ou com o enciumado Evans, que via seu plano indo por água abaixo.

– Ah, enquanto eu estava escrevendo a lista me lembrei do seu convite para aquele piquenique... Vi que havia também convidado Evans, Demon, Ágata, então decidi não ir. Achei que minha companhia não faria tanta diferença, e me senti mal. Agora estou aqui – explicou Otto, dando de ombros.

O piquenique fora remarcado havia poucos dias e havia sido interrompido por grandes rajadas de ventos mais uma vez. Por isso, Demp não se importara com a recusa de seu tão trabalhado convite.

Alguns minutos se passaram e Demp formou seu tapete.

O ambiente quieto do quarto era um lugar perfeito para fazer Demp ficar divagando em sua imaginação e perder a concentração na linha com facilidade.

– Demp Esmerald! Que flor é essa? Por favor, recomece. Espere, deixe eu ver seu dedão. Querido, preste mais atenção.

Muitas das vezes que colocava a linha entre sua tapeçaria, em algum momento se perdia na própria mente e acabava cutucando seu dedo, deixando várias marquinhas vermelhas nele.

Era interessante como as frases da professora Charlotte começavam com um tom rude, mas se tornavam delicadas à medida do tempo. Por fim, Demp optou por criar uma colcha com uma flor de outono bordada. Ela estava um pouco torta e estranha, no entanto ele não queria recomeçar.

– Não se esqueçam do *desfile de verão*. Vamos fazer uma minicompetição entre nós e veremos qual será o líder que irá criar as roupas para o resto da equipe costurar e montar. Não consigo esperar. Posso não transparecer, mas estou *radiante* por dentro – anunciou a mestre antes de os alunos saírem.

– Se isso é *radiante*... – sussurrou Evans.

Demp sentiu o ódio pela máquina barulhenta de Demon sumir com um suspiro, afinal não podia somente crer na simplória frase *um evento no verão,* e fazer todo o desejo de jogar a máquina pela janela se extinguir.

Agora ele entendia o porquê de tanto trabalho.

Eles saíram da sala, e Demp seguiu para um corredor.

Em dada hora parou para apreciar a paisagem.

A nova aula foi liberada naquela tarde. Os ventos dormiam, e Demp aproveitava para observar o céu mais calmo daquela temporada. Em um dos seus momentos lúdicos, um corvo passou disparado pelo céu, e ele sentiu um arrepio na espinha, saindo de perto da janela.

– Tenho medo de aves. Elas são tão estranhas. Aqueles bicos e pernas. Por que elas têm pernas sem penas? Para mim não faz sentido. Olhei no olho de um canário hoje quando acordei... Ele estava na janela leste. O sol nascia e ele estava o tampando! O pior foi que abri a janela para assustá-lo. Como fui inocente... – E ainda era. – O bicho voou para cima de mim, corri e me tranquei no banheiro até Demon se levantar. É curioso ver como não tive medo até abrir a janela para espantá-lo, mas não quero reviver essa cena nunca mais – confidenciou a Kyrha quando a viu no mesmo aposento.

Ela não o escutou com total atenção. Estava pensando em como resolveria a questão trinta e dois da atividade de feitiços. A professora Di estava pegando pesado com a turma fazia dois dias inteiros, deixando sempre uma pergunta no ar.

Kyrha mordia a ponta da caneta amassada, pensando em como solucionar.

Lucena chegou atrasada para se reunir a eles.

– O professor de basquete disse para eu ficar até mais tarde. Desculpe – disse ela. – Mas ele me contou que poderei ir para o campeonato!

Eles andavam devagar pelo corredor para não chegarem logo na próxima aula, procrastinando.

– Meus parabéns – falou a desmotivada Kyrha, ainda olhando para a tarefa de feitiços.

Otto chegou no trio deles, cumprimentando Llu:

– Você foi demais!

O diálogo se tornou algo sobre competições esportivas; tudo que Demp desconhecia e pretendia continuar a não saber. Ele avistou Evans passando e agarrou a oportunidade.

Evans se assustou com sua chegada, depois sorriu, mas o relógio de Demp bateu três da tarde, indicando que já não podiam se atrasar mais.

Voaram pelo corredor até a aula destinada.

A turma Assombração se deslocou para o famoso restaurante do trem, nomeado de Fuster & Custer pelo dono já aposentado Jamir. Este fora morar longe em uma cidade de não mágicos, na qual praticava magia secretamente em suas comidas sem que o povo soubesse. O que seria ilegal, se não fosse pelo fato de não mágicos nunca contatarem o governo de feiticeiros.

Informações dadas pela animada Lucena, que entrara de cabeça no mundo da culinária e em uma de suas visitas à livraria voltara com dois livros de receitas e um sobre a história da culinária em geral.

Kyrha fora junto e trouxera um romance novo e um artigo sobre magia para Demp.

Eles seguiram por um enorme salão branco com um assoalho marrom que mostrava reflexos distorcidos deles. Havia grandes pilastras de mármore por toda parte com cadeiras feitas de madeira negra, vasos ornamentados cheios de rosas e mesas de todos os formatos.

Gradativamente apareciam janelas longas e enormes nas paredes, mostrando um fundo cheio de casinhas rústicas. Demp passou por um quadro de um cavalheiro de barbicha fina, que o olhou com desdém com seus olhos claros. Em uma resposta rude, Demp mostrou sua língua e saiu correndo.

A professora os esperava na bancada do restaurante usando um uniforme de garçom comum e paletó preto e branco. Seus cabelos estavam presos em um rabo de cavalo, e os óculos finos e rasos se destacavam na pele bronzeada; a sobrancelha era bem-feita.

Todos se trocaram no banheiro com pressa.

Demp, quando viu Kyrha de cabelo amarrado, confundiu-a com um estranho qualquer, deixando-a um pouco magoada.

— Quem é aquela garota nova? — perguntou a Lucena, que ria sem parar da situação.

O grupo se juntou na frente de uma pequena janela dourada, semelhante à saída dos pratos na cozinha de Geovane. A professora se pôs à frente dela e começou a dar instruções, sempre enfatizando o óbvio:

— Vocês irão andando, não correndo, até a mesa do cliente. Sejam corteses, nada de gírias. Peguem esses pequenos blocos azuis com essa pena. Assim que o pedido for escrito, arranquem a página e coloquem em quaisquer pilastras deste saguão. Quando digo *qualquer*, falo de todas. Depois de alguns minutos o pedido deve chegar por essa janelinha. Quer dizer, aparecer, e peguem com cuidado. Sejam cautelosos.

A turma se dissipou por todo restaurante, cada parte especialmente dividida para cada grupo. Um casal de idosos surgiu entre a grande porta do restaurante, estando na linha invisível dele e da competitiva Elizabeth.

Elizabeth também percebeu a presença do casal e começou a correr atrás da mesa deles. Demp disputou os clientes e, por sorte, ou destino, Elizabeth tropeçou em um vaso de roseiras fincado na pilastra e caiu de cara; somente ele avistou a situação.

Demp, tanto quanto Elizabeth, sabia que essa cena nunca sumiria de sua memória.

Olhando a todo momento para a derrotada Elizabeth, Demp chegou de forma triunfante na mesa prometida. O idoso tinha um longo bigode e uma cabeleira fina. Na ponta do crânio um espaço vazio ocupado pela pele enrugada.

Já a sua esposa era cheia de beleza, usava joias grandes e exibida um belo diamante entre os seios. Um cabelo branco e liso estava em um coque, e vestia uma roupa justa e chique.

O garoto perguntou o que eles desejavam usando as palavras mais cordiais que conhecia, e não eram poucas.

A mulher fez alguns sinais para seu marido, que deu a resposta gentilmente:

– Queremos uma lagosta e um copo de água. Obrigado.

Antes que pudesse apanhar a pena, ela se soltou de seus dedos e anotou com uma letra legível no bloco, então a única coisa que fez foi tirar o papelzinho e depositá-lo na pilastra branca.

Demp voltou para perto do balcão, ficando até que outro cliente aparecesse para ser disputado.

Um pedido saiu pela janelinha com o mesmo bilhete de Demp.

Quando o pegou, institivamente fez uma careta, imaginando o peso do pedido, entretanto foi surpreendido com a leveza do prato.

Não podia ver se era a lagosta mesmo, já que a placa de prata o impedia, então conferiu novamente o bilhete e leu mais uma vez as palavras *lagosta e copo de água*, resoluto. Parecia que não havia nada ali.

Enquanto andava em direção à mesa longínqua, sua curiosidade o suprimia. E se não fosse seu pedido, mas um engano? A professora poderia o elogiar se tivesse certo...

Escondeu-se atrás de um vaso ornamentado e levantou a tampa. Ali dentro vislumbrou o crustáceo vermelho e um copo de água. De repente, sentiu o peso original voltar, como se tudo fosse um sonho acordado.

Demp cambaleou até a mesa desejada, depositando a placa pesada na mesa. A mulher lançou um olhar furtivo e puxou, animada, a tampa, revelando um copo de água perfeito, porém um crustáceo feio e verde, quase se decompondo.

Demp ficou boquiaberto.

O homem levantou a mão, chamando a furiosa professora, que apanhou seu braço e o levou para longe da mesa. Como se ele tivesse pregando algum tipo de pegadinha.

❀

Kyrha surgiu em um dos corredores e, desejando suprimir sua traidora curiosidade, fez uma pergunta:

— Você não sentiu o peso porque o prato estava preso em uma *bolha do tempo*. Em uma bolha dessas, as coisas não têm peso porque existem e não existem ao mesmo tempo. Do ponto de vista do prato, você estava mil vezes mais rápido do que ele. Se você olhasse com cautela, iria ver a lagosta andando extremamente devagar, como uma viagem no tempo — explicou. — Mas não se pode ir para o passado, porque não faz sentido, não é mesmo?

Ela soltou uma risadinha como se o assunto fosse tão simples quanto amassar uma folha, todavia, para Demp, a folha tinha dez camadas grossas.

— Hum...

— Logo que você abriu a tampa, a bolha estourou. Quando se estoura uma bolha da maneira errada, sem um feitiço certo, o tempo atinge a pessoa ou a coisa dentro da bolha. Você deveria ter deixado o cliente abrir. O copo de água continuou perfeito, já que água não envelhece, mas a lagosta mofou. Espero ter ajudado. Tenho de terminar minha atividade de feitiços. Sabe como resolver a questão trinta e dois?

Pelo canto do olho, vislumbrou Elizabeth com um sorriso maléfico, encarando-o com toda a satisfação que conseguia reunir em seu vingativo coração.

— Achava que podia confiar em crianças. Principalmente em você. Parecia ser alguém que se podia ouvir e acreditar nas palavras. Mas os alunos de hoje em dia não têm salvação... Não fui clara o suficiente? Vou ter de lhe dar um castigo leve afinal. Venha — disse a professora destruidora.

Por um segundo, imaginou suas mãos ardidas novamente por causa da visão antiga e maldosa. Não conseguia falar ou emitir som algum. Sua boca estava paralisada mais uma vez pelo medo.

Ela pediu a ele para colocar a cabeça dentro da janelinha dourada do saguão, e, sem questionar, o garoto obedeceu.

Sentiu um empurrão nas costas e, como se o ar tivesse o abandonado, entrou pelo buraco da parede. Viajando para uma paisagem negra, na qual os únicos sons eram de seus confusos pensamentos e o farfalhar de sua capa. Após agoniantes segundos, que pareciam horas, vislumbrou uma luz no fim do túnel brilhar.

Só um castigo leve, repetiu para si mesmo, imaginando o pior. *Só um pequeno...*

Estava fazendo uma daquelas *ligações* sobre as quais Lucena dissera uma vez?

Finalmente alcançou o ponto branco na escuridão e atravessou outra janelinha, dessa vez feita de bronze, um pouco enferrujada e amassada, desabando para fora. Caiu espalhado no chão sujo feito de quadrados pretos e brancos.

Logo que se levantou, viu-se em uma sala pequena e empoeirada, cheia de pratos e pias imundos.

Tateou sua capa antes de começar a trabalhar incansavelmente, observando outras pessoas na sala conversarem, reclamando sobre o motivo de estarem ali.

Demp se aproximou de uma pia em que a torneira era tão amassada que a água escorria pelos lados em vez de pela boca do cano, apanhou um prato com desgosto e começou a esfregar suas bordas.

– O que fez para se juntar à gente? – questionou o garoto ao seu lado.

Ele tinha olhos largos e um sorriso esbelto. Os cabelos estavam partidos ao meio, lisos e pretos. Tinha o queixo fino e a pele clara. Era um pouco mais baixo que ele e conversava fazia bastante tempo com duas garotas ao seu lado.

– Eu *verifiquei* um pedido antes de chegar na mesa. Aquilo não tinha peso! E era uma lagosta! Como poderia adivinhar? Quando coloquei na mesa estava tudo podre. O animal estava mais enrugado do que o velho que chamou a professora. – Demp pensou melhor no que disse. – Desculpe. Isso foi maldoso, mas foi o que aconteceu! – reclamou, frustrado.

Deu um longo suspiro para se acalmar e apanhou outro prato.

– Nós estamos aqui por causa de Jane. Ela fez uma pergunta ao fantasma francês e ele mandou a gente para cá. Só podemos sair quando acabar o dia, mas até que estamos nos divertindo.

Demp forçou um sorriso para a garota no fim da fila.

Ela tinha cabelos loiros escondidos em um chapéu de couro.

– Eu só perguntei como ele tinha morrido... Ele parece muito fingido. – Foi a justificativa de Jane. Demp entendeu que ela repetiria tudo de novo se pudesse. A menina pegou um prato, confiante e sem arrependimento. – Então ele avançou e jogou a gente aqui. Minha cabeça ainda dói.

– Ainda me lembro daquela careta. – A garota do meio tentou imitá-la e todos ali deram gargalhadas longas.

Tinha a pele negra e cabelos longos, que possuíam ondulações no caminho até o chão. Usava um belo vestido azul, amarrado para não pegar a água que respingava dos talheres.

– Sou Josh Fritic. Essa no fim é Jane Trisfe e a outra é Geovane Ludi. Somos da equipe Sereia Solitária. E você é Demp Esmerald? Nós fomos os primeiros a correr quando ouvimos aquele grito da biblioteca. O que aconteceu? Ouvi dizer que você deu um soco na assombração. Como ela era?

Josh começou a interrogá-lo com rapidez e Demp respondeu com calma, acrescentando mais terror à história, arrancando alguns suspiros de medo. Estava afinal se divertido com eles. Não fora um castigo tão amargo.

Depois de distraídas horas, Demp fez sua triunfante pergunta. Estava a guardando desde que ouvira o nome de Josh.

– Você conhece Thomas Fritic? São primos?

– Ah, sim – respondeu, um pouco envergonhado.

– Você, por alguma hipótese, conhece algum fato vergonhoso sobre ele? – soltou Demp. Josh ainda não entendia o objetivo de Demp. – Ele não é uma pessoa legal comigo e meus amigos. Ele joga suco na gente quando nos vê. E nem adianta contar para alguém, então decidimos encontrar algo ruim sobre ele. Você sabe? – acrescentou para dar sentindo à questão.

Josh sorriu.

– Você já é a segunda pessoa a me perguntar isso. O motivo é o mesmo. Era uma garota bruxa; faz uma semana eu acho.

Agora era Demp quem se confundia com os fatos.

Kyrha tinha perguntado para ele? Como? E por que ela não dissera nada?

Sua mente começou a trabalhar.

Como pôde? Tantas noites perdidas por causa dela! Noites em claro! Eu até guardei um pedaço de meu bolo para ela. Kyrha vai precisar de um bom motivo, pensou quase gritando de ódio.

Demp poderia comparar aquele horrível momento com um prato sujo que precisava ser limpo, mas estava sem paciência; com raiva fervendo no sangue. Ele pegou o prato e o lançou, estilhaçando-o em milhares de pedaços.

Quem se importava?!

9

Desculpas corretas

Entrou furioso no dormitório número quatro. Kyrha estava lendo sozinha no quartinho e levou um susto quando Demp entrou batendo a porta com força com os braços cruzados e o peito estufado.

— Como pôde? Você mentiu para mim, Kyrha! E você sabe como abomino mentiras. Eu... eu perdi noites, *noites*. Já não basta aquela horrível máquina todos os dias de Demon nos meus ouvidos. Eu estava lá, com você e Lucena, recortando trechos de jornais. E jornais não são nada legais de se ler, sabia? — Demp estava se tornando irônico para aliviar a raiva. — Tenho pensamentos pessimistas faz dias. E você é o motivo! Pior do que Thomas.

Kyrha compreendera tudo muito antes de ele começar a falar. Escondeu o rosto atrás das mãos, soluçando encostada na parede.

— Demp...

Com os olhos vermelhos, fez algumas objeções, mas o garoto a interrompeu, deixando-a constrangida.

Se ele falava bastante quando estava feliz, imagine quando se estourava em ódio.

— E você estava ali todo esse tempo. Lendo, relendo, recortando, trazendo mais e mais jornais. Mas me diga, por quê? Por que tudo isso?! — Ela continuou gemendo, encoberta pelos cachos pretos. Tentou formar uma palavra, todavia sua garganta se enrolou, não deixando qualquer som sair de seu âmago, apenas barulhos roucos. — Se vai me negar essa informação, igual fez com Thomas, eu já vou indo.

E saiu batendo a porta tão forte que Lucena, que estava no térreo, ouviu o barulho ecoando entre o salão.

Devem ser aqueles garotos idiotas que lançam feitiços a torto e à direita, pensou ela.

Talvez Demp tenha descontado todo seu ódio em Kyrha. Talvez tivesse exagerado.

Porém, sua mente estava explodindo de dor; não aguentava mais ouvir a estúpida máquina, as baboseiras dos jornais, os comentários confusos de Ágata, as atividades longas de feitiços, seu fracasso no clube de costura, os ventos nas janelas e, principalmente, não poder fazer magia!

Era como uma faca colada no coração.

Ainda sentia as dores de cabeça com frequência por causa do ataque do inverno, como se esses sentimentos horríveis, por mais que esquecidos, fossem revividos em sua mente. Presos.

Jogou-se contra a cama e chorou.

Naquela noite, Demon não ousou ligar a terrível bordadeira e assim Demp adormeceu. Queria ser um ovo que nunca seria chocado, viver em seu pequeno mundo sem dor ou sofrimento; só ele e seus pensamentos divagando.

Demp acordou em um melancólico sábado. O dia estava perfeito para um lindo piquenique cheio de raios fortes e nuvens equilibradas. Pena que não era a hora certa... Ele não aguentaria ir sem Kyrha, pois só se lembraria dela. O garoto não precisava de um *piquenique de tristeza*.

Magoado, fugiu junto de Evans para o riacho de que tanto ele falava.

Evans não gostava de Kyrha nem de Lucena, bom motivo para Demp estar ali com ele, tentando espairecer ao máximo, esquecendo qualquer coisa que pudesse lembrar as duas. Era como um planeta exilado. Um mundo da mais pura ignorância.

❀

Entrou em uma bela floresta, cheia de vida, passando entre árvores longas e grossas. Esquilos os cumprimentavam de longe e as borboletas os fitavam com doçura.

Demp sentia que os Abetos Sussurrantes estavam perto, conversando sobre o nascer do sol. Para Demp, o mundo se partira ao meio, mas estava sendo curados aos poucos.

— Estamos chegando. Ontem vi um salmão. Ainda vou comprar uma vara de pesca. Pode apostar. Anote isso, Demp! — Evans parecia ser alguém diferente quando estava com Demp, libertando pequenos sonhos aos pulinhos. — Eu fico os olhando, mas não é fácil pegá-los com a mão.

Demp parou na beira de um riacho cintilante, vendo o próprio reflexo passar entre os peixes e girinos. Apanhou uma pedrinha da beira e jogou contra a água. Conseguia vê-la quicar até o outro lado, no qual Evans estava acenando, animado; o cachecol balançando no pescoço.

O garotinho de nariz grande o seguiu, pulando nas rochas no meio do riacho. Por sorte, conseguiu chegar ao outro lado sem escorregar e cair na água.

Corujinhas dormiam no oco dos troncos e minhocas fertilizavam a terra. Demp pegou uma margarida do chão e soprou no ar, deixando-a voar para longe com a companhia do som das águas caindo do rio.

Evans estava tentando montar uma vara de pesca, tirando alguns galhos grandes do chão e usando a linha vermelha que surrupiara do clube de costura. Demp aproveitou o momento para explorar as árvores no fundo da selva.

Perto do riacho, encontrou um carvalho torto que crescia solitário. Era baixo o bastante para ele conseguir subir. Suas folhas brilhavam conforme a luz do sol saía das copas.

Demp achou ali um buraco na casca da árvore e de lá saiu um feixe verde...

O jovem ficou intrigado, pois a luz esverdeada continuava a emanar para fora, chamando-o. Apertando-se entre os galhos, Demp entrou na árvore. Era um cantinho particular, cheio de raízes grossas que teve de quebrar ao se intrometer.

Ele procurou o cintilar verde e achou um pequeno livro. A capa marrom um pouco velha estava decorada com uma grande esmeralda e guardava um desenho de um cavalo.

Imagine a reação de Kyrha... Não. Por algum motivo imaginou Kyrha e Lucena vendo aquele maravilhoso artefato, contudo preferiu apagar o mais rápido possível da sua mente aquela imagem.

O que uma caderneta fazia dentro de uma árvore?

Arrancou o livro das raízes, que lutavam contra a retirada dele.

Demp tentou abri-lo e então viu um cadeado pequeno de ouro sem fechadura atrapalhando sua curiosidade.

Ela saberia como resolver isso...

Talvez a... Não, ela mentiu para você, Demp. Esqueça.

E dali saiu com o livro entre os braços.

Quando mostrou para Evans, o colega sorriu e disse:

– Se achou, é seu.

Demp deixou Evans no riacho pescando após passar horas observando a paisagem, estava indo para o dormitório saborear o almoço daquela calma manhã.

No instante em que abriu a porta, uma Llu sorridente surgiu à sua frente com uma carta nas mãos.

Demp ergueu a sobrancelha, confuso, escondendo o livro nas costas.

– Meu tio convidou a gente para ir hoje à noite jantar na casa dele. Ele quer ver você e Kyrha. Estou tão, tão, tão alegre! – anunciou, dando pulinhos de alegria. – Nenhum amigo durou tanto assim, sabe? E finalmente posso apresentar alguém para ele oficialmente. Dois, na verdade. Claro que isso implica o fato de ele querer saber da assombração do inverno. Mas mesmo assim é incrível!

Demp estava evitando a todo custo Kyrha, entretanto Lucena não sabia de nada e recebera um convite de seu amado tio querendo vê-los naquela noite. Demp, de fronte para a animada e inocente Lucena, disse *sim*; um pouco receoso, porém foi um *sim* que fez Llu saltar de alegria por todos os cantos do salão.

Não significava nada para ele, porém para ela o mundo estava sendo um lugar melhor. Qual era o direito que tinha de destruir algo assim? Não se arrependeu de aceitar o convite em instante algum, só precisava ignorar Kyrha na tortuosa viagem daquela noite de primavera. Pela primeira vez, desejou ser inverno para uma chuva de neve emperrar todas as passagens do trem.

O garoto poderia estar brigado com Kyrha fazia menos de vinte e quatro horas, no entanto pareciam meses. Ainda assim, teria de vê-la, tanto com Llu, quanto na sala de aula e os momentos das rodinhas de seus amigos. A garota ainda faria parte de seu dia, mas com um significado diferente.

Demp afastou todos esses pensamentos com uma forte lufada.

❀

Demp atendeu o pedido de Demon e colocou uma de suas jaquetas com manga larga e penteou os cabelos. Lucena o esperava no andar de baixo com um lindo vestido vermelho. Estava ao lado da baixinha Kyrha, que pretendera os cachos de lado, atrás da orelha, usando um belo vestido roxo.

Ele o vira alguns dias antes e disse que era o mais belo vestido do mundo, mas naquele momento era somente um vestido roxo vazio usado por uma pessoa tão vazia quanto.

Como será que isso se tornou lindo?

Estavam caminhando abaixo do luar, pela trilha de pedrinhas mais nítidas, que reluziam contra a luz da lua. As estrelas estavam demarcando o céu com cruzes brancas e os ventos dançavam no alto.

— A lua está linda hoje — comentou Kyrha.

Foi seu décimo comentário elogiando o ambiente em que passavam.

Demp não podia discordar, porém estava cultivando uma barreira de gelo entre eles, tão potente que ele próprio era alvo de seu ataque.

E com Llu não foi diferente.

Ela começou a também sentir a fria parede que existia, ficando desconfortável com os próprios pensamentos. Em uma tentativa de fazê-los desabafar, guiou os dois amigos brigados para um beco perto de uma loja de livros. Fechando-os quando era tarde demais.

— Me digam logo. O que houve entre vocês? — urrou Lucena com os braços cruzados, tampando a saída.

Demp resumiu a história brevemente, deixando Lucena um pouco inquieta, todavia ela era bastante justa, e não sairia antes de ouvir o depoimento de Kyrha.

Demp e Llu lançaram olhares para a bruxinha.

— Eu não contei porque tive medo de perder vocês. É tão difícil dizer isso! No orfanato, todos me chamavam de *bruxa nojenta* e me empurravam nos corredores. Nunca me imaginei estando aqui, com amigos de verdade. Foi... foi tão maravilhoso o inverno, todas as partes. No momento em que Demp chorou por causa de ser um não mágico eu estava lá, sabe? Como se eu realmente importasse. Agora sou deixada de lado quando a conversa se torna sobre basquete... — Ela engoliu em seco e continuou chorando. — Então ele começou a fazer mais e mais amigos, e você também, Llu...

— Mas... — Llu tentou falar, mas foi interrompida.

— E não me importo, não ligo de verdade, só que paramos de ter motivos para nos encontramos. Agora Lucena está se concentrando em fazer bolos e Demp está fazendo novelos. E eu estou parada, inútil. É como se o que nos juntava tivesse se dissipado. Nem sei como Demp se tornou amigo de Evans... Sei que parece errado, mas queria ouvir mais, ou algo do tipo, porque quando saio vejo vocês com outras pessoas, rindo e sorrindo, e percebo que não faço diferença. E eu precisava de algo para nos unir de novo. Um motivo, o menor que fosse.

"Então finalmente achei. Logo que conheci Josh Fritic percebi que seria fácil se livrar de Thomas, mas entendi que agora ele é a única coisa que junta a gente depois das aulas. Porque vocês só me chamam para fazer as atividades com vocês porque sei as respostas. E mesmo assim era uma coisa que podíamos fazer juntos. Por isso escondi de vocês. Tinha medo de me abandonarem tão cedo. Muito, muito medo. Por favor, Lucena Light e Demp Esmerald, me perdoem."

Demp percebeu que já havia a perdoado.

No fundo de seu coração, sabia que tudo que ela havia dito era verdade; a amarga e impiedosa verdade. Ele tinha as deixado de lado desde o cancelamento do piquenique, fugindo para cantos escondidos e nublados.

— Eu só sou o chorão do grupo!

Do que adiantava ele querer fazer as pessoas ao seu redor felizes, se as que estavam mais perto estavam sendo feridas indiretamente por ele?

Demp e Lucena, chorando, abraçaram-se com Kyrha.

Todos aqueles sentimentos aconteceram em um único dia, e eles se sentiam tão desolados, precisavam uns dos outros. Precisavam da cética Kyrha, a amorosa Lucena e o criativo Demp.

Separaram-se, suspirando emocionados.

Enquanto seguiam pelas ruas, viram com frequência policiais fazendo rondas, alguns os intimidando, entretanto os deixaram com um sentimento de segurança. Não chegaram a abordá-los, apenas os fitaram de longe com um brilho de dúvida nos olhos.

Eles iam para longe das Lojas Tortas.

Satisfeitos.

— Tenho medo desses sequestros. Temos sorte de sermos da honra, sabia? Sempre estamos em uma bolha com algum professor. Mas temos de ter cuidado para não andarmos sozinhos. Quase fui sozinha ontem de manhã comprar um livro. Por enquanto está tudo calmo. Eu li no jornal que as dúvidas da polícia estão apontadas para fugas. Eu acho certa idiotice pensar dessa forma. Já são três casos, o que já é muito. Na minha humilde opinião, e pelos dados das pessoas desaparecidas, o sequestrador está de olho em pessoas de classe alta. Síria era tão rica que chegava a dizer que poderia doar muito dinheiro e ainda continuar no glamour e a mãe dos gêmeos usava vestes de pelo animal. Não desejaria isso a ninguém. Perder um filho querido... Eu não tenho pais, mas sentiria falta deles se tivesse — Kyrha falou.

Procuraram um pequeno banco na praça para se aconchegarem com os próprios pensamentos. Demp se viu em casa com duas amigas antigas que o conheciam no fundo do âmago.

– Belo vestido, Kyrha – elogiou por fim.

Na volta, encontraram uma livraria com janelas de vidros iluminadas e uma decoração japonesa.

Kyrha foi a primeira a entrar e apanhar, para Demp, um romance qualquer com um fundo montanhês e um casal se beijando na capa. Lucena conseguiu escapar dos artigos de bolos e foi à estante de tortas. Disse que sua primeira seria de maçã doce.

Demp cambaleou até um livro de contos. Contaria alguns deles quando a noite chegasse e o dia parecesse um grande devaneio. O garoto estava feliz agora que os sentimentos ruins haviam ido. Queria compartilhar um poema com Kyrha e Llu:

Curvas na estrada

Fazemos o que queremos porque estamos no meu carro
Não respondo quantas perguntas eu quiser
Não há nada melhor do que usar um vestido caro
Indo para uma curva na estrada, acelerando porque o túnel é triste e assim seguirei
"Mas quem é que faz as ruas, namorado?"
Não diga que poderia ser melhor. Só estou fugindo das cartas e tristezas, do espelho e do mundo
Porque essas perguntas machucam.

"Não pare." Correu ao fim do túnel, porém a curva foi brusca
E um grito ecoou das paredes do fim do túnel
O tempo é precioso para se não chorar
Para que a vida ignore o que as pessoas têm a gloriar

"Isso não é amor, então me deixe ir. Desejo mentir!

É minha vida, caminho e retas"

Sangrenta, e lamacenta.

— Ele não rima muito porque ainda não tive tempo para isso. O que acharam?

Kyrha estava com os olhos arregalados.

— Bizarro. Não sabia desse seu lado... — decretou Kyrha.

Demp sorriu, sentindo-se lisonjeado.

Na manhã seguinte, Llu acordou desesperada, lembrando-se amargamente do convite de seu tio.

Desculpe, meu querido tio. Tive contratempos ontem à noite e não pude ir. As atividades de feitiços estão terríveis, mesmo que adore a professora Di. Porém, as perguntas sobre ogros são as mais difíceis e recorrentes. Irei em outro dia. Espero que não se sinta triste pelo que fiz. Prepararei uma torta somente para você.

Com sete beijos, sua querida sobrinha,

Lucena Light.

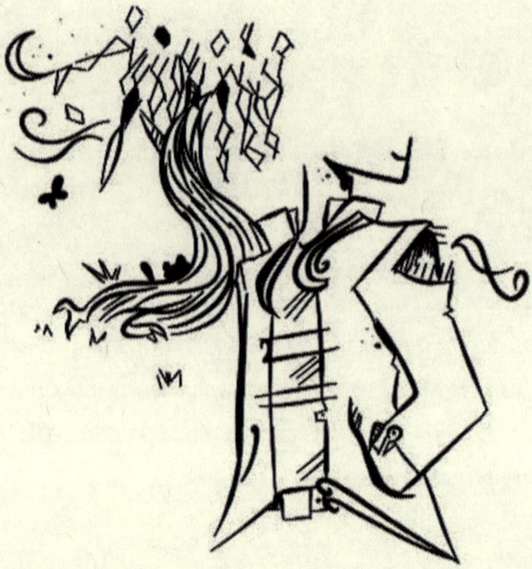

10

Um final de dia agradável

Os dias se passaram alegres, rápidos e felizes. No almoço, Demp arranjava tempo para conversar com Josh, que sempre solicitava sua presença, chamando-o com um sinal de mão, já Jane e Geovana agiam de maneira indiferentes. Normalmente comentários engraçados eram entendidos apenas entre as duas, fazendo Josh se sentir solidário, o que proporcionava a entrada do falante Demp.

— Demp, pode me emprestar aquele livro que você está lendo? *O vale do amanhã*, não é? Por favor, não me conte nada. Sei que é difícil para você não falar, porém estou suplicando, Demp.

Josh era um garoto tímido, nunca subira a voz e não gostava de ouvir barulhos fortes, então quando Otto chegou com bombinhas nos bolsos sua primeira reação foi apanhar o livro de Demp e sair, deixando o menino de cabelos claros confuso.

As cidades fugiram para longe, as nuvens viajaram, deixando as primas distantes brilharem mais uma vez; as estrelas atacavam o solo com frações de raios lindos.

Demp estava se arrumando mais uma vez para o jantar do tio de Llu, com a colaboração da apressada Demon, que arranjara tempo para fazer uma jaquetinha carmim. Demp cedeu aos seus conselhos e a colocou com um pouco de dificuldade. Ele se sentia como uma boneca sendo maquinada.

— Você vai me agradecer depois, Demp. Acredite em mim.

Demp desistiu de se contorcer e achar uma posição confortável.

– Como você consertou o rádio? Achei que ele tinha caído da cabeceira e se desmontado no chão – perguntou.

Demon deu um tapa fraco no seu ombro e disse:

– De onde eu venho as coisas pelo que se pagam têm de durar. – Ela deu o último ponto e liberou Demp para ir. – Agora você está decente.

Demp não entendeu o que Demon queria insinuar.

Chegou solitário ao térreo do salão. Muitos dos alunos haviam subido. As atividades de feitiços aumentaram de nível tão bruscamente que muitos ainda estavam atordoados, mexendo as folhas com pressas, tentando resolver os problemas.

Demp, com a ajuda de Kyrha, fugira do centro do furacão, conseguindo tirar respostas do túmulo que era Sabugueiro.

Ele desceu pela escadaria giratória.

Lucena usava o mesmo vestido vermelho de bordados longos, revelando os ombros claros. Kyrha estava com um vestido roxo, igual ao da noite anterior, com o cabelo amarrado, mostrando sua orelha esquerda. No ombro, seu caldeirão-bolsa, no qual tirou um frasco verde, e o devolveu à bolsa.

O caminho foi calmo e deleitoso, cheio de piadas sarcásticas de Kyrha e respostas maldosas de Lucena.

– E pensar que quase comprei uma chapinha para esta ocasião – confessou Kyrha.

Eles tinham voltado à harmonia de antes.

– Iria parecer uma flor murcha – debochou Lucena depois de muitos comentários sobre sua pessoa vindo da ácida Kyrha. – Mas sério... você é mil vezes mais bonita assim.

Demp sorriu e assentiu, como se apoiasse a opinião de Llu. Kyrha corou e riu nervosamente. Assim chegaram na loja de animais mágicos do tio de Llu. Patas se mexeram, causando arrepios em Demp.

Pode ser um leão prestes a comer a gente?!

O olhou mágico girou logo que a porta abriu e um velho carismático surgiu entre seu vão. Quando voltou ao seu lugar, tonto, Kyrha, Demp e Llu já haviam adentrado a loja.

O lugar era cheio de roncos à noite, com animais sonhando atrás das grades abertas e fechadas. Gatos se encontravam no soalho, pensando em peixes fritos. As corujas rodopiavam em suas cabeças e os cachorros dormiam como pedras. Demp gostava mais da venda à noite; por poder ver com mais clareza o ambiente.

Light abriu uma porta dos fundos, mostrando uma salinha com uma ampla mesa reluzente.

O quarto tinha uma outra porta, que levava à cozinha, uma janela grande, que mostrava o luar cair sobre um salgueiro, um lustre no alto e um jarro simples no canto. Demp se acomodou de frente à janela, onde poderia se distrair no seu mundinho com pássaros se precisasse.

Porém, naquela noite não usou sua fuga imaginária.

O velho se curvou e iniciou seu prestigiado diálogo:

— Princesa Llu, querida. — Ela apanhou um bife com as bochechas vermelhas de vergonha. Não gostava de ouvir sua posição real de outro país. Claro que no trem ninguém ligava para isso, mas ela tentava escapar daquela realidade cada vez mais. — Como foi mesmo aquilo na biblioteca? — incitou.

Lucena suspirou. Suas previsões estavam certas em relação ao tio.

— Começou quando Demp... — iniciou. O senhor Light ouvia atento, enquanto Kyrha e Demp complementavam a história do seu jeito. — Aí ela gritou e nos encontraram — finalizou Llu, comendo a carne.

O tio Light viu que estava na hora de mudar a conversa.

— Os dragões só vão chegar no outono. A barca passou pelos polos, e este lugar é frio, como devem saber. Então os ovos se congelaram por mais uma estação. Coitadinhos! Vão perder as flores para verem folhas secas! Isso é triste. Vocês não terão essa aula tão cedo assim. — Foi dizendo o velho. Demp foi o único a não parecer triste pela notícia, afinal ele nunca vira um dragão, e sua única empolgação era externa. — Mas vamos falar de coisas boas. O cinema irá ser aberto no verão e já estamos tão perto! Quero muito ir. Nunca vi um cinema em um trem. É quase como se aqui fosse o mundo real.

Kyrha ficou atenta ao assunto. Ela conhecia a magia o suficiente para entender como acontecia o processo de *expansão.*

O diálogo viajou pelas montanhas e contemplou as notas nas aulas de honra.

— Eu sabia que aquela mulher era do povo que não conhece Sisce! Como ela cuida de flores e trata tão mal as pessoas? Com certeza tem algo de errado nela — o senhor comentou, indignado. Demp questionou o velho sobre o que era Sisce e sem demora ele respondeu: — Existe o povo que conhece Sisce e o outro que não. Você sabe quando vê alguém que não conhece o povo de Sisce[1]. Algo no seu coração o avisa antes. Algo muito poderoso. Todos nós aqui somos do povo que conhece Sisce. Pode acreditar.

1. "Povo de Sisce" remete a "povo que conhece José", uma referência à Bíblia e também a "Anne e a casa dos sonhos", da autora L. M. Montgomery, de 1917.

— Ah... — o menino soltou.

As perguntas sobre eles foram feitas rapidamente.

— Llu me contou que você é vegetariana, Kyrha, é verdade? — Ela fez que sim com a cabeça e apanhou a salada. — Também é verdade que você é uma bruxa? — Assentiu uma segunda vez. — Tenho uma perguntinha... Como você se torna uma bruxa?

Kyrha foi rápida e objetiva:

— Estudando.

Após alguns minutos, fez um resumo sobre a história das bruxas, que para ela foi o conto mais bem resumido por um ser humano, entretanto, para Demp, os pássaros estavam lentos demais...

Lucena fez um interrogatório cotidiano sobre sua família:

— Então a mamãe está bem. Será que ela finalmente pegou aquele cavalo como tanto pedi? Acho que não. Ela nunca amou tanto animais assim, somente a gente — disse Llu com pesar. — Vovô está bem. Mandou uma carta para mim ontem. Ah, doce como sempre, parece que a política não corrompe todos — Lucena comentou, terminando seu prato.

Quando chegou a vez de Demp, ele engoliu em seco e disse que *via coisas*, atrapalhando-se com o significado da frase.

O tio Light estremeceu, estava querendo entrar no clima.

— Uma vez ouvi o gemido de sereias ao abrir a janela. Sofrem tanto! — Mas depois de ouvir sobre o relato de Demp, ficou indiferente mais uma vez.

— E onde está aquele lindo gato preto? Ah, que olhos verdes! Achei ele adorável.

O velho cruzou as sobrancelhas e deu de ombros, deixando Demp em uma dúvida eterna.

No fim do dia, Demp orou pela segurança do gatinho, torcendo para o seu deus da sabedoria o responder. O trio abandonou a lojinha com um aceno triplo e confirmou a volta na próxima estação.

Os jovens avistaram, na ida para os dormitórios, rondas policiais passando, acompanhando idosos e pessoas pomposas.

— Eles devem pagar a mais.

No caminho viram também uma livraria.

Kyrha não resistiu e comprou outro romance. A capa tinha um fundo claro dos campos com um casal. Havia uma mulher de saia longa cheia de babados e a segurando pela cintura com os cachos molhados estava um homem. Demp observou o livro oxigenado.

Lucena escolheu um livreto de receitas de tortas, dizendo que faria uma de banana para eles.

Demp não encontrou nada que lhe interessasse à primeira vista, então apanhou um livro que comprara ali outro dia.

Vou dar a Josh. Ele tem sido bastante compreensivo comigo. Tomara que goste, disse para si mesmo.

Quando Josh recebesse o presente, daria pulinhos, abraçando forte Demp.

Estava amando o livro e não tinha coragem de roubar aquilo de Demp.

— Obrigado, obrigado — cantarolara.

A volta foi acompanhada pelo banho prateado do luar daquela noite. A lua estava outra vez minguante, quase cheia. Árvores balançavam conforme os ventos se tornavam mais presentes, como um concerto de chocalhos. Um tanto caótico, um tanto magnífico.

Demp se esticou, livre da preocupação. Então o ombro da sua jaquetinha rasgou. Kyrha não se segurou e começou a rir junto de Lucena.

Não vou agradecer Demon por isso, pensou com ingratidão enquanto via o rasgo aumentar.

A memória melancólica daquela estrada não os atormentou mais. O mundo em que odiara e ignorara Kyrha sumira para sempre. As pedrinhas eram cheias de inocência e jovialidade; tudo que Demp precisava naquele momento: um mundo puro.

O garoto chegou ainda animado da noite. A páscoa vinha e ele queria gastar todas as suas energias logo. Ficou fuxicando as gavetas até reencontrar seu livro de esmeralda; ainda não perguntara a Kyrha sobre ele, então saiu dando passos silenciosos pelo corredor. Bateu no dormitório quatro, e Kyrha apareceu para atendê-lo.

— Parece um cadeado de sangue mágico. Alguém fez isso e só a pessoa pode abri-lo novamente, Demp. Entretanto, sei uma maneira de desfazer um cadeado desses. Se você achou dentro de uma árvore, grudado às raízes, é porque provavelmente o dono já morreu. Não vai demorar, só algumas semanas. — Demp parecia não querer esperar *algumas semanas*. — Ou você pode ir em uma loja de cadeados e pagar trinta moedas — alfinetou ela, vendo a expressão ansiosa de Demp se esvair.

Nota para mim mesmo: lembre-me de não mostrar minhas emoções para Kyrha. Acho que ela reage de uma forma diferente... Mas isso não é ruim, não é? Hoje o dia foi deleitoso. Já comeu um abacaxi? Isso é só um experimento! Não me ache louco, ok?

11

Respostas repugnantes

— Ky-Kyrha — balbuciou Demp, escondendo as mãos na capa enquanto subia os morrinhos do vagão dos Abetos Sussurrantes. Os raios de sol estavam filtrados e as abelhas desciam pelos campos, saindo de suas colmeias para verem novas flores surgirem no horizonte. — E se o urso voltar? — terminou ele, tremendo todo o corpo.

— Relaxe. Ele apareceu ontem porque estava com fome. Ursos não vêm nas colinas para comer... só se estiverem desesperados. Pense que foi um ato bom, Demp.

Pela primeira vez, Kyrha usou sua forma cética para alegrar e assegurar outras pessoas, porém naquele momento não foi isso que deu ares de esperança a Demp.

Lucena, Demp e Kyrha subiam colina acima. Era um sábado perfeito.

Demp trazia uma cesta com bolos feitos por sua confeitaria preferida, cheios de pedaços de morango. Lucena vinha com uma torta, tampada por uma redoma de vidro.

Kyrha levava uma toalha quadriculada vermelha, branca e rosa, quando as duas cores se encontravam.

Ela a despejou na grama, na qual se podia ver o futuro distante e lindo, com flores coloridas nas bordas e florestas espalhadas com seus animais. Um grupo de veados surgiu entre os abetos, dançando entre as árvores escuras. Um grande raio de sol caiu sobre o piquenique perfeito, deixando todos bastante satisfeitos.

Era o dia certo!

— Se vocês pudessem escolher uma habilidade, qual seria? — questionou Lucena, puxando da cesta uma revista de perguntas e respostas. — Fogo! — exclamou Llu, fazendo um assobio mudo.

Kyrha falou calmamente:

— Seria bom poder... voar — falou ela sem pensar muito.

— Você consegue fazer melhor — debochou Lucena.

— Então me deixe pensar... Falar com as plantas e fazer elas crescerem quando eu quiser — respondeu, triunfante.

— Eu gostaria de poder controlar o gelo. Imagine poder andar sobre águas recém-congeladas e ver o horizonte frívolo dos anjos. Ou criar cristais de gelos perfeitos para uma bela decoração. Trazer a neve quando quiser. Oh, agora que me dei conta, não jogamos bola de neve no inverno. Temos de fazer isso no próximo. Vou anotar — sugeriu Demp alegremente.

O garoto correu pelo morro, desafiado por Lucena, de olhos fechados.

Ele sentiu o corpo descer normalmente, os zumbidos dos ventos e a flores no caminho, até esbarrar em algo grande; não duro como uma pedra, porém macio. O cheiro de selva assediou seu grande nariz, e então, vencedor do desafio, abriu os olhos, orgulhoso.

— *Urso*! — gritou ele, vislumbrando a fera à sua frente, com a pelagem marrom e o nariz negro, patas enormes e dentes afiados.

Não rosnava, mas Demp não esperaria por tal.

Antes que o urso pudesse se mexer, Demp já havia corrido junto de Lucena e Kyrha por três morros de distância. Quando olharam para trás, viram um ponto marrom roubando sua cesta e um vitral de vidro.

O piquenique foi arruinado!

❃

O próximo dia foi mais calmo e sem feras a atrapalhá-lo; um domingo deleitoso de se viver. Lucena puxou sua revista para ver as respostas que antes foram esquecidas por um atentado.

— Olá — disse o garoto de cabelos claros, surgindo no morro. Otto se acomodou na toalha e puxou uma fatia do bolo. — O que vocês estão fazendo? Ouvi dizer que um urso apareceu aqui — falou, deitando na toalha de boca cheia.

— Raios! Com certeza. Pensei nisso já faz alguns dias. Imagine poder criar chuvas e temporais agressivos! Fazer um raio cair sobre uma ovelha, ou... uma árvore — respondeu Otto prontamente depois da pergunta de Lucena.

— "O fogo demostra que você é uma pessoa calorosa, faz seus amigos felizes e amados, porém você se sente carente muitas vezes." Carente!? Uma ova! — leu Lucena, ofendida.

Otto puxou a revista da toalha e leu:

— "Você se sente pressionado a ser o melhor, por isso escolheu a maneira mais agressiva e maldosa. Deixe-se ser livre." Eu sou muito livre! Não sei como uma revista nojenta dessas pode ajudar a gente — reclamou o injustiçado Otto, dando-a a Demp.

— "Você se sente frio, como um gelo. Triste e solitário. Você esconde algo e quer tampar com neve." Uma revista dessas não pode revelar nada. Prefiro a brincadeira das estações. A revista não tem como saber como vou usar minha habilidade.

Era a vez de Kyrha, que pacientemente apanhou a revista da grama, jogada por Demp.

— "Você é uma pessoa verdadeira que não esconde nada entre as gramas, demostra o que sente..." e blá-blá-blá — citou Kyrha, não aguentando mais ser tão boazinha.

Precisava ser rude pelo menos uma vez com alguma coisa. Então enrolou a revista e a colocou sem nenhum cuidado na cesta.

❋

A competição foi encerrada no clube de costura, e, como esperado depois de muito trabalho duro, Demon ganhara, terminando toda a atividade com sessenta roupas diferentes; um recorde que não era para qualquer um naquele vagão.

Madame Nora deu um leve abraço nela e ofereceu seus parabéns.

Megan, enciumada por ter perdido, mesmo que não tivesse se esforçado direito, passou o resto do dia fazendo uma careta horrível, como se tivesse um odor petulante debaixo de seu nariz. Demp aplaudiu a premiação de sua amiga e foi embora com Evans.

Haviam passado pelo dormitório para pegar a vara de pesca recém-montada por ele para irem pescar no riacho.

Demp, esperando Evans no primeiro andar, vislumbrou um Victor triste e desolado no canto da parede de olhos fechados. Este era um garoto alto de cabelos ruivos e pele clara; usava um topete e tinha uma pintinha debaixo do olho. Sempre ria quando podia e ficava sério quando era para ser sério. Um garoto de quinze anos, o mais velho da turma, esforçado e feliz, mas não chamava muita atenção.

Era também um pouco pessimista ao se tratar de sua pessoa, porém Demp só conseguia enxergar melancolia ali, presa em um corpo que não era seu. Indo confiante na direção dele, Demp foi levantando a mão para ajudá-lo a se erguer.

Tanto literal quanto figural, pensou.

Victor o olhou triste, como se fosse uma pessoa velha que não precisava mais esperar a morte.

– Você quer ir ao riacho?

Se fosse uma pessoa qualquer, Victor poderia discordar, porém era Demp, um garoto de cachos castanhos com um corpo esguio e sorridente, falando com ele. Por que queria conversar com ele?

Victor aceitou o convite resoluto, e Evans surgiu da escadaria feliz, segurando um balde e a vara de pesca. Assim que Evans se colocou à frente, junto de Demp, Victor os acompanhou.

— Parece que fez um novo amigo — Evans deduziu.

— Correção: *nós* fizemos um novo amigo — repassou Demp, dando um soco fraco no ombro de Evans.

Victor parecia estar aproveitando a viagem: ajudou a colocar a linha na vara de pesca, criou a sua própria e arranjou alguns gravetos longos pela mata.

— Qual desses é o maior? — perguntou Victor, colocando uma fileira deles na grama.

Demp surgiu e disse:

— O da esquerda.

No final, Evans apanhou três salmões enquanto Victor pegou dois, e Demp pescou com suas próprias mãos quatro. A tarde veio forte, com danças de luzes no céu colorido por roxo, amarelo e laranja. Inclinando-se para dentro do riacho, conseguiam ver o lindo pôr do sol que se formava no final da estrada das águas.

— E aquele livro que você pegou aqui, Demp? — Quis saber Evans, apanhando da mochila três sanduíches.

Ele entregou um a Demp, outro para Victor e deu uma longa e grande mordida no seu.

— Kyrha está desmontando o cadeado mágico. Ela disse que vai terminar só no verão — respondeu ele, fitando seu lanche.

Victor deixou a tristeza de lado naquela tarde de pesca. Ele sabia que voltaria ali outras vezes para ver os peixes nadando novamente. Mencionar Kyrha pareceu empolgá-lo de alguma forma... O oposto de Evans, que não se familiarizara com os outros amigos de Demp.

— Querem ver algo legal? — perguntou Victor, tirando de sua bolsa um telescópio portátil, pequeno e enferrujado, que, para Demp, deixava-o mais elegante. Victor o mirou no olho e apontou para uma estrela bem longe no céu. — Aquele é marte.

Demp apanhou rapidamente o telescópio de Victor e, por um vidro mágico, conseguiu ver uma bola vermelha brilhando no espaço. Animando-se, começou a viajar pelas estrelas em formato de cruz, até Evans reclamar e pedir o instrumento, também curioso.

Quando o telescópio voltou para suas mãos, vislumbrou um meteoro passando pela atmosfera e fez um desejo em um sussurro.

– Qual o nome dele? – perguntou Demp.

– Por que um telescópio ia precisar de um nome?

– Para ser mais emocionante pegar e ver os astros. Por exemplo, o guarda-chuva que sempre pego na aula de feitiços da professora Di se chama Mestra da Lua – respondeu. – Então darei um. Hum... Caminho das Estrelas ou Estradas das Estrelas?

– Estradas das Estrelas – opinou Evans, que queria participar mais da conversa.

– Realmente, "estrada" soa melhor do que "caminho" – concordou Victor.

Victor guardou o telescópio e uma outra onda de silêncio recaiu sobre o diálogo.

– Você é não mágico, Demp? – perguntou Victor subitamente, colocando seu tesouro na bolsa.

Demp se sentiu desconfortável. Evans, Lucena, Kyrha, Otto, Demon, Ágata, Josh e todos os outros que conhecera eram mágicos, menos ele, então disse secamente:

– Sim.

Desviou os olhos para o rio.

Victor esboçou um sorriso com o canto da boca e disse:

– Ah, eu também. Este telescópio é meu artefato mágico.

Primeiro veio um baque estranho, pois não estava sozinho, e depois o conforto.

A escuridão às vezes pode ser quente...

Demp conversou com Victor por alguns minutos, falando e comentando sobre *coisas de não mágicos*.

– Não é engraçado ver como eles não colocam uma xícara de chá? Uma vez viajei para o norte e vi minha tia-avó de sangue mágico, única na família. Era conhecida por ser uma velha exibida. Quando me sentei à mesa e ofereci o chá, ela disse assim: "Como em uma casa de sangue de mágico você tem a coragem de me ofender negando a magia?" – imitou ele com sua voz quase rouca.

Demp e Victor riram.

Evans se sentia isolado. Não podia comentar nada sobre aquele assunto, não era um *deles*. Entretanto, como um sinal, uma família de gansos surgiu na beira do lago. A mãe vinha balançando o rabo, enquanto suas crianças vinham em fila indiana, andando de uma forma adorável.

Todos fitaram com ternura a mãe colocar cada filhote, um de cada vez, no riacho e descer por ele, nadando através do lindo pôr do sol. A noite estava mais presente, e eles precisavam se despedir antes que a floresta se tornasse escura e fria.

Demp voltou satisfeito para os dormitórios naquela noite. A primavera estava quase para dizer "tchau" a todos, e Demp aprovava isso.

Se a primavera fosse eterna, qual seria o sentido de chamá-la de primavera?, pensou meticulosamente. *O que é uma pérola além de um símbolo?*

O jantar foi repleto de risadas do grupo Assombração, e Josh se afeiçoou a cada um deles. Os ventos vinham acalorados, obrigando Evans a tirar seu precioso cachecol vermelho.

Victor mostrou um mapa das estrelas quando chegaram, deixando-os impressionados. Poderiam ver Vênus no inverno!

– Vou anotar isso – disse.

Ele parou por alguns segundos, pois tinha tanto para recordar.

❀

Estava se preparando para dormir, quase saindo do banho com suas vestes de pijama, quase abrindo totalmente a porta, quase... então ouviu:

— Você acha que não sei o que significa isso, Demon?! Eu sou Megan Fox Junior Liliane Mundana! Eu sei quando um trapaceiro quer trapacear!

Em seguida o estrondo da porta da frente batendo o fez se sobressaltar.

Assim que Demp saiu, viu uma Demon chorosa sentada na cama com as mãos tampando o rosto vermelho. Ao seu lado havia um belo e bufante vestido rosa, pomposo ali e aqui. Demp não perguntaria nada de imediato. Enquanto abraçava Demon em um silêncio reconfortante, imaginou: *Megan é muito orgulhosa, e isso eu sei! Demon é muito bondosa, coitadinha... Demon deu a oportunidade de deixar Megan participar de manequim do desfile e é isso que ela faz! Eu sabia que não tinha um caráter bom. Se ela perdeu, tem de aceitar, não ficar humilhando os outros e os chamando de trapaceiros. Vou falar umas poucas e boas para ela!*

E foi isso que Demp fez.

Demp tinha muitos amigos de coração e defenderia cada um.

A manhã veio como qualquer outra, e Demp, disposto a menosprezar Megan no clube de costura, esperou ela pedir algo em seu alcance.

— Pode me passar a tesoura?

Demp a olhou com desprezo e disse em seu tom mais frio:

— Por que não pega você mesma? Ou está tão chateada por perder que nem isso sabe mais fazer? Megan, não abra essa sua boca perto de mim e cuidado para não entrar nenhuma mosca. Não me peça mais nada, ok? — Soava como um comando. — E também não venha ao meu dormitório novamente, nem se for convidada; e já adianto que não vai acontecer. — Ela abriu a boca, mas: — *Shh*. Não está vendo que estou falando? Crie modos e espere. Não fique chamando os outros de trapaceiros, já que no fim a trapaceira aqui é você. A peça que mostrou à professora foi uma cópia da loja de moda Luxo is Vida. Nem todo mundo é idiota como você. Preste muita atenção. Não vá ao meu dormitório novamente e não faça mal a nenhum dos meus amigos outra vez, escutou bem? Agora me dê licença. Vou me acomodar ao lado de pessoas melhores e bondosas.

Demp ficou impressionado com sua atuação. Nunca fizera nada parecido e amara fingir e interpretar toda a cena. Deixar uma Megan boquiaberta para trás foi um dos seus maiores feitos. Ele queria suprimir esse sentimento, mas não conseguia deixar de pensar: *quando será a próxima vez?*

Demon não havia visto nada daquilo. Estava comprando novos tecidos para o desfile como líder da competição, entretanto, mesmo longe, sentiu um aperto no coração, como se o amor ainda existisse em algum lugar.

A mestra da aula, madame Nora, que observava quieta a situação, não ousou mexer um dedo. Demp nunca demostrara um comportamento agressivo em sua aula ou qualquer outra. Como um garotinho tão bondoso e feliz poderia dizer coisas tão rudes?

Entretanto, Megan pagaria uma penitência por sua trapaça revelada.

No momento em que Demp voltou ao vagão de honra, visualizou uma Kyrha sorridente à sua frente, dando alguns pulinhos de orgulho.

— É verdade que você *lacrou* com a cara de Megan? Não sei o que disse, mas sei que ela merece!

12

Lobinhos no luar prateado

A primavera estava quase se despedindo, armando um plano de viagem a outro canto do mundo, deixando seu primo distante, o verão, tomar conta das colinas esverdeadas do Trem dos Perdidos.

Foi assim que Demp acordou, com uma brisa quente entrando pela janela.

Uma chuva havia vindo no dia anterior, deixando poças de lama espalhadas pelos morros. Parecia uma *reprise* do que ainda estava por vir.

O feriado de Páscoa chegou um pouco atrasado, com um dia livre de aulas e problemas, cheio de festividades. As crianças mais energéticas corriam pelas colinas, e as mais quietas viam com inveja as outras. Demp estava no primeiro grupo, divertindo-se.

Mantivera sua capa no dormitório, pois compreendera que era o dia de deixá-la pela primeira vez. Só não se sentia nu por causa de suas novas galochas amarelas, compradas no dia anterior, junto de suas amigas.

Kyrha e Lucena escolheram sapatilhas da mesma marca, uma amarela e a outra verde, e todas as vezes que se esbarravam em alguém faziam questão de intensificar aquele detalhe. Como se incluísse em seus sobrenomes.

Demp estava dentro de seu saco de batatas, acenando para Kyrha, que o via em uma torcida alegre, cheia de pessoas que conheciam Sisce. Lucena estava se preparando, procurando dentro de si o equilíbrio perfeito entre ela e o solo dos campos.

"Buuum!", a pistola disparou, e Demp já estava em seu segundo pulo.

Um garoto um pouco à sua frente tropeçou, provocando um fuzuê de três meninos no chão, contorcendo-se de ódio pelo erro alheio, que não era tão alheio assim.

À sua esquerda, uma garota de rabo de cavalo estava chorando na terra. Uma criança que vinha atrás prendeu o pé em seus cabelos, fazendo outro perder a corrida. Victor usou todas as suas energias e caiu duro na grama, cumprimentando outros corredores, que riam dele com gosto. Demp tinha certeza de que ele reclamaria de tudo isso depois da corrida, e assim continuou a pular sem dó.

Josh parou para recuperar o fôlego, e Lucena, que se distraiu com um saltante coelho no horizonte, esbarrou nele, fazendo o dois serem desclassificados pelas leis da gravidade. Demp pulava com uma dor forte na barriga, mas todo aquele esforço seria recompensado com uma boa dose de um desejo seu.

Os saltos causavam muito sofrimento, e, vendo a grande fita da linha de chegada, Demp se assustou. Um corvo surgiu à sua frente, dançando no ar, fazendo-o levar um tombo no chão com o repentino pavor. Conseguiu ouvir o "não" de Kyrha e Lucena em coro.

A distraída e calma Ágata recebeu o prêmio, ganhando a corrida ao pular sem prestar atenção. Ela pediu um delicioso pudim como troféu.

— Gosto de pudins. Me fazem lembrar de elefantes e gosto de elefantes. Me fazem lembrar da minha querida mãe... porque ela tinha um elefantinho de porcelana... — confessou a Demp, que estava um pouco impaciente com seu azar.

Tamborilou os dedos nos ombros, a fim de aliviar a tensão de seu corpo.

O restante da manhã foi de festas de balões e brincadeiras de como se levar um ovo na colher. Demp ganhou a disputa de redações e Lucena conquistou o concurso de melhor bolo.

Kyrha passou o dia inteiro pensativa, algo sério a incomodava. Ela precisava de uma resposta certa... Demp e Llu a encontraram perto de um salgueiro, as mãos desenhando algo no ar.

— Já está na hora de levar você para um hospício? — brincou Llu.

Kyrha disfarçou o movimento e sorriu; mais por ter sido pega do que achar graça da piada. O trio caminhou em direção à barraca de maçãs do amor. Não era a época, porém Demp queria experimentar.

Em uma curva, um garotão alto e moreno apareceu, tinha cabelos curtos e vestes de luxo. Ao seu lado, uma garota gorda de cabelo lisos e os olhos maldosos.

— O que você quer, idiota? — afrontou Kyrha, colocando-se entre os dois gigantes.

Thomas arregalou os olhos. Como uma bruxa nojenta daquelas podia falar daquela maneira com ele? Deu um passo para trás, deixando Liba surgir à frente da magrela Kyrha.

Ela fez um barulho com a boca como se fosse um cachorro e tentou empurrar Kyrha.

Kyrha, com seus anos de sobrevivência no orfanato, desviou e recuou, fazendo Liba perder o equilíbrio e cair para frente, em cima de uma poça de lama.

Uma roda de pessoas começou a se fechar entre eles. Lucena surgiu atrás de Thomas, que tentava ajudar a amiga a se recompor, e o empurrou com satisfação, fazendo-o se reunir à colega na sujeira.

Demp debochou com um olhar zombeteiro.

Thomas abriu a boca debilmente e tirou a terra dos olhos.

Levantou-se e correu para um canto longe de onde estavam. Liba se ergueu depois, chorosa, seguindo-o com suas pernas meladas. Era um momento de maldades.

Demp, Lucena e Kyrha saíram para comprar maçãs do amor, fazendo um coro de gargalhadas, aproveitando o dia ao máximo. Sabiam que um dia glorioso daqueles deveria ser lembrado para todo o sempre, como se o único problema que ainda existia no mundo tivesse sido limpo.

Demp, Kyrha e Llu chegaram cansados no dormitório do primeiro ano, cada um se desmanchando nas poltronas e no chão. Ágata, Demon, Otto e Josh estava ali também, conversando ao ritmo de coelhos apressados.

— Queria ser o juiz do concurso de tortas. — Sonhou Otto, tirando a língua para lamber o lábio superior. — Deu tanta fome vê-los comendo...

A simplória lembrança ainda fazia seu estômago roncar como um urso.

❀

A tarde veio com um sol tampado por nuvens espessas e maldosas. Os pássaros sumiram. Demon precisava costurar mais. Queria com todas as forças ganhar a competição do festival de verão.

Ágata estava ajudando a professora Rosalina em seu projeto de melhor colheita do ano, trabalhando duro para ganhar o prêmio do outono em que as melhores plantas seriam disputadas entre categorias diversas.

Otto foi apanhar algumas moedas em seu dormitório, queria comprar as novas bombas de sua loja de travessuras preferida. Josh precisava terminar de ler o seu livro, ainda estava agradecendo Demp pelo maravilhoso livreto.

— Lucena, por favor, pode trazer aquele cachorrinho de dois rabos da loja de seu tio? Eu o amei tanto. É difícil resistir àqueles olhos. Quando o vi na noite em que fomos visitar seu tio, nem consegui dormir. Não aguentei. Traga-o aqui por uma noite apenas — suplicou Kyrha, que olhava para Lucena com um brilho no olhar.

Ela se virou para Demp.

— Demp, por favor, pode comprar para mim um ramo de *azeno* na loja da madame Manifesto? Estou fazendo uma poção e esqueci esse ingrediente, e já está no caldeirão... Lembre que ajudei você a semana inteira com as atividades de geometria — chantageou ela, sua voz beirava a ordem e o pedido com perfeição, obrigando Demp a ir junto de Lucena às Lojas Tortas.

Otto surgiu no meio do caminho, balançando os braços enquanto descia o morro do vagão dos Abetos Sussurrantes, no qual barracas de sucos e maçãs eram retiradas com pressa.

— Posso me juntar a vocês? — questionou, aproximando-se dos dois.

— Normalmente estamos em trio, então claro que pode — convidou Llu.

— A loja de que eu falo é bem perto do asilo. Vamos juntos — disse Otto, que acompanhava o percurso com eles.

— Então vamos passar lá na volta. — Prontificou-se Demp.

— Onde vocês vão trabalhar no verão? — Quis saber Otto, no caminho de pedras, pulando de uma à outra, evitando tocar na grama.

— Eu vou ficar na loja do meu tio — respondeu Lucena sem medo.

Demp não sabia onde poderia ficar no verão, trabalhando à tarde e estudando de manhã.

— Kyrha disse para mim que iria ficar na loja da madame Manifesto — falou Demp, um pouco triste por ainda não ter seu *lugar*.

— Vou querer trabalhar na minha loja preferida. Ela é cheia de relógios loucos. Eu adoro — disse Otto, escorregando de uma pedrinha pontuda.

Ele falava da venda de bombas como se fosse uma pessoa. Como se fosse possível amar um lugar. Talvez fosse...

Os prédios surgiram de dentro de uma névoa prateada, a noite chegava e a lua cheia estava acordada no céu. Demp foi na direção da loja em forma de perfume, enquanto Lucena ia sozinha até a venda de seu tio.

— Você acha que eu tenho algum potencial? — perguntou Demp, deprimido após muito tempo.

Todos pertenciam a algum lugar, todos pareciam ser de algum lugar. E ele era somente Demp Esmerald, que só pertencia a si mesmo, o que soava tão triste.

— Acho — respondeu Otto secamente.

Ele não queria soar grosso, mas o que poderia dizer?

Não sabia como agir naquele momento, nunca vira Demp tão melancólico, como se a lua o afetasse.

— Você já se sentiu como se fosse o único a não sorrir? Como se os dentes tivessem sumido e você tivesse vergonha de mostrá-los? Como se a flor de seu coração não existisse dentro de você? Como é sentir falta de algo que nunca teve? — disse Demp, apertando a maçaneta da loja para adentrar. Madame Manifesto não apareceu em um tapete voador, então depois de longos segundos Demp correu para a fileira de vagens e achou o azeno de Kyrha: uma raiz ressecada que tinha pintinhas verdes fortes. – Como se ninguém pudesse o entender e você tivesse de se contentar com o vazio eterno de seu coração.

Deu um longo suspiro e fitou Otto com seus olhos castanhos, e ali Otto vislumbrou uma espécie de brilho e compreendeu que precisava ajudar Demp de alguma forma, afinal Demp já o ajudara bastante; era a hora de devolver o favor.

– Quer saber? Vou arrumar um emprego para você, Demp. Relaxe. Sei que está se estressando com os problemas dos outros. Vi você ajudando Evans a pegar mais linha no clube de costura. E na noite em que você disse: "Vou passar a penumbra em claro, as atividades estão muito complicadas", peguei você saindo do quarto para socorrer Ágata em um verso de uma canção.

– Ah.

– Demp, você não é o tipo de pessoa que diz o que fez, mas gosta quando as pessoas lembram você dessas coisas, porque você é um humano também, não um robô.

Tudo que Otto falou era a verdade.

Demp amava ouvir agradecimentos ou ser lembrado deles, como se realmente tivesse ajudado alguém. Quem não gostava de ser bajulado às vezes? A questão não era inflar seu ego, mas se sentir importante na vida de alguém.

Eles encontraram Lucena no pátio, fazendo pequenos truques com o cãozinho de dois rabos cinza, focinho largo e achatado, pelo longo e fino e com a língua sempre de fora.

Demp e Lucena entraram na loja preferida de Otto. Um senhor idoso de cabelos quase inexistentes os atendeu. Era gorducho e usava um avental marrom na cintura, com algumas ferramentas nas mãos e nos bolsos.

Ele deu boas-vindas a todos.

O vagão era cheio de relógios grandes e pequenos, altos e baixos, largos e finos. Um passarinho de madeira saiu de uns deles e os cumprimentou em um coro de muitos outros. No chão, uma bailarina surgiu entre as caixas e começou a dançar conforme a música.

Soldadinhos apareceram marchando em um canto, e todo o lugar ganhou vida.

Demp vislumbrou um relógio em formato de casinha com duas pernas de galinhas amarelas, andando pelas prateleiras abobado.

Será que este vagão tem vida? Como uma maldição?

O senhor mexeu o martelo na mão e perguntou o que o seu melhor cliente, Otto, queria.

— Onde o sr. colocou as novas bombinhas lagartixas?

Ele deu um grande passo a um corredor dos fundos e então apoiou as mãos nas costas e deu um pequeno gemido seguido de um grande suspiro.

— Minhas pernas já não são as mesmas, Otto, então vou só falar onde está, ok? Passe pela lareia no centro do vagão, depois veja a pilha de poções do amor e vá reto — instruiu o sr. McLaren.

Otto seguiu as instruções com perfeição; conhecia aquele lugar como a palma da mão.

Ele havia muito tempo estava pensando em convidar Demp a ir ali, porém sentia ciúme do magnífico lugar. O sr. McLaren sempre dava doces a ele. Aquele era um esconderijo só dele, para o qual poderia fugir quando se sentisse triste.

Demp não poderia discordar. Um lugar em que os bonecos balançavam as mãos e dançavam, alegres, não era um ambiente de se dividir. Até o pequeno cachorrinho de Llu estava querendo sair dos braços dela para correr pelo vagão.

Os três passaram por uma lareira feita de tijolos vermelhos, trazendo conforto à loja de brinquedos e travessuras. Demp avistou um dinossauro saindo das caixas de presentes e indo ver as chamas em brasa. Atrás dele veio outro, um pouco mais curvado. O segundo apoiou o pescoço no ombro do primeiro, e ali ficaram por horas, conversando com suas línguas de plástico.

Demp teve de ser puxado para poder perder a romântica cena entre dois dinossauros de brinquedo.

— Que horas são? — perguntou Lucena, que não aguentava mais segurar o cão.

Ele estava se debatendo fazia horas nos braços dela, mexendo seus dois rabos com vontade e de vez em quando com raiva.

— 18h30 — respondeu Demp, consultando seu pequeninho relogiozinho de pulso. Avistaram uma bancada cheia de poções rosa em forma de corações.
— Elas fazem uma pessoa se apaixonar para sempre? — perguntou Demp, lendo a placa "poções do amor".

— Não. Depois de alguns dias param de fazer efeito, igual qualquer poção — respondeu Otto, entrando em uma fileira e apanhando dela uma lagartixa marrom de mentira.

Ele soltou uma e a vislumbrou correr por debaixo das prateleiras e em seguida o som de uma explosão abafada. Satisfeito, Otto pagou cinco moedas pelas sete bombas. Imagine jogá-las do outro lado do corredor? Ninguém desconfiaria dele.

❀

As estrelas fizeram parte do céu outra vez e as nuvens estavam quase raras, poucas ainda apareciam na vista do céu. Um vasto mar surgiu de repente na paisagem, substituindo a terra ventosa por barulhos da água salgada, refletindo a lua cheia.

As sereias mais uma vez cantavam com suas vozes magníficas, e pedras espinhosas subiam a maré para ver o incrível horizonte daquela noite de primavera.

Lucena deixara, sem pensar duas vezes, o cachorrinho com Kyrha; estava com os braços exaustos de segurar a agitada criatura. Demp a seguiu, descendo as escadas e se deitando nas poltronas de frente para a lareira.

Tempo se passou e o som da água se tornava mais presente, junto do barulho da máquina de Demon, que depois daquela noite seria desligada e retirada do dormitório, deixando noites agradáveis voltarem para o dormitório três.

Otto voltou para seu quarto querendo testar as bombinhas.

Após quatro horas solitárias entre seus pensamentos, Demp decidiu ver Kyrha, que até o momento não saíra do quartinho número quatro.

Lucena se levantou junto e o acompanhou até o segundo andar.

Demp abriu porta e vislumbrou Kyrha de joelhos no soalho, de frente para o seu caldeirão, do qual saía um líquido verde forte borbulhante.

O cãozinho estava deitado em seu colo com dois rabos cinzas quietos e calmos.

Quando está comigo não dorme, né?!, pensou Llu.

— Vocês chegaram na hora certa! — exclamou ela assim que Demp fechou a porta.

A luz do quarto estava desligada e a única iluminação vinha da janela e do caldeirão verde, deixando a face de Kyrha assombrosa.

— Bebam essa poção que fiz. Já tomei um copo. Então só falta vocês dois — disse Kyrha, colocando dois frascos de vidro cheios do líquido verde para eles.

Ambos cheiraram a poção e perceberam que não era nada de ruim que emanava dali, então engoliram sem dó.

— O que você usou nela? — perguntou Lucena, sentando-se no chão.

— Só um pouco de folha doce, as que você normalmente compra para fazer seus bolos, a vagem que Demp trouxe e um pelo do cachorrinho — citou Kyrha sem nenhum remoço. Demp estava apertando a garganta, tentando regurgitar o que já havia bebido, e Lucena fazia uma horrível careta de nojo. — Não é nada tão ruim assim. Pelo amor de Deus, eu o lavei antes. Por isso ele está dormindo tão bem. Mas vocês vão me agradecer depois que ouvirem isso.

Kyrha começou a mexer o cãozinho de dois rabos em seu colo.

Ele deu um grande suspiro após finalmente acordar e abriu a boca para soltar um latido.

— O que vocês querem? — exigiu o cachorro.

Lucena escancarou a boca, enquanto Kyrha sorria de alegria, como se todos os seus esforços tivessem valido a pena. A voz do cão era grossa e tenebrosa. Seria impossível dizer que realmente era dele que vinha o som.

Posteriormente vieram as perguntas de Lucena:

— Como é viver na casa do meu tio? Você gosta da ração? De uma nota de um a dez, quanto você me ama?

Kyrha pegou o cachorrinho e disse:

– Está ouvindo esse som? Pode nos dizer o que ele é.

Kyrha estava se referindo a um uivo que surgiu após Lucena e Demp terminarem de beber a poção. Era algo sofrido e enigmático vindo das tubulações do trem e passando pela janela. O cachorrinho pulou do colo dela e foi correndo até a janela aberta, da qual se podia ver que a lua cheia brilhava com vigor.

– Coitadinha, está sofrendo. O nome dela é Liba, não é? Odeio ver gente com essa terrível doença – lamentou o cachorrinho, uivando em um eterno luto.

Demp e Lucena olharam para Kyrha sem entender o motivo de sua celebração, então Kyrha se dispôs a explicar:

– Desde que vi Josh Fritic quis saber algum podre forte de Thomas, porém ele não tinha nada a me oferecer, um interrogatório simples revelou isso. Então comecei a procurar algo ruim de uma pessoa próxima dele, já que para pessoas como ele o mais importante são aqueles que estão à sua volta. Descobri que o pai de Liba foi preso no verão passado, encontrado em uma cabana cheia de sangue. A polícia investigou e descobriu que ele havia matado um casal naquela noite. Com mais pesquisas, soube que o avô de Liba era um lobisomem. Encaixei tudo. A gente não consegue ouvir o uivo dela por causa da máquina de Demon. E no inverno todas as luas cheias foram tampadas por nuvens, pelos menos até ela dormir, ou coisa parecida. Hoje de manhã eu precisava de uma confirmação. Arrumei um jeito de me deparar com ela e, quando ouvi aquele som, descobri que estava certa o tempo todo. Fiz essa poção de comunicação para conversar com o cachorrinho e estamos agora aqui – falou Kyrha, paciente, olhando sonhadora para a janela, imaginando sua glorificação, dando um pulo por puro prazer. – Agora só falta eu me deparar com os dois novamente. Vão provar do próprio veneno! Vai ser maravilhoso estar acima deles e pisar com ódio no rosto dos dois. Eles merecem, por tudo e todos que fizeram sofrer!

Demp olhou para Kyrha incrédulo. Como ela poderia fazer tudo de novo depois de tantas coisas? Já bastava o que havia acontecido de manhã, não precisava continuar.

Lucena chegou perto dela e apoiou o braço no ombro de Kyrha, que apanhara uma carta e começara suas ameaças. Mexendo e remexendo a pena no papel.

— "Sra. Loba nojenta, sei de seu segredo peludo!" — dizia enquanto escrevia. — Ela vai chorar tanto hoje — comentou Kyrha, mais para si mesma do que para qualquer outro ali no quarto.

Quando ela finalmente colocou o selo, Lucena apanhou a carta da mão dela e fugiu até a janela, na qual o cachorrinho ainda latia de dor.

— É isso mesmo que você quer? Ameaçar outras pessoas da mesma maneira que humilharam você? Kyrha, por favor, você sabe que depois será irreversível — disse Lucena com a voz abafada pelos uivos.

Demp se juntou a Lucena, enquanto Kyrha os fitava pensativa.

— Pense... — Demp soltou.

— Kyrha, você quer que ela sofra da mesma maneira como você já sofreu um dia? Todos os dias sofridos no orfanato e aqui. As complicações! Eles foram os vilões de sua história, mas você quer ser o vilão de alguém? — inquiriu Llu, quase gritando para ser ouvida. — É diferente. O que vai mudar na vida dela se você fizer isso? Nada!

— Mas... Mas... Mas lembra o que Demp fez com Megan? É a mesma coisa! — contrariou Kyrha, procurando um argumento, aumentando o volume da voz conforme os barulhos também se alteravam.

— Foi diferente. Thomas já recebeu o que deveria, e você sabe que eles não voltaram. E foi tudo atuação. Eu treinei tudo antes várias vezes, e ela realmente parou de ser tão rude com todo mundo! — Defendeu-se Demp, procurando um lado. — Você tem a gente, amigos de verdade, mas ela não tem!

— Você sabe que Thomas não conta — adicionou Llu.

Demp sentiu o que precisava fazer sem magoar ninguém ali. Como algo que sobe devagar no âmago e na hora certa escapa da boca. Ele pegou a carta da mão de Lucena e entregou à duvidosa Kyrha.

— Foi você quem esteve todos esses anos sofrendo, aqui e no orfanato. Foi você quem descobriu tudo. Faça o que quiser. A escolha sempre será sua. Entretanto, não concordo com isso. Ficar perdendo tempo com mais brigas idiotas. Estou do lado de Lucena.

— Mas a escolha é sua, não nossa.

Kyrha olhou a cartinha duas vezes, girando-a em seus dedos.

O *talvez* estava brilhando em seus olhos.

Ela planou até a janela leste e deixou a carta voar com os ventos, desejando com seu coração nunca se arrepender daquele dia.

Temos de nos apegarmos às coisas boas, afinal, pensou ela, deixando os cachos ricochetearem com as marés.

Ali Kyrha entendeu o que era realmente ter amigos, pessoas que intervêm em sua vida em situações ruim e boas, com opiniões e argumentos diferentes dos seus, arando seu caminho. Se fosse a mesma Kyrha do início do inverno teria mandado a maldosa carta, mas era outra Kyrha, uma que possuía bons amigos.

O que ela realmente queria era superar. Ela só precisava soltar...

Liba ainda teria seu processo de redenção, e não cabia a ela apressá-lo. Só se Liba voltasse a repetir o que fazia. Por enquanto, no entanto, era um *não* para si própria.

Enxergou com seus olhos o serviço de cada um do trio.

Lucena tinha o coração grande, sempre pensando nos outros com muita empatia; já Kyrha era o oposto: cética; Demp estava ali para abrir novas possibilidades com sua imaginação. Entretanto, ela sabia que não podia resumir cada um de seus amigos em pequenas frases.

Assim a última noite da primavera passou, com um belo cachorrinho falando sobre seus amigos da loja, piadas, histórias, risadas e amor.

❀

Thomas passou por Kyrha e apenas a fitou com ódio. Demp e Lucena fizeram questão de retribuir o olhar, de forma que Liba se escondeu, com medo de uma poça de lama surgir a qualquer momento e engoli-la novamente. O que provocou algumas risadas no almoço.

— Lembra do dia em que ficamos planejando um plano mirabolante? — falou Demp.

As duas assentiram, risonhas.

– Também pegamos todas as vestes de Demon da lixeira – relembrou Kyrha, olhando para o teto.

– O mesmo dia em que vocês me disseram que eu não podia fazer magia. Aliás, como vocês sabiam? – Demp questionou.

Lucena se virou para apanhar uma costela.

– Porque se você fosse de sangue mágico não ficaria boquiaberto com tudo – disse ela, dando uma risada.

A risada de Lucena não era uma gargalhada comum. Diferente da risada de Ágata, que possuía um ruído de porco no final, a de Lucena era rouca, o que fazia involuntariamente Demp e Kyrha rirem.

– Naquele tempo eu ainda usava aquele horrível cinto de caveira – falou Kyrha, como se anos tivessem se passado. – Ainda gosto do meu eu do passado, mas não repetiria o que fazia antes. Eu só a compreendo, porém não concordo.

Querido diário, pensou Demp como se tivesse escrevendo em um. *Será que todos nós compreendemos, porém não concordamos totalmente com nossas atitudes? Será que somos bons demais conosco? Espero que você não seja paranoico. Isso lhe traria noites claras. Mas... chega disso! Já está bom de pensar por hoje.*

Demp voltou para a realidade da conversa.

– Kyrha – disse Demp –, se a luz da lua é a mesma do sol, porque um lobisomem só se transforma de noite e não de dia?

Kyrha comprimiu os lábios.

– Sério, Demp Esmerald? Primeiro, eles não se transformam só à noite, mas também é necessário um tempo certo para que a quantidade de luz certa caia em seu corpo, criando uma reação de metamorfose certa. Não é algo que acontece todos os dias. Não é de dia porque a luz do sol é muito forte, e é outro tipo de luz, não causando o mesmo efeito. Você acha mesmo que um lobisomem que se mudasse de casa todos os dias na direção da lua cheia se transformaria em lobo toda hora? Ele também precisa de energia para isso. São muitos fatores – terminou. – Como vampiros.

Verão

13

Corvos ruidosos

Ah, Demp, foi realmente bom você ter trazido Victor para o nosso riacho. Como me sinto idiota. Sempre estou resoluto às suas ideias, mas mandei esta carta para agradecer. É como se "algo" me impedisse de falar cara a cara, então obrigado, Demp Esmerald. Mesmo assim, não se esqueça de aparecer lá!

Evans D. Black

O verão vinha cheio de aromas novos com ventos quentes e brisas refrescantes. As flores cobriam os morros do vagão da floresta de Abetos Sussurrantes. Além disso, as abelhas saíam com mais frequência, os dias eram mais longos, e as noites, curtas. Ah, as nuvens alaranjadas enfeitavam a tarde, e as brancas, os dias. Havia tanto a dar... e pouco a pedir.

Demp muitas vezes ia até o riacho se refrescar com as águas, visitando Evans e Victor, que adotaram o nome *casa* para aquele relaxante e lindo lugar.

— Não acho que esse nome valorize o nosso querido riacho — argumentou Demp, reclamando seco e deprimente.

— Então, sr. Cartório, qual o melhor nome? — debochou Evans.

— Que tal.... Águas das Brisas — sugeriu.

Depois de uma pequena votação entre os membros, Victor e Evans aderiram à sugestão.

✹

Demp estava fitando mais uma vez o mar no amanhecer de sábado, olhando as águas irem e virem com pedrinhas lisas aqui e ali na paisagem.

Vislumbrando o mundo do lado de fora da janela leste, podia ver barcos passando com peixes coloridos saltando à sua volta, pequenas ilhotas e seus coqueiros, caranguejos em portos de pescarias e pardais planando nos ventos.

A porta se abriu e Otto entrou animado, segurando uma carta rosa com o olhar cheio de expectativas.

Demp se virou cordialmente, tendo seu momento interrompido, e perguntou o que era aquilo. Otto não respondeu, então Demp apanhou por ele próprio a cartinha e leu.

Demp Esmerald, estamos agradecidos por seu pedido e estamos felizes em contratá-lo em nosso asilo. Você poderá começar a vir na próxima semana. Começa à uma da tarde até às cinco.

O garoto leu de maneira impecável, de forma que até Otto, que não se importava tanto com textos, ficou atordoado e emergiu no mundo das letras junto de Demp.

– Obrigado, obrigado, obrigado, Otto! – disse Demp, dando um abraço de agradecimento nele, que se enchia de orgulho. – Você encontrou um lugar perfeito para mim. Calmo e aconchegante. Cheio de pessoas amáveis e animais fantásticos, no qual posso viajar perante as coisas sem medo de perder um cliente. Prometo que vou ficar bem fincado à terra para honrar seu esforço. Obrigado – agradeceu Demp, sussurrando em seu ouvido.

Otto sentiu um arrepio subir a espinha.

– Não achava que você ia gostar tanto assim – comentou Otto com um sorriso desajeitado.

Demp tinha outra coisa a falar para Otto.

— Acredita que em uma aula de feitiços *eu* consegui criar um cavalinho alado voando pela sala? — Demp enfatizou seu pronome a fim de reforçar o fato de *ele* ter aprendido algo mágico. — A professora Di ficou com tanto orgulho. Deveria ter lhe mostrado, mas não o achei a tempo, pois a criaturinha sumiu no ar. Fazer outra na mesma aula me deixaria bastante cansado, você sabe. De qualquer forma, quando for à aula dela novamente vou mostrar o meu feito a você como um pequeno agradecimento — garantiu, orgulhoso. Demp não parava de agradecer. — É como se o mundo estivesse quase perfeito. Só falta eu diminuir meu próprio nariz, mas, Universo, se eu estiver sendo ingrato, aceite minhas desculpas — orou, olhando para o céu nublado.

— Não acho ele tão grande assim — sibilou Otto, virando-se de lado para medir o tamanho.

Demp tocou esperançoso o nariz e se entristeceu.

— Pare de me dar esperanças, sr. Thunder — brincou, esquecendo-se de seu grande nariz. — Já está na hora de ir. — Ele voou para colocar o relógio no braço, vestindo a capa. — A professora não vai gostar se eu me atrasar.

Demp saiu do dormitório, indo para sua desmotivada aula de plantas com a carrancuda professora Rosalina, que recentemente recebera o apelido de *Caranguejo*. Isso porque seus olhos estavam sempre inchados por causa das lentes e usava roupas vermelhas e laranjas com constância.

Provavelmente nesse mesmo momento ela estava à espera da turma, tramando um plano para fazer cada um da sala sofrer, torturando cada criancinha... Será que ela as comia no jantar?

Talvez a professora pedisse para apanharem os vermes e larvas nas plantas, tocarem sem as luvas nos cactos ou para remontarem um vaso quebrado, do qual tiraria um caco. Quem sabe até ordenaria que preparassem o solo com cuspis, e não água, e negaria o pedido para irem ao bebedouro.

O que fará desta vez?, foi a pergunta que ecoava na mente de Demp, que andava devagar até a redoma na companhia de Otto.

O dia em si estava maravilhoso, tomado por um céu azul forte com nuvens grossas que tampavam o sol, deixando raios surgirem devagarinho na terra posteriormente. As borboletas pairavam nos céus enquanto ouvia o refrescante som das águas do mar.

Logo que Demp entrou na pequena sala de aula, sentiu algo diferente, como se uma flor pudesse florescer sem ninguém a atrapalhá-la. Havia felicidade? Os vasos foram decorados com gosto, exibindo suas rosas esbeltas.

Rosalina nunca admitira algo assim, fazendo questão de expor cores cinza e beges e as deixando morrer para satisfazer seu prazer pessoal. Lucena, desconfiada, seguiu até um vaso e tirou dele algumas flores. Quando voltou, fez sinal positivo e disse, cautelosa:

– O cheiro é bom e não encontrei nenhuma larva.

– Tomem cuidado onde pisam. Podem estar todas no chão. Vai ver que ela quis torturá-las desta vez – instruiu Kyrha, dando passos na ponta dos pés.

A turma Assombração se sentou de frente para o canteiro vazio, preparados para a chegada da horrível professora, aguardando o pior...

Uma cantoria estranha se iniciou e de trás das samambaias surgiu uma mulher fabulosa.

Usava um vestido rosa com babados brancos, tinha cabelos loiros, parte presa em um coque e outra em mechas caindo sobre os ombros, e olhos que mostravam bondade instantânea, transparecendo um amor materno. As bochechas eram fofas e rosadas, e os cílios, longos e bonitos. Na sua mão trazia um cacto seco e feio.

– Bom dia, meus queridos – cumprimentou ela, dançando na direção do regador, em cima da bancada. Para aquela estranha, andar tinha de ser harmonioso. Ela o apanhou e continuou: – Por que vocês estão tão quietinhos?

Os alunos ainda estavam ligando todas as informações recebidas.

Haviam aprendido a não questionar um professor naquela aula, nem que fosse questão de vida ou morte. Então um desconfortável silêncio continuou por longos minutos.

– Já que todos aqui são tímidos, vou me apresentar primeiro – presumiu. – Meu nome é Eunice, sou a nova professora de plantas de vocês. Rosalina deixou uma cartinha de demissão no seu dormitório e saiu do trem sem dar nenhuma notícia no fim da primavera. – Eles continuavam paralisados. Agora, por favor, se apresentem para mim – pediu ela, derramando a água no cacto murcho.

Aos poucos os alunos foram se apresentando, sendo o espetáculo de Megan o mais longo, que por algum motivo criou uma autobiografia no meio da aula. De pouco em pouco, as perguntas surgiam, e, para a professora, os alunos finalmente estavam perdendo a vergonha.

Demp chegou a compará-la à professora Di, entretanto decidiu por fim que Eunice brilhava da maneira dela. Não precisava jogar uma contra a outra para as duas serem magníficas.

O garoto surgiu muitas vezes na sua bancada, não com perguntas, mas com comentários:

— Você não acha que aquelas flores querem falar? — Quis saber, apontando para uma flor que tinha pétalas apertadas, lembrando lábios humanos. — Professora, podemos plantar uma macieira para o outono? — Ela assentiu, deixando o garotinho muito feliz. — A senhora irá usar a palmatória?

A professora inclinou a cabeça com dúvida.

— Como assim, querido? Não acredito nesse tipo de coisa, então não. Mas você tirou isso de onde?

Demp levantou a mão com pequenas marcas.

— Tirei a mão quando tentou me machucar, mas a professora conseguiu acertar a metade. Aprendi que não posso recuar, senão sofrerei mais ainda — alegou, indiferente.

A professora, diferente dele, compreendia a gravidade da situação.

Se ao menos Demp demostrasse ser alguém rude ou *atentado*, mas não. Era apenas um garoto com cabelos castanhos de olhar sonhador e profundo que fazia comentários imaginativos muitas vezes.

Ele não parecia ter feito nada de ruim.

Qual teria sido o motivo de Rosalina fazer tal coisa?

Mais tarde, no dormitório dos professores, a professora Di apareceu dando boas-vindas à sua nova parceira, convidando-a para se sentar e tomar um chá. As duas discutiram sobre seus aprendizes.

— Kyrha aprende rápido. Só não gosto do isolamento dela. Só conversa com Demp e Lucena e dificilmente fala com outros alunos; e isso só acontece quando um desses dois está junto — informou Di.

A professora Eunice tomou um gole do chá para refrescar a garganta.

– Eu acompanhei bastante Lucena andando de lá para cá. Uma vez Victor estava com uma dúvida, mas era orgulhoso demais para vir até mim e perguntar, então Lucena fez uma pergunta a Kyrha, que respondeu em seu ouvido. Ela se levantou e foi ajudar Victor quase que imediatamente depois da resposta de Kyrha. Após isso, ele conseguiu fazer seu tomate crescer; estava usando o fermento errado.

– Conheço bastante a trajetória desses três. Todos têm seus defeitos, porém se ajudam em cada situação. Uma vez peguei Demp olhando distraído pela janela, quase passou a aula toda sem mexer um músculo – arfou Di, dando uma risadinha.

– Megan fez um discurso na aula assim que pedi as apresentações. É verdade que ela é filha de uma rainha do outro lado do continente?

Di negou com a cabeça e as duas riram.

– Otto é um garotinho complicado. Fique de olho nele. Quando Demp estiver transbordando de criatividade, coloque os dois juntos. Otto conversa muito com ele e isso ajuda os dois a não perder o foco. Evans é um menino solidário que se vira da sua maneira. Nunca quer chamar atenção, no entanto recentemente fez uma amizade forte com Victor. Antes somente o via conversando com Demp. As coisas mudam, você sabe – resumiu Di.

– Mudam bastante – concordou Eunice, pegando o bule de chá e colocando mais na xícara de Di.

– Megan e Elizabeth são bastante próximas. Megan pode soltar mentirinhas, porém é uma garota que faz as atividades – informou Di como se compensasse toda a falta de caráter da garota.

– No pouco que vi em Elizabeth percebi que é uma garotinha que enjoa das coisas rápido. Madame Nora me disse que ela saiu do clube de costura três dias depois de entrar – falou Eunice.

– Faltam duas garotas ainda – contou Di, que não perdia nenhuma oportunidade de fofocar sobre os alunos.

– Demon foi bem na minha aula. Percebi que ela conversa muito com Ágata e de vez em quando se perde olhando para ela sem dizer nada – falou Eunice com a pouca informação que tinha.

— Ágata solta comentários aleatórios às vezes. Uma vez, se me lembro direito, eu estava andando pelo vagão da floresta, aquela com abetos e campos por toda a parte. Demp, Kyrha e Lucena estavam em cima do morro e Demon estava descendo dele devagarinho. Enquanto atravessava o vagão, me deparei com a garotinha presa dentro de um troco oco, deitada no chão com os cotovelos presos, apenas com a cabeça de fora. Olhava para o céu como se nada estivesse acontecendo. No final, tive de usar um feitiço de corte para tirar a menina dali. Enquanto se limpava, me disse: "Estava observando se a natureza falaria comigo" — contou a professora Di. — Nem ela sabe como entrou lá.

— Percebi que ela foi a única a ficar triste quando a professora Rosalina foi embora, disse que estavam se preparando havia semanas para o festival outonal. Aquela mulher é realmente um monstro! Quem faz isso? Então decidi ajudá-la com a competição do festival e alguns outros alunos se ofereceram para nos ajudar. São todos maravilhosos, apesar das diferenças — concluiu Eunice, satisfeita com o chá.

⁕

Demp estava debruçado sobre o parapeito da enorme janela do segundo andar observando como as ondas do mar cresciam e sumiam na beira do horizonte. A lua refletia mais forte nas águas e pedrinhas subiam para ver a lua nascer.

Um relevo incomum surgiu no meio das águas e junto dele vários outros vieram, tocando uma triste e melancólica música. De uns deles, uma cauda de peixe subiu e todos repetiram, como uma coreografia mágica de sereias.

Otto se aproximou e disse:

— Isso está mais triste do que um funeral.

— Exatamente.

Demp se deixou levar pela cantoria sem dar muita atenção, apreciando o canto dolorido das sereias. Era como se elas falassem com ele de outra forma, em uma língua que não conhecia, mas sabia escutar.

Em outro momento, já com Kyrha e Lucena no primeiro andar depois do jantar, Kyrha dialogou:

– Finalmente as aulas de feitiços estão fáceis novamente.

Deu um longo suspiro de alívio.

Lucena a encarou.

– Para você sempre foram fáceis.

Kyrha mexeu os cachos como se fosse uma modelo de revista, esperando a foto ser tirada e postada em milhares de cópias pelo mundo.

– Sim, realmente – respondeu sem arrependimento.

– E-xi-bi-da – cantarolou Demp.

– Se eu não me achar, quem vai? – perguntou.

– Isso foi *tão* motivacional e arrogante – comentou Llu, rindo. Kyrha e Demp gargalharam. Quando recuperaram ar, ela comentou: – Parece que o povo que odiava bruxas finalmente se calou.

– Acho que ficaram com medo depois do que aconteceu com Thomas – falou Kyrha, triunfante. – E deveriam mesmo – acrescentou, estufando o peito como um soldado se preparando para a guerra.

Os três riram, aconchegados na lareira, e se lembraram de bons tempos.

– Você acha que vai chover amanhã? – perguntou Demp.

– Chuva é um assunto *tão* deprimente – debochou Kyrha, enfatizando o *tão*.

Lucena a ignorou e respondeu:

– Talvez.

– Você acha que aquele urso ainda está passando fome? E se algum dia o procurarmos e entregarmos um cesto de suprimentos? Deve estar criando um pequeno filhote urso. Filhotes ursos são tão bonitinhos... Uma vez vi um grupo de gansos passado no riacho. Nunca levei vocês lá? Um dia desses levarei. Foi maravilhoso vê-la trazer os pequeninhos até a água e nadar na direção do amanhã – o garoto comentou.

Kyrha ficou presa no início da fala de Demp.

— Se um dia vocês dois me convencerem a fazer esse tipo de coisa, podem, por favor, me deixar junto do urso — zombou.

Aquele fora um dia calmo, perfeito para o início de qualquer estação. Um dia sem nada atrapalhar no mundo, como um sonho. Com informações novas, e não com mais problemas.

A manhã de sábado apareceu outra vez, e Demp estava disposto a ver algo novo.

Precisava encontrar algo diferente, não coisas tão cotidianas.

Kyrha recusou seu convite de aventura e Lucena também.

— Vou fazer uma torta de morango e preciso de uma opinião franca, igual a de Kyrha. Então nos conte como foi assim que chegar — argumentara Lucena, apegada demais à sua ideia de criar tortas para largá-la por uma aventura sem compromisso.

Assim sendo, o garoto pediu o tempo de Otto, mas infelizmente seu amigo estava trabalhando em sua loja preferida. Demp desejou que ele estivesse se divertido pelo menos... e seguiu estrada sozinho.

Passou pelos vagões que já conhecia, indo por uma nova direção.

O caminho de pedrinhas surgiu novamente nos fundos dos prédios, e, quando as únicas coisas no horizonte eram um céu azul e campos verdes, Demp avistou casinhas crescerem no fim da paisagem.

Aproximou-se de uma placa que o cumprimentava, a qual dizia:

Novo vagão:

Alojamento da vila

— Ah, bom dia para você também. Faz tanto tempo que não falo com as coisas. Tenho de praticar mais isso! — advertiu-se Demp, seguindo entre casinhas feitas de tijolos; muitas com varandas cheias de roupas e janelas adoráveis, altas e esguias ou tortas.

Demp passou por uma loja de peixes com barris na fachada.

— Vocês estragaram tanto essa vista — sibilou.

O odor ruim da carne preenchia o ar.

Mulheres saíam e entravam, junto de companheiros e sem. Outras com cestos na cintura ou na cabeça, varrendo e limpando a calçada. Tendas apareciam com certa frequência, tendo uma cor esverdeada ou avermelhada.

– Vocês lembram tanto a primavera – falou com saudades do passado.

Demp chegou a uma encruzilhada, na qual uma casa tinha um formato de triângulo deitado, cortando a estrada em dois rumos. Usou um pequeno jogo com as mãos, dando rodopios cegos e depois apontou para uma das direções.

No fim, seguiu pela esquerda.

Era uma rua cinza com casas desbotadas e feias. Folhas sujavam boa parte da rua, mesmo que não houvesse sinal de árvores pelas proximidades, sem algo que a diferenciasse de uma rua qualquer.

Parecia a parte sombria do alojamento.

Enjoado com a crescente piora da rua, Demp optou por olhar o céu, que possuía uma coloração azul forte, cheia de nuvens gordas que pareciam animais brincando no espaço. Não importava onde, o céu sempre estaria magnífico. Se algum dia não estivesse, teria algo terrivelmente errado com o local.

Aquela nuvem não parece um cavalo? Ah, olhe, é uma girafa com toda certeza. Não acho corvos bonitos. Parecem ratos negros que podem por algum motivo divino voar. Aquilo são outros corvos? Parecem estar descendo... Aquela parece uma cobra. E aquele outro um pássaro. Espere, os corvos continuam caindo...

– Corra! Demp, corra!

O último comentário fora mais do que um pensamento mudo.

Um grupo de corvos estava descendo os céus na direção do garotinho, perfurando o ar e dando um rasante para perto de Demp.

Naquele momento, nenhum lugar parecia ser seguro. Demp corria com suas botas amarelas, a capa balançando nas costas, fervorosa. Com um olhar desesperado e arregalado, tropeçou algumas vezes nos vãos da calçada quebrada.

Conseguia ouvir os grunhidos das aves bem perto de seu ouvido, e os "oh" e "ah" do povo que estava ali na rua, impressionados. Quando sentiu a capa ser puxada por algo, correu na direção de um barril e, sem verificar duas vezes, jogou-se dentro e o fechou com a tampa, apressado.

— Que cheiro horrível — reclamou, porém sem ousar sair.

Demp ouviu alguns passos, e um homem de cavanhaque surgiu. Ele disse que já era seguro sair e, depois de tirar Demp do barril, comentou:

— Tome cuidado. Eles normalmente aparecem voando, mas nunca vi corvos em um grupo tão grande... Tem sorte de ter encontrado um belo barril de peixes para entrar. Corvos odeiam peixes. Vai estar seguro por semanas! — falou e soltou uma risada, como se Demp não fosse o primeiro a ser perseguido por corvos e se jogar em seu barril. — Vejo que acabaram com sua capa.

Demp não percebera isso.

Apanhou e tirou a capa com pressa; não poderia ser verdade...

A capa estava mortificada com pedaços de peixes e o terrível cheiro, cheia de rasgos grandes e pequenos. Demp voltou sujo e decepcionado para os dormitórios, pensando em como poderia confiar naquela ideia maluca... Como?!

Naquele dia teve de pagar duas moedas de ouro para recuperar sua preciosa capa, desejando que Demon fizesse um bom trabalho.

Quando saiu de um longo banho para retirar o odor e espinhas de peixe, Kyrha e Lucena apareceram.

— Não queríamos perguntar o porquê, mas o odor era realmente ruim. Nos conte, o dia foi tão entediante assim? — suplicou Lucena, que estava desesperada por uma nova notícia e agradecida pelo fim de seu tédio.

Em seguida, saiu dormitório três às pressas; Demp a encarou com raiva.

— Um dia vou aprender a rir dessa história, mas não será hoje — anunciou, fechando a porta com força.

Demp valorizava o bom humor, entretanto sabia que isso levava tempo. E ele ainda tinha bastante!

14

Final de filme lindo

Saudações, meu querido diário, o diário das esmeraldas.

Kyrha o devolveu a mim sem aquele intrometido cadeado a nos atrapalhar.

Na verdade, procurava por folhas cheias de palavras com histórias fantásticas, porém encontrei páginas brancas e não tenho nada a reclamar. O que eu podia esperar de um livro encontrado no oco de uma árvore?

O aniversário de Lucena passou docemente. Perguntei a Kyrha sobre o seu e ela disse que fora no frívolo inverno. Ela deveria ter nos contado... Faço questão de comemorar essa data no próximo aniversário dela.

Seria pedir demais possuir um?

Os dias se passaram normalmente: cheio de conversas e fofocas.

Quem diria que Josh estava namorando?! Um garoto tão tímido... A filha de um padeiro é sua parceira. Ela é um pouco menor que ele e fofa. Ainda não pude conhecê-la, mas um dia esbarrarei nela nos corredores deste trem e poderei a julgar melhor.

Kyrha, Llu e eu ainda estamos resolutos por caçar qualquer pretendente. Estou feliz e otimista. Uma semana se passou e nenhuma reunião foi convocada, deixando o desespero sumir de vez. Talvez eles realmente tenham fugido.

As nuvens nesta noite estão calmas, porém aposto que irá chover logo de manhã. Os preparos do desfile estão começando e estamos competindo com mais de oito escolas de honra! As roupas estão sendo montadas em máquinas, e já terminei três vestes inteiras; serão seis no total. Vou adiantar: as roupas são maravilhosas!

Demon sempre teve um ótimo gosto. Ela poderá escolher seis pessoas para serem seus manequins, e estou torcendo que me escolha. Dedos cruzados por mim!

Já se passou uma semana desde que Otto me entregou a carta do asilo. Estou empolgado com meu novo emprego. Parece ser importante ter um emprego, não acha?

São tantas coisas em uma semana!

Coloquei uma jaqueta jeans com manga amarela, dada de presente por Demon. Ainda vou procurar algo para retribuir. As galochas que deixavam minha figura mais simpática, Kyrha me disse isso, estavam de descanso, e minha capa ainda está se recuperando... Ainda assim, confio em Demon para que volte para as minhas mãos.

*

Fui para meu novo emprego e quando abri a porta do vagão parecia tudo tão vivo.

O tapete rosa estava acenando, juntamente das tesouras e estantes, as janelas traziam brisas fortes e aconchegantes, até o sol parecia acenar com seus raios.

Dei um longo suspiro de satisfação.

Aquela seria minha nova pequena casa.

Fui recebido por uma mulher de cabelos loiros e curtos, joias mortas, colares vazios e sem emoção. Usava um vestido colado e um cinto amarelo. Vinha com uma prancheta nas mãos e deu boas-vindas para mim.

Apresentou-se como Karen formalmente, sem deixar o sorriso forçado escapar por um segundo. Tinha olhos que julgavam tudo e todos que a rodeavam, nada fugia de sua língua afiada.

Através dos comentários de Karen, entendi mais sobre o seu caráter.

"A senhorita Emil é oriental, fale devagar com ela. Ela diz que é C., mas sempre a chamo de J.", "O Sr. Jonso é meio surdo e gordo", "Olívia, Benjamin e Susan gostam de costurar; muito chato, né? Odeiam ser interrompidos", "O resto você pode conhecer sozinho".

"Todos são velhos rabugentos, então tome cuidado. Faça o que pedirem sem reclamar. Aqui está sua lista. Têm remédios anotados em uma tabela junto das pessoas destinadas. Espero que vá bem. Não quero ter de demiti-lo assim tão cedo."

Sem demora, ela voltou ao seu quarto.

Nos poucos segundos em que a porta ficou entreaberta, pude ver o rosto maléfico daquela mulher! Como se uma segunda face tomasse conta quando ninguém via. A verdadeira parte dela.

Fiquei ali, perambulando pelo vagão.

Quem diria que trabalhar em um asilo poderia ser tão chato...? Minha imaginação fluía com arrogância, entretanto ficar em um vagão cheio de pessoas e não poder falar com ninguém é quase tortura.

Fitava de longe grupos de idosas fofocando, dialogando com tanta calma. Assim que tentava fugir para a lua, era interrompido. Karen sempre surgia nesses momentos para me lembrar de não perder o foco. Que foco se precisa quando seu único serviço é levar remédio em uma bandeja de prata? Claro que confiro a medicação, mas e depois?

As cortinas revelavam um sol poente, cheio de vivacidade. Coloquei os braços no parapeito da janela e fiquei observando tudo acontecer do lado de fora. Como tive inveja das nuvens naquela entediante tarde! Como deveria estar Lucena e Kyrha?

Não podia resmungar, no entanto. Por Otto.

A paisagem revelava ainda um doce mar.

Sabe, diário, às vezes somos como uma nuvem em um lago, paralisados, sem mais o que fazer. A chuva cai em lágrimas e você volta à vida. Tudo parece bonito, mas no fim é só boçal. A única coisa que você quer é sumir. Você não cresce, não sente algo diferente. A primeira adrenalina que surgir à sua frente será aceita; não importa se o levará à morte ou não. Você está desesperado. Eu estou desesperado.

Saí dali desmotivado, sentia que isso continuaria por muito tempo. Talvez Kyrha estivesse se divertindo com os clientes e as previsões de madame Manifesto. Já Lucena voltaria às risadas contando alguma peripécia de alguns dos animais na loja de seu tio. Mas eu...

O que falaria?

O mundo parecia cinza e as ondas de calor se tornavam só mais um enfeite do verão. Então descobri como uma imaginação podia me torturar, e isso foi meu maior erro, querido diário!

Estava desconsolável, sentado nas poltronas do segundo andar, e pensei: Agora terei de suportar todo este tédio pelo verão inteiro. *Como já disse uma vez, volto a repetir: minha imaginação futura é quase um pecado.*

Vislumbrei-me no futuro: uma criatura com globos vazios, parado de pé, olhando sem motivo para a parede. Nunca vi nada tão deprimente! Sem alma, sem inspiração... E avancei mais no tempo. Oh! Lá estava eu com uma pá. Ao meu lado havia um monte de carvão, e repetidas vezes pegava uma fornada cheia do minério inflamável para jogar na enorme lareira industrial. Para quem trabalhava? Eu não o conhecia. Para o que eu servia? Eu não sabia. Quem eu era? Não mais Demp Esmerald. E o que faria? Lançaria-me na fogueira.

O pior foi quando Otto surgiu alegre de um canto aleatório.

Tive de forçar um sorriso e desconversar por longos minutos.

Sinto-me ruim por não contar a verdade para ele. Justo Otto!

Alguns dias sem nada a comentar se passaram; andava de lá para cá com tristes cestas de remédios. Nem os animais de pelúcia eram capazes de me consolar nesses dias.

Até que recebi um maravilhoso chamado.

Uma das inquilinas do aliso precisava de ajuda para desmontar algumas caixas e era solitária o suficiente para não pedir ajuda aos seus colegas.

Algo diferente, *pensei com o pouco do otimismo que me restava.*

Quando entrei em seu quartinho, pude ver algumas caixas de papelão no carpete, uma cômoda com um retrato de uma mulher desfilando na plataforma, uma estante grande e alguns vasos. A cama parecia feita de seda, arrumada e delicada. De pé, uma mulher com vestes maravilhosas, cabelos grisalhos e uma idade avançada, experiente na vida, esperava.

Seu olhar era rígido.

Eu já a conhecia.

"Demp, não sabia que era você o funcionário deste vagão. Deveria ter mais modos e me avisar antes", cumprimentou-me madame Nora. Ela se sentou na cama e me pediu para apanhar alguns itens das caixas e mostrá-los. "Elas estão aqui há tanto tempo... Não tive tempo de remover o que há dentro. Nem me lembro, na verdade. O que há aí? Os anos passam rápido quando você se perde com o trabalho, Demp. Me diga, não quero se intrometida, mas como estão as coisas?"

Senti uma melancolia no ar. Encolhi-me... Eu realmente poderia ter dito a ela que trabalharia ali. O que custava?

Tirei da caixa um vaso, e, assim que mostrei, ela balançou a cabeça.

"Encontrei um grupo de corvos em um alojamento do trem. Criaturas estranhas, ficam voando esperando uma alma atravessar a rua para atacá-la", disse, sorrindo.

O tédio trouxe algo a mim, afinal. Lembranças que me fizeram rir de diversas situações. Quer dizer, até eu me lembrar de certas partes.

"Não acho corvos bichos de muita beleza, porém tem como tirar bastante coisa deles. Como uma saia de penas negras. Assustadora, talvez, mas efetiva. Oh, não, pode guardar, não quero mais flores. Demp, se você tivesse vivido ao meu lado nos tempos de mercado, nos quais as ganhava frequentemente, iria ver como é insuportável receber flores. Não gosto de nenhuma."

Parei antes de apanhar o próximo item. Como alguém poderia odiar flores?

"Que tal papoulas? São vermelhas e acho bonitas", tentei.

"Morrem tão rápido que não posso aproveitá-las. Uma vez um admirador me mandou papoulas. Como tudo que é mandado pelo correio, atrasou e a única coisa que tive foram flores murchas e feias. Aquele foi um ano horrível. Cheio de fofocas sobre minha pessoa. Lá vai uma dica para você, Demp Esmerald: nunca fofoque, é algo tão deselegante falar da vida de outra pessoa enquanto se pode viver a sua", falou madame Nora com desgosto na boca.

Será que ela me achava infantil demais?

"Nem as que dizem coisas boas?", perguntei, tirando um relógio de bolso da caixa.

A mulher me olhou com sinceridade. Madame Nora sempre foi franca.

"Se forem coisas boas, fale à vontade", sibilou, relembrando seus bons tempos, nos quais comentários de revistas eram elogios. "Se quiser ficar com o relógio, pode ficar. Era de um ex-namorado. Sei que já tem um, mas, sendo sincera, relógios de bolso sempre foram elegantes, trazem uma majestade à pessoa que usa", opinou.

Já iria aceitar antes do conselho dela; relógios assim eram e são raros, diário. Além disso, quanta grana lucraria com ele? Tenho também que ser econômico. Peguei uma foto no fim da caixa. Uma mulher sorria para a câmera com um belo vestido de cetim azul, possuía longos cabelos lisos e negros e bochechas gordas.

Madame a apanhou antes da pergunta repetitiva e passou os dedos com toda a ternura de seu velho coração.

"Essa é Rose, minha amada filha. Ela está em algum lugar. Faz tanto tempo que não me manda cartas... Parece bobo ver uma idosa como eu sentir tanta dor no coração por sentimentos trazidos por uma foto. Ah, Demp, nunca abandone sua mãe. Essa não é a questão, porém... Lutei pela minha carreira, pela reputação. Quando tudo estava preto em branco, pintei com rosa. Fiz várias linhas de roupas e tenho orgulho de Demon por isso. Ela quer essa vida, diferente da minha filha, que preferiu ir a me ajudar com os novelos", ela murmurava não para mim, mas para o retrato. "E o que eu poderia fazer? Esquecer tudo que montei por trinta anos para ir atrás de uma garota? Eu a amo, porém tenho de ser prática. Quando um empresário rouba dinheiro de você, não se perdoa, se demite. Não agimos com o coração. É uma indústria que o consome. Contudo, Rose era muito apaixonada... Tanto quanto você, Demp. Se quiser, pode ir. Desejo passar alguns segundos sozinha."

Assim, parti daquele quartinho de asilo.

Ah, meu querido diário, a vida é tão duvidosa!

As memórias podem ser abandonáveis. Afinal, do que adianta aclamar o amanhã se você se apega ao ontem?

Gosto de me lembrar das coisas que vive neste trem, até das lágrimas; é como se eu existisse realmente, mas, assim como madame Nora me dissera outra vez, "você ainda é muito novo para ter tanta amargura". De fato, sou ainda jovem, porém não acho que a tristeza mude com o tempo.

Ela só tem significados diferentes para nós.

Os dias entediantes se tornaram cheios de conversas e diálogos com madame Nora, que encontrava várias caixas cheias de memória ao longo do dia para desmontar.

No fim desta folha há uma pequena lágrima. Sei que irei guardar várias em suas doces páginas. Agora você pode voltar para a terra das fadas, meu querido diário mágico. Vá e leve minhas páginas junto. Compartilhe um pouco de mim com elas.

Demp Esmerald.

Demp guardou seu diário com cuidado. Passara um bom tempo escrevendo nele. Estava em seu quartinho submerso em imagens místicas, deleitando-se do enjoativo mar pela última vez.

Demon estava fora naquela noite, pois dissera que precisava de tecidos de primeira mão e teria de ir até o fim do trem, de ligação em ligação, para conseguir seus prestigiados novelos. Isso levaria a noite toda, já que não queria atrasar a produtividade das roupas.

— Você não acha que está se esforçando demais, Demon? — indagara Demp, que se preocupava seriamente com a saúde de sua amiga.

— Demp, você sabe que dormi esta manhã para viajar à noite. As lojas de costura têm horários nada flexíveis. Ágata se dispôs a ir comigo e ponto-final.

Demp não correra o risco de discutir mais do que isso. Demon estava estressada a semana inteira. Assim, fechara a porta e se fora.

Lucena estava no clube de culinária, competindo para saber quem possuía o melhor bolo. Evans, Victor e Kyrha eram seus francos jurados; sendo Evans o mais difícil de agradar, Victor o bondoso e Kyrha, conhecida havia muito tempo por ser jurada particular da magnífica Lucena e seus bolos, era sinceramente afiada.

Demp apareceria para dar um *oi* aos seus amigos. Colocou sua jaqueta de manga amarela e a capa recém-reformada.

— Prometo colocá-las amanhã — disse para um dos pares das galochas, que parecia seriamente ofendido.

A escadaria girou com *glamour*, e, quando estava próximo da porta de saída, sentiu alguém cutucar seu ombro.

Se virou e... ninguém.

Demp se virou em outra direção, sentindo alguém tocá-lo de novo, mas não encontrou ninguém.

Logo que se voltou para seu caminho, deparou-se com Otto, que carregava um olhar cheio de esperança, sorrindo de orelha a orelha.

— Oi — disse Demp, um pouco constrangido.

— Oi — respondeu, escondendo as mãos.

Estava usando seu melhor suspensório.

— O que você tem aí? — perguntou Demp, tentando bisbilhotar o que seu amigo trazia. Otto puxou dois bilhetes, mostrando-os com muita empolgação nos olhos azuis. — Isso é realmente o que estou vendo?

— Sim. Eu consegui! — falou Otto.

Eles estavam se referindo a um filme que estrearia no novo cinema do trem. Demp tentara pegar os ingressos, mas chegara tarde demais e ficara triste por causa disso, tentando evitar o assunto a tudo custo. A única pessoa que soubera de seu aborrecimento fora Otto.

O filme era uma adaptação de seu glorioso livro favorito. Uma história sobre uma fazenda próxima de alguns, mas distante de outros; a sinopse era bastante confusa.

— Vou pagar você amanhã cedinho, ok? — alegou Demp, verificando os bolsos vazios.

— Não. Vamos juntos. Isso foi um presente que ganhei de um primo meu. Ele me deve por ter quebrado meu martelo. Se quiser, pode ser seu presente de aniversário — ofereceu Otto.

— Claro. Para falar a verdade, você não precisava me dar nada. Obrigado, obrigado. Você... você... não tenho palavras! Mas saiba que são todas em um bom sentido — falou Demp, dando outro abraço forte em Otto.

— Para que você precisa de um martelo?

Otto só deu uma piscadela.

O vagão do cinema era situado no fim do alojamento. Andando pelas ruas iluminadas por postes, Demp olhou para o céu com estrelas, certificando-se de que nenhum corvo atrapalharia aquela noite deleitosa.

— Então eles rasgaram sua capa — adivinhou Otto logo quando Demp iria dramatizar o ato de olhar sua amada capa despedaçada em buracos.

— Somos jovens, mas quando envelhecer vou fazer questão que todos ouçam minhas *aventuras* — contou Demp, tomando cuidado para não entrar na rua cinzenta.

— E pode apostar que estarei lá para ouvi-las — apoiou Otto, corando.

— Você não acha que as estrelas estão muito brilhantes? Pena que essas nuvens estão atrapalhando muitas delas... Tomara que o desfile ocorra bem. Estou muito preocupado com Demon... E se ela desmaiar de cansaço?! Essa é a chance de ela brilhar, Otto. É como madame Nora me disse certa vez: "Vergonhas nunca são esquecidas no mundo da moda". E se isso arruinar a carreira dela? Não posso suportar — falou Demp, mordendo o dedo.

— Você tem duas coisas que precisa controlar: a mania de morder o dedo; isso alarga sua pele, Demp. E esquecer por alguns segundos que o resto do mundo existe — repreendeu Otto.

— Ok, farei o que disse. Está certo... Não posso estragar esse momento. Não acha esse letreiro amarelo maravilhoso? — Quis saber ele com o rosto iluminado pela grande placa elétrica à sua frente.

— Demon sabe o que faz... Ela é experiente.

Demp e Otto adentraram a sala escura.

Um emocionante filme passava por uma fita colorida. Otto comia a pipoca enquanto Demp engolia o choro.

— Você está chorando? — perguntou.

Uma mulher havia acabado de perder seu filho para a morte. Seu estado era de paralisia. Seus olhos não tinham cor, as roupas eram cinza e até seus passos pareciam lentos. Demp se recordou de Ágata na primavera.

— Óbvio, Otto. Tenha um pouco de sensibilidade — balbuciou Demp. Uma hora havia se passado e o filme estava perto de acabar. Prestes a ser finalizado, uma pequena criança fitava o penhasco no horizonte. – Você está chorando? – ironizou, já que repassara aquela cena milhares de vezes.

– Claro. Ela é uma órfã, Demp – falou, assoando o nariz.

Demp deu tapinhas nas suas costas como forma de consolo.

Assim que tudo acabou e as pessoas começaram a sair, Demp e Otto voltaram a seus aconchegantes dormitórios. Ainda na rua, um pingo caiu sobre a cabeça de Demp.

– Será que...

Outro e mais outro, e mais outro...

Molharam-se.

Otto começou a correr da chuva, protegendo a cabeça com os braços. Ele crescera bastante no verão, deixando Demp para trás na corrida.

– Me espere! – gritou Demp, começando a segui-lo, fugindo da tempestade que se aproximava.

Encontraram uma tenda para se esconderem até a chuva passar.

Demp ficou sentado no chão, secando o rosto com a jaqueta ainda um pouco livrada da água. Otto se acomodou do seu lado, sorrindo feliz.

– Agora você tem mais histórias para colocar em sua coleção. Lembre-se de me mencionar nela.

Seus cachos loiros estavam molhados e caídos e seu topete se desmanchara, cobrindo seu rosto, obrigando-o a afastá-lo com frequência.

– Por que você não usou a magia para não se molhar? – perguntou Demp, que percebeu isso ao vislumbrar outras pessoas usarem varinhas como guarda-chuvas.

Otto se virou e tirou o topete do rosto.

– Não gosto de estragar esses momentos com magia – confidenciou.

Passaram-se alguns minutos, e Demp se fascinou com o jogo de luzes através do reflexo da água.

– Otto – disse Demp depois de um longo silêncio.

– O que foi? – perguntou Otto, confuso.

– Nada... nada. Oh, a chuva parou!

De fato, a tempestade havia cessado.

O mundo, pela primeira vez, dera uma trégua a Demp. Os dois passaram pelos vagões, agradecidos pela maravilhosa noite. A lua ia descendo pelo horizonte e o mundo ganhara outro conto de Demp.

Quando chegaram, Otto o interceptou na porta do quarto três.

– Se você quer me agradecer pelo ingresso... Ouvi dizer que você faz poemas. Pode me mostrar um? Por favor! Estou tão curioso para ver.

Demp não seria a criatura que negaria isso a Otto, aceitando a proposta.

Distantes e ansiosos
Quando o toco, há medo em seu corpo
Quando o chamo, há eco em seu oco.

Ficou distante dos meus prantos, mas agora me afogo em fogos
A omissão grita mais do que berros escandalosos
Não... não há mais formas de continuar.

Alguém te machucou e você só pensa em me machucar
Não serei a próxima vítima que você irá abandonar.

É um ciclo, só precisa olhar e verá que um dia solitária morrerá
Não há mais voltas
Não há mais lágrimas
Eu tentei ser sua cura, porém me tornei veneno para minha alma.

Não mais ansioso, não mais maldoso
Eu vejo...!

– É só um teste... Não precisa fazer essa cara!

Demp se perguntava seriamente se algum dia encontraria alguém que gostaria do que fazia. Será que só era bom para ele? Será que havia pessoas que iriam gostar do que produzia? Ou morreria sozinho como em tantas histórias?

15

Conforme os vestidos

O dia do desfile estava se aproximando, deixando uma Demon paranoica andando pelos vagões com tecidos e vestidos balançando perigosamente nos braços. As nuvens estavam gordas e espessas, o sol exibia raios renovados e as borboletas cantavam a música do amanhã.

Os fragmentos iluminados caíram sobre seus cabelos loiros com sutileza, deixando-os em um tom ouro-vivo. Estava inspirada a fazer o melhor para os outros. Uma chama se acendeu em seu coração, junto do amor materno de uma professora.

Eunice parou de frente para seu espelho e se avaliou por um segundo.

– Oh, como minhas bochechas parecem caídas... – constatou, mexendo na maçã de seu rosto.

Penteou o cabelo e prendeu parte dele em um coque amarelo. Depois escolheu um despojado vestido de seda rosa e regou algumas de suas plantas privadas, que carregavam em suas raízes segredos de uma viúva.

Amolou um pouco o anel no dedo e foi tomar seu café matinal.

Como era bom viver!

Bebericando seu café, Eunice foi até o quadro de avisos do dormitório dos professores e começou a ver os clubes listados em uma folha solta.

– Bom dia, Débora. Como vai a aula de latim? Pode me dizer se esse clube está mesmo sem mestre?

Débora, usando o cabelo negro preso em um coque, assentiu e foi tomar seu café com o restante dos professores no térreo. A lista estava cheia de assinaturas dos mais variados clubes e havia apenas um espaço branco, solitário.

Ver aquilo a deixava infeliz.

Tomando coragem, a professora apanhou sua caneta e assinou naquele time promissor, então a disputa para o clube de artes dramáticas estava completa. No outro dia, crianças surgiam entre os corredores para a questionar sobre o clube, mostrando ânimo e esperança no olhar enquanto se colocavam no palco.

Os avisos do quadro foram atualizados e uma nova lista amarela surgiu nele com nomes rabiscados com emoção.

O primeiro era de Demp, depois veio Josh, Otto, Kyrha, Lucena, Ágata, Cris, da turma Medusa, Liba, do segundo ano, e alguns outros estudantes com sonhos teatrais.

Eunice ficou impressionada com a repercussão.

Como primeiro serviço, a professora começou a planejar uma peça cheia de emoção e drama. Quando os dias do clube chegavam, a turma praticava papéis improvisados sem muita relevância.

Demp sempre conseguia sair à frente dos outros, como se tivesse nascido para dramatizar e vivenciar coisas em outros corpos. A cada rodada, Demp já não era mais ele, mas um garoto pobre da periferia ou um rico mordomo maltratado.

Em um dos jogos, Demp puxou uma boina da capa, jogou-a para o lado e imitou o melhor sotaque francês da sala. Perdia somente para Josh, que falava com naturalidade.

— Está no *sangue* — revelou, enfatizando o final.

Cris aplaudiu logo que ele se sentou.

Sua peça foi finalizada naquele dia cheia de dramas e reviravoltas.

A obra era um grande musical, e cada música era compartilhada igualmente para todos os papéis do espetáculo, com mundanas trocas de vilões e nobres espalhadas nas folhas.

Os testes foram feitos sem demora, com alguns agudos e graves.

Ágata apanhou um dos papéis principais, junto de Demp.

Suas vozes juntas chegavam a tons fortes e doces, como uma pétala deixada por uma flor estimada. Kyrha e Lucena ficaram com um dos personagens mais fortes: Lucena como a mãe fantasma e Kyrha como a ladra mordoma.

Josh, Otto e Cris cantavam muitas vezes nos fundos, porém em alguns momentos faziam canções impactantes para a peça, deixando-os satisfeitos. O restante da turma concordou em ajudar a montar as paisagens e modificar alguns efeitos. Por fim, todos ficaram felizes em ajudar a criar a peça.

— Me largue! Agora devolva o dinheiro que roubou da minha falecida mãe, sua mordoma ingrata! — rugiu para Kyrha, mexendo a capa com drama.

— Me perdoe, sr. Flitt — falou Kyrha, indiferente, cruzando os braços.

Demp desfez o rosto.

— Se esforce mais um pouco, Kyrha — disse Demp, chateado, sentando-se na cama.

— Desculpe, mas é difícil encontrar *a filha perdida de uma senhora rica dentro de mim* — debochou Kyrha para Demp, que acreditava piamente em *encontrar seu ser interior*.

— Já é a minha hora? Estou com tanta fome... — Hesitou Lucena, saindo da porta do banheiro. — Vamos comer. Logo será o desfile e não esqueçam que seremos os manequins. Preciso pelo menos me alimentar, não quero desmaiar no meio da apresentação. Essa peça é só no outono, ainda temos bastante tempo — acrescentou Llu, colocando os cabelos presos em um único penteado solto.

Os preparos para o desfile foram feitos. As escolas estavam organizadas em filas coloridas e exuberantes, e o vagão principal, decorado com ornamentações florais rosa. No lugar da estátua central havia uma grande plataforma de ouro coberta por uma fina cortina vermelha, da qual os manequins vivos sairiam estreando novas vestes, representando as escolas de honra.

Demon e madame Nora corriam de lá para cá, verificando e revisando as roupas e peças. Demp conseguia ouvir os murmúrios por trás da fina camada de cetim enquanto se arrumava para o desfile, sentindo-se um pouco ansioso.

✵

Do lado de fora, Victor observava. Luzes vinham e iam e os altos-falantes eram acionados o tempo inteiro, trazendo um ruído de doer os ouvidos. Um gordo fantasma surgiu à frente das cortinas vermelhas, dando as boas-vindas ao desfile, rompendo em aplausos.

Alguns flashes surgiram para dramatizar a situação, e o mundo se tornou escuro...

Um grande silêncio preencheu o salão e em seguida um som angelical açoitou seus ouvidos. A música de harpas estava suave assomada a uma doce voz cantarolando a chegada das equipes.

Uma névoa prateada subiu pela plataforma dourada, deixando-a misteriosa como o verdadeiro céu.

A equipe número um veio do trem do Norte: as vestes foram feitas com seda, como se fosse o único material que tinham em mãos por muitos anos.

Mesmo assim, conseguiram fazer um bom trabalho.

A segunda apareceu com vestes mais robustas e quadradas. Como aquelas mangas poderiam ser tão grandes? A terceira veio com ideias interessantes, mas as saias tinham um acabamento ruim, trazendo um ar rude a todo o desfile. A quarta era composta por roupas de comida como um café da manhã, e a quinta, por ideias confusas.

Uma das vestes parecia um grande e enorme colchão ambulante.

A sexta causou alguns murmúrios, deixando Victor um pouco mais esperançoso. Os vestidos e calças possuíam um estilo apertado e curto e o peito normalmente era decorado por estrelas brancas. A sétima estava horrorosa, com mais de cem babados em cada veste.

Um ultraje!, pensou Victor McLaren.

Mesmo não sendo fã da moda, reconhecia que não fizeram um bom trabalho.

A última e mais esperada da noite apareceu perante a chateada plateia.

O primeiro vestido era trajado por Kyrha, tendo cubos por todas as partes. Seu cabelo fora estilizado com quadrados, parecendo uma série de padrões geométricos. Seu rosto estava sério e cético.

Depois veio Lucena com um belo vestido simples de alça; a saia era longa. Quando deu meia-volta fez parecer que um vento forte passara por ali. Seu cabelo estava trançado e balançou junto com a veste.

Trazendo otimismo através de um leve sorriso, Demp surgiu com uma elegante capa e cachecol. O cabelo mal penteado trouxe um charme a mais assomado ao sorriso gentil. As vestes de baixo foram ignoradas pelas fortes estrelas de toda roupa.

Otto veio com suspensórios ajustáveis, esticando-os conforme andava pela plataforma. Seu topete estava caído sobre o rosto. Ele fez uma pose antes de dar a volta, colocando as mãos nos bolsos.

A penúltima veste era trajada por Demon: uma saia que imitava uma calça, mangas grandes e gordas e um grande brinco de diamantes falsos; o cabelo estava cheio de flores como um jardim. Ela tirou os óculos e encarou o público com uma piscada.

Então a última veste de todo o desfile veio.

Ágata usava um vestido branco com pedaços soltos, imitando pétalas de flores, e uma boina aflorada. Na mão carregava um microfone. Conforme a música avançava, subindo o tom, sua boca se abria mais.

Era ela!

– "Oh, coloque o que melhor achar. Vista sua pesonalidade, os tecidos estão aqui para isso" – citou após outros manequins vivos surgirem ao seu lado.

Estavam todos de mãos dadas, fazendo um grande círculo na plataforma.

Fadas desceram do alto, jogando purpurina dourada para todas as direções.

Victor fitou o brilho perfurar o olho de Demp, mas ele continuou imóvel com um rosto de dor, porém sem soltar as mãos dos colegas. A plateia aplaudiu, retumbante, dando assobios e gritos de emoção.

Madame Nora surgiu por trás da cortina e acenou para as câmeras. Os jurados foram à frente e fizeram seus votos a cada grupo, encontrando um leve erro em cada veste.

Por fim, a equipe de Demon foi a que recebeu mais ataques, sobre os tecidos e peso das vestes, para o que, sinceramente, Victor não dava a mínima.

– Como todos sabem, o melhor sempre é o mais criticado. Parabéns, Demon – presenteou a jurada, tirando magicamente um troféu do bolso e entregando à emocionada Demon, que deixava lágrimas escorrerem sem vergonha pela escadaria da plataforma.

Ela fez um curto discurso sobre sua família e inspirações, chorou mais um pouco e agradeceu à madame Nora, que bateu palmas da plateia, e depois a Ágata.

– Ela esteve junto de mim em todos os momentos. Ah, Ágata, venha aqui e faça este bobo discurso comigo – falou, derramando mais algumas lágrimas.

Até Demp deixou lágrimas caírem sobre sua capa. Não possuía tantas palavras, porém era dono de grandes emoções; como um poço que transborda dos mares.

Naquele dia, todos do clube de costura saíram felizes do palco, até Megan, que gemia na plateia, contida apenas por Elizabeth, que a balançava de um lado para o outro.

Essas pessoas são tão dramáticas, julgou Victor.

Demon, por fim, decidiu tomar um longo descanso de qualquer tecido e tesoura que tocasse. Sentia-se fadigada mental e fisicamente, como uma planta que havia muito tempo não era regada. As luzes naturais do sol voltaram a tomar conta do vagão e todos retornaram felizes às suas atividades.

❋

– Ah, Demp, tenho de dizer algo a você. Sinto que devo – falou Demon, sentando-se ao seu lado.

Soltou um longo suspiro e pegou sua mão. Seus olhos eram verdes e cativantes. Demp olhou dentro deles e viu uma alma confinada.

Ele assentiu com a cabeça; estavam acomodados no dormitório três.

– Eu sou um *demônio*... Mas não irei atacar ninguém... – Ela tentou ler sua expressão facial, no entanto falhou. – Tudo que dizem sobre nossa raça é mentira. Sei que parece óbvio, mas minha mente revive isso dentro de mim há semanas. Desde que me defendeu por causa de Megan... – Ela tirou os óculos quadrados e começou a limpá-los com a roupa, querendo parar de olhar para a face estupefata de Demp.– Quando entrei aqui estava tão desesperada. Ah, como tive medo... Perguntaram meu nome e quase disse *demônio*, porém falei *Demon*, engasgada.

A jovem deixou o riso escapar.

– Eu vivi e nasci em uma grande caverna. A comida era tão escassa... E eu era tão magrela... Lá nossos nomes são números. Eu era a 794 – disse com tanta amargura que se sentiu culpada. Lá não era ninguém além de uma numeração. Agora era Demon, a garotas que fazia roupas. – Não há como viver mais de mil pessoas lá porque tudo ficou apertado. Uma vez os feiticeiros apareceram para jogar restos de alimento na caverna. Houve um terremoto, e eu corri para sair assim que ficaram atordoados pelo chacoalhar; por pouco não fui esmagada por uma pedra. Subi e cheguei aqui... Roupa curta se tornou meu estilo. Também não podia viver em alguma casa, a chance de ser pega aumenta bastante, então decidi morar em um lar móvel. Foi quando descobri o serviço de honra e cheguei aqui. Ao entrar no trem pedem seu nome e conferem sua cabeça para saber se você é um demônio. Por sorte tinha guardado no bolso uma poção de disfarce que encolhe meus chifres. Tomo uma vez por mês.

Ela tirou a franja para mostrar dois morrinhos na testa.

— Porém, se bebo frequentemente, a poção perde o efeito. Ou faz o oposto e tenho a chance de morrer. Então tomo uma vez e outra, não. Oh, como é ruim... É como saber que você não pode estar novamente em casa. Por que você acha que ficava tanto no asilo? Porque lá ninguém vê como sou de verdade. Querendo ou não, são mais doces do que feiticeiros. Megan por algum motivo descobriu. O *isto* dela se referia aos meus chifres aparentes, então fiquei com medo de me denunciar...! — Sua exclamação era muda, sufocada. — Estava fazendo o vestido quando ela entrou...

— Eu imagino — Demp comentou, mas ela voltou a falar:

— Seria uma tragédia. Logo agora que minha carreira está começando a crescer. O que mais quero é poder trazer meu povo para cima. Seria maravilhoso. — Ela suspirou novamente. — Mas é impossível. Hoje, quando a vi chorando com a minha vitória, pensei que isso se tornou águas passadas... Estou lhe mostrando isso por um motivo. Estive em dívida com você por ter me defendido e a afastado, Demp. Você é como um cristal... tão raro e bondoso. Ok, era isso que queria contar a você, já me sinto leve. — Ela parecia mesmo ter tirado uma pedra do âmago. — Você me aceita assim?

Demp ficou ainda mais boquiaberto. Ele não precisava aceitar ninguém! No caso especial de Demon, simplesmente a amava ainda mais por ter se aberto com ele.

O garoto começou a se achar idiota por nunca ter reparado.

Oh, como sou bobo, pensou, escrevendo no diário das esmeraldas.

✵

Querido diário,

Eu não sabia como, mas encontrei uma forma de odiar ainda mais Megan Fox. Ainda assim, isso será um segredo que privarei de você. Estará somente em meus sonhos adolescentes.

16

Canções e violões

Os dias estavam quentes e o céu era governado por pássaros. Os abetos e carvalhos farfalhavam no ritmo do vento e as borboletas eram coloridas em tons cianos. A grama das colinas reluzia com os raios do sol e algumas lebres eram pegas saltitando entre suas tocas.

Demp apanhou uma pequena flor branca do chão e a deixou ser levada pelo vento.

Ágata estava no pé do morro com Demon.

Otto, Victor, Kyrha e Lucena estavam junto dele em cima da colina, saboreando o delicioso piquenique de verão.

— Onde está Evans? — perguntou Lucena, que convidara também Josh para o evento, mas até o momento não aparecera.

— Provavelmente está no riacho — Victor alegou.

— Eu o chamei, porém ele recusa qualquer convite — falou Victor sem se lamentar, apanhando uma maçã da cesta quase vazia.

— Acho que vamos ter de sortear quem irá pegar alguns pães na padaria das Lojas Tortas — informou Otto, comendo o último pão que lá havia.

Kyrha tirou do caldeirão-bolsa uma série de palitos que à primeira vista eram do mesmo tamanho. Distribuiu a cada um ali, e todos os puxaram esperançosos e velozes.

O azarado Demp foi quem pegou o menor palito, sendo assim era a pessoa que buscaria os pães. Sem demora, ajeitou a capa e colocou as galochas. Em vez de reclamar, seguiu com um sorriso e começou sua longa caminhada até o fim do vagão.

Demp passou por algumas macieiras sem frutos, plantadas pelo grupo Assombração.

Isso o deixava tão orgulhoso de si mesmo...

Na penúltima colina, antes da porta, Demp vislumbrou um urso marrom saindo da orla da floresta com várias amoras-silvestres nos longos braços. O garoto fez um breve aceno, porém o urso voltou a entrar na penumbra dos abetos sem o avistar; parecia estar com pressa...

O caminho da estradinha até as lojas era decorado por fadas, pequenos insetos humanoides que enchiam sua paciência; elas se multiplicavam com o aumento da umidade. Uma delas chegou a puxar seu nariz, obrigando-o a afugentá-las com as mãos.

– As fadas da minha imaginação são doces e educadas. Não mosquitos que ficam voando e atormentado os outros! – ofendeu o irritado Demp.

Encontrou a padaria perto da praça. Tinha uma fachada dourada e vermelha e a porta era transparente, revelando pães de sonhos voadores, além de uma bancada cheia de biscoitos dançantes. Um letreiro desenhado manualmente com letras finas e belas estampava a entrada.

Quando entrou, foi recebido por um feliz padeiro. Ele tinha uma grande barriga e mãos robustas; em uma delas trazia uma fornada de pães gordos que lhe dava água na boca.

Pão de queijo..., pensou, babando.

Demp se aproximou do caixa e foi atendido por uma garotinha de sua idade. Seus olhos eram profundos, seu cabelo, loiro. Usava um vestido de seda sem volume. Sua pele era branquíssima, como se a garota nunca tivesse sido açoitada pelos raios de sol. Em seu uniforme leu *Sara*. Aquele nome não era estranho...

Ela não perguntou nada, então Demp tomou iniciativa:

– Pães doces, por favor.

Tentando não cair na tentação do pão de queijo, Demp desviou o olhar das guloseimas, mas abriu a boca para adicionar. Mordendo a língua, desistiu.

Quase!

A menina puxou uma garra de ferro, apanhou os pães e jogou dentro de uma sacola ainda sem dizer qualquer palavra. Demp tirou do bolso uma moeda de ouro e lhe entregou. Era só o que tinha.

Pegando a sacola, Demp questionou:

— Você quer vir conosco para um bom piquenique? Josh deve ter chegado lá. — Ela mostrou interesse nos olhos e deu a volta no caixa. Em seguida, fez um sinal para o pai, que esboçou um enorme sorriso. Todo o percurso foi composto por um silêncio constante. Demp fazia comentários frequentes sobre a beleza da vista, e ela sempre assentia em resposta, como um longo luto. — Você não é de falar muito, não é? — Quis saber depois de uma pausa.

— Oh, me conforto bastante no silêncio. Afinal, a pessoa que não consegue se fincar nos próprios pensamentos deve se odiar — falou, fazendo algumas ondulações nos cabelos loiros. Essa foi a vez de Demp assentir. — Como será que Josh deve estar? Não acha as covinhas dele bonitas? Ah, como o amo. — Demp continuou em silêncio. O que poderia dizer sobre isso? — Está vendo aquela árvore? Nós ficamos ali por uma tarde inteira. Com certeza sou uma garota de sorte e com toda a certeza ele também me ama.

A última coisa em que Demp queria pensar era em Sara e Josh se beijando...

Eca!

— Hum...

— Ah, como amo ser amada. Aquelas pombas me lembram nós há poucos dias, voando sem qualquer rumo a seguir...

— É só impressão minha ou aquela nuvem parece um cervo pulando — sugeriu Demp, tentando se desviar dos elogios amorosos de Sara.

Mas ela era mais esperta que ele.

— Cervos me lembram de quando o pedi em namoro. Estávamos debaixo de um carvalho, banhados pelo luar. Então um grande cervo apareceu e tomei coragem. Ah, como o amor é recíproco, ele aceitou! Já faz meses, meses! Amo tudo nele, até mesmo seus dentes um pouco tortos — falou ela, dando um suspiro para respirar. — No festival da primavera, a Páscoa, o vi. Ali mesmo soube que o amava. Esbarrei nele na barraca de maçãs do amor e então... Ah, como é bom amar e ser amada!

Ela fez um sinal com as mãos, formando um coração.

– Verdade – falou Demp, sentindo-se constrangido.

Como deveria ser sua vida antes de conhecer Josh? Provavelmente cheia de nadas, pensou.

Sara deu uma pirueta e começou a gargalhar.

– Me lembro da vez que ele quase desabou em um poço. Estávamos andando, ele de costas, olhando para mim. Então esbarrou sem querer em um poço e quase caiu, mas eu estava lá e o puxei. Rimos bastante quando ele parou de tremer. Fiquei me perguntando o porquê de um poço estar no meio de uma floresta.

Após mais confidências de Sara, finalmente chegaram ao piquenique.

Josh estava ali e ficou surpreso com a chegada de Sara.

Demp se sentou do lado de Kyrha e Otto, distante do casal.

*

Quero voltar ao chão
Diga-me que voltou
Sentir a terra como um trovão
Que eu posso retornar
Ver as árvores por baixo das flores gentis
Volte até mim e me cure
Para ver meu reflexo vis
Arrancando minhas asas, que elas mudem.
(Eu odeio te amar como um vilão!)
(Eu odeio te caçar como um herói!)

A amada rádio de Demon estava tocando, e esta agora aproveitava com delicadeza cada momento. Seu andar era composto por leves passos de dança, e a menina vivia cantarolando para as vestes no guarda-roupa. Sentia falta de costurar, sentindo-se inútil, porém precisava descansar.

Deitou-se na cama por algum tempo. Aquele domingo estava entediante e monótono... Demon passou segundos em dúvida, então tomou uma decisão: convidou Ágata para sua curta aventura e ela aceitou sem demora.

— Quando não se sabe o que fazer tudo fica mais colorido, não acha? — falou Ágata, vestindo um vestido amarelo de estrelas pretas.

Era o seu favorito e o que mais adorava em vestuário de fruteiras.

As duas foram juntas até o portal do térreo e distraídas abriram a porta do vagão.

À sua frente havia um chão multicolorido quadriculado, mudando de cores sem parar. Assim que entraram foram recebidas por uma mulher alta, de colete vermelho e cabelo amarrado, que trazia em uma bandeja de prata dois pares de patins.

Colocaram-nos com pressa e adentraram na grande pista de patinadores.

Uma música eletrizante tocava no fundo, inspirando quem a ouvisse.

— Você vem sempre aqui!? — gritou Ágata com a voz quase abafada pela música.

— Oh, não! Só hoje mesmo, mas ouvi falar antes. Estava comprando alguns tecidos quando escutei a conversa de uma das idosas, então tive coragem de vir — rugiu.

Ágata deu um salto e girou no ar, deixando qualquer principiante impressionado.

Juntas, deram voltas pelo chão colorido, parando algumas vezes para respirar e tomar uma bebida no bar do salão Pista de Patins.

Solitária, solte seu agudo
E iluminará sua própria caverna
Agora se liberte e grite!
Grite, grite, grite!
Como um grande eco, você se lembra
Pegue sua alma e dê um aperto de mão
Revire seu passado
E seja seu próprio herói.

Cantarolou Ágata em sua voz muda, fazendo gestos divertidos com as mãos.

– Estou orgulhosa de você ter conseguido o papel, Ágata – falou Demon, engolindo um pouco do refrigerante.

– Ainda estou triste por você não ter entrado no clube de artes dramáticas. Seria tão bom ter você lá também – comentou Ágata, ainda magoada pela desistência de sua amiga.

– Eu estava ocupada com outras coisas, Ágata! – exclamou Demon, sentindo-se ofendida.

– Mas por que você não entra no clube de artes dramáticas agora? – Demon fez um sinal com a mão, como se um mosquito tivesse passado e ela quisesse mandá-lo embora com muita preguiça. – Não fique mal-humorada! Eu só queria que você entrasse para passarmos mais tempo juntas. Não me entenda mal, mas você se fincou tanto à costura que fez eu me sentir de lado.

A música pausou por alguns segundos.

– Você sabe que tenho meus motivos – falou Demon, engolindo com desgosto o líquido de seu copo.

– Porém, sei que você está querendo entrar. Eu a vi observando Demp treinar com os outros meninos. Quando mostrei meu *script*, vi seus olhos passando de linha em linha. Não se faça de durona, Demon Diffit – retrucou Ágata sem muita paciência. Demon deu de ombros, indiferente; seus olhos estavam marejados e distantes. – O que foi?

Demon se jogou para trás, fugindo da mão de Ágata.

E ali Ágata teve uma certeza: Demon queria se distanciar.

Ágata deu meia-volta, enfurecida, deixando uma Demon desolada no vagão Pista de Patins.

Por que ela só não me diz o que tanto a incomoda?, pensou ela enquanto choramingava dentro do boxe do banheiro.

Nunca haviam brigado daquela forma. Discordâncias eram frequentes, porém aquilo era diferente; como uma criatura que vive no seu coração e o impede de amar.

O luar caiu sobre seus cachos curtos e molhados. A garota estava curvada, deixando as últimas lágrimas saírem de seu rosto. Quando abandonou o banheiro, a primeira coisa que fez foi apanhar seu caderno de versos e deixar as palavras fluírem de seu coração.

Na manhã seguinte, Ágata não sabia como falar com Demon, assim como esta também não. Sendo assim, ignoraram-se como estranhas.

Uma semana se passou e as duas estavam impacientes com a distância.

Os ventos ficaram fortes, as flores pareciam tristes e as borboletas sumiram naqueles tristes dias.

O verão era inverno.

Ela está certa. Fiquei tão distante. Tenho de pedir desculpas, mas como?, pensou Demon, mordendo o lábio inferior, segurando-se para não correr para uma tesoura e se distrair com o trabalho.

Assim sendo, foi até Kyrha.

– Compre algo para ela. Algo que saiba que vai gostar. – Foi o curto conselho de Kyrha.

Demon prosseguiu.

Ágata também estava com a mesma dúvida, porém, diferente de Demon, foi perguntar à amorosa Lucena o que fazer e esta respondeu:

– Um ato de amor. – Foi a resposta limitada, porém significativa.

Continuaram impacientes com os dias que se seguiram.

Demon estava segurando um enorme presente nas mãos à frente da porta número sete; ali dentro estava Ágata, preparando seu pedido de desculpas, deitada na cama, compondo.

Foi pega de surpresa com a chegada de Demon.

– O que... – soltou Ágata, fria, no entanto sua voz foi derretida quando viu o que Demon segurava.

Ela entregou um empacotado violão.

Queria um violão havia semanas. Como ela sabia? Oh!

– Agora é minha vez de pedir desculpas – falou Ágata, apanhando o violão e o ajustando rapidamente.

Já sei o que é! Será que está vendo que estou chorando?, pensou Demon, tampando o rosto com as mãos.

Ágata apanhou uma folha.

– Quis interpretar o pior dos acontecimentos. Imaginei a mais dolorosa possibilidade e escrevi isto.

Com sua doce e calma voz, cantou, tocando o violão:

Te amo, te amo, te amo
(a noite toda)
Mesmo que você própria possa se cuidar
Seremos Vênus e iremos navegar
Usando garrafas de vinho para celebrar o que temos
Sem saber ainda o que seremos
Mas você também sente isso
Quando puxo seu cabelo e enrolo no meu?

Só espero que você fique comigo (até do outro lado)
Só quero que você fique em casa (até nosso próximo barco)
Não vou a lugar nenhum sem você perto de mim
Estou sobrevoando sua órbita, girando mais rápido do que uma cápsula

Eu sou Vênus, e você, meu Marte (até do outro lado)
Te quero perto (de casa), mas será que nosso amor é o suficiente para durar mais?
Quero você na minha próxima vida
Te amo tanto, mas será que o mundo nos valoriza?
Até o sol se pôr (pela última vez)
Até eu te amar (pela última vez)
Até que tudo acabe (enfim).

Será que estamos erradas?
Duas garrafas de vinho e um amor na alvorada.

O Natal não é igual sem você, me acostumei a te ter
Só espero que você fique com duas garrafas e um amor
E beijos... Oh, o amor irá nos levar até o outro lado
Te amo, te amo, te amo (à noite irei te amar) até à próxima vida.

Vou com meu foguete te ver, saindo do meu mundo só para te ter
Vale a pena morrer? (Por você?)
Então só espero que fique, fique e venha a ficar
Até a próxima vida roubando meu ar!
Portanto, será suicídio te amar?
(A noite toda, a noite toda, a noite toda)

Já não me importo com o que os outros têm a falar
Só espero que possa te amar
Seremos o universo cinza, ouro e azul só para amar
Então fique, fique, fique e fique a ficar
Só para eu te amar.

(Só para eu te amar)
(Só para eu te amar)
(Só para eu te amar)
(Estou apaixonada como uma borboleta)
(Estou querendo ser sua vesueta)

As duas estavam viajando nas profundezas de seus pensamentos e ali mesmo conversaram por horas e horas. Falaram sobre o grande segredo de Demon e sobre a terrível e misteriosa morte da mãe de Ágata.

Elas deixaram lágrimas surgirem nos cantos dos olhos, sem vergonha e medo de demostrarem seus verdadeiros sentimentos.

— Ah, como tive saudades de poder reclamar sem parecer exibida — arfou a aliviada Demon, mexendo nas mechas de Ágata.

— Eu digo a mesma coisa — confirmou Ágata, desviando os olhos na direção da janela, vislumbrando uma grande e charmosa lua prateada no céu.

Até onde ela iria?

Até as estrelas!

17

Resfriado tempestuoso

As festividades do desfile se ausentaram, chuvas e tempestades vinham com mais frequência e pequenos temporais aconteciam quando ninguém esperava. A estação estava mais brilhante e deslumbrante, cheia de vida e de cor, contendo tons fortes de vermelho e amarelo.

Infelizmente, Otto pegou um forte resfriado, ficando pálido e com orelhas e bochechas vermelhas. O sorriso estava tremido e suado e suas risadas vinham com potentes espirros; os ombros estavam murchos. Ficava com muito frio em momentos quentes e se sentia calorento demais em brisas leves.

Resistiu por uma semana, porém seus esforços foram inúteis, já que começou a se isolar em seu quartinho com altas crises de febre, tendo de faltar ao emprego. A única pessoa que se arriscava a visitá-lo era Demp Esmerald, trazendo histórias de sobra na ponta da língua.

A gripe se agravou para uma agressiva febre, cheia de dores de cabeça e um pouco de surdez. Demp fez questão de ir todos os dias com sopa, sorriso e otimismo; era do que um doente como Otto precisava.

Ele faria o que pudesse por Otto. Já não era mais racional.

Nos primeiros dias, Otto ficou resoluto à ideia da ajuda de Demp, entretanto ficar aos cuidados e preocupações de Demp era um grande privilégio, obrigando Otto a se acostumar com sua presença quase contínua.

Ágata, que já estava incomodada, trocou temporariamente seu dormitório com Demp.

— Desculpe, Otto, mas seus espirros estão tirando todo o meu foco dos versos. — Fora o que ela dissera.

Ele assentira e dera um grande espirro.

Otto não reclamava de nada, no entanto Demp tinha um forte pressentimento e, quando sentia uma brisa fria, de imediato fechava as cortinas e janelas do quarto. Se preciso ainda colocava um longo e espesso cobertor sobre o sonolento Otto.

— Você não precisa fazer tudo isso. Com o que vai se distrair se nem o céu pode olhar? — disse Otto, acordando no quarto escuro e aconchegante.

— Eu trouxe um livro emprestado de Kyrha. Vamos, Otto, acordou no momento exato de seu remédio — falou Demp, apanhando um frasco amarelo.

Os dias foram se passando e Otto mostrou uma leve melhora, conseguindo ficar acordado por mais tempo e fungando menos. Porém, enquanto Otto subia, Demp decaía.

Cuidar de um doente não era nada fácil. Seu sorriso otimista foi substituído por olheiras, deixando seu olhar cansado e vazio. O cabelo estava despenteado ao extremo e soltava leves bocejos a cada minuto.

Demp tinha as aulas durante a manhã e o trabalho à tarde. Chegou cansado no dormitório quase todos os dias daquele longo verão, mas não mediava esforços quando ouvia um espirro de Otto. Assim sendo, ficou algumas noites em claro, aguardando o tempo do remédio.

Demp não se preocupava mais consigo mesmo.

— Vá respirar um pouco. Veja os campos do vagão dos abetos por mim. Faz tanto tempo que você não respira o ar do verão. Está ficando entocado junto comigo e isso não é justo com você — falou Otto, que não suportava ver Demp naquele horrível estado.

Demp se esticou um pouco e pelo menos três costelas estalaram.

— Mas e se você precisar de alguma coisa? Estou lhe devendo, pelo emprego e por causa do cinema. A culpa é toda minha, Otto. Você pegou resfriado da chuva e eu, não. Se eu pudesse mudar o rumo dessa doença, escolheria eu, e não você.

Otto já havia montado um pequeno plano em sua mente e tudo estava ocorrendo conforme o esperado.

— Eu preciso de mais remédios. Você pode aproveitar e passar na farmácia. Traga algumas flores para mim. Faz tanto tempo que não as vejo — disse sutilmente.

Demp pensou por alguns segundos e aceitou a proposta.

Tomou um longo e bom banho, tirando toda a sujeira que havia acumulado naqueles dias. Penteou os cabelos e colocou as galochas, jaqueta e capa. Isso trouxe o sorridente Demp de volta.

Otto sorriu através da face doente e Demp se foi como um sonho doce.

E se ele desmaiasse? Ou passasse mal? Vomitaria enquanto estivesse indo na farmácia? E se dormisse e caísse da cama? E se um corvo passasse pela janela e o atacasse até a morte?

Isso quase acontecera com Demp...

Otto nunca o abandonara em nenhuma situação, então, de forma precavida, Demp deixou Kyrha responsável pelo garotinho gripado; coisa que não agradou de nenhuma forma Otto.

Sua mente poderia descansar se uma pessoa em que confiasse cuidasse de Otto.

✵

Demp chegou com ares renovados no quartinho número sete. Um grande sorriso estampava o rosto.

Despojou algumas flores sobre a escrivaninha e deu os remédios ao adoecido Otto. Kyrha e Lucena ficaram conversando com ele, deixando Otto apreciar as conversas em um silêncio incomum.

— Tenho de preparar minha poção de espinhas — alegou Kyrha, despedindo-se.

Llu a acompanhou e Demp fechou a porta, mordendo a pele do dedo, nervoso.

A lua apareceu mais uma vez no horizonte, contendo um forte brilho prateado no ar. As estrelas estavam solitárias e o céu era um lugar misterioso para todos, tornando-se um breu.

Demp fez sua cerimônia à paisagem, fitando com olhar melancólico as nuvens bufadas. Seus olhos não possuíam qualquer consolo. Soltou um sorriso singelo, largando o parapeito da janela.

— O que aconteceu? — interferiu Otto, pegando uma colherada da sopa.

— Agora que vi novamente aqueles deliciosos campos, a saudade cresceu em meu coração — disse sem muita convicção.

Otto adormeceu logo depois de entregar seu prato. Agora que estava melhorando seu sono vinha rápido ao anoitecer.

Isso são soluços?

Otto ergueu minimamente as pálpebras e viu uma figura esguia deitada sobre seus joelhos, soluçando sob o luar da noite tortuosa do verão.

O garoto levantou a mão entre os cobertores e a apoiou no ombro do assustado Demp.

— O que houve? — Quis saber, sereno, encobertando a voz preocupada.

Demp ficou totalmente rosado. Estava com tanta vergonha!

Queria só fugir para bem longe.

— Eu... eu... não me lembro — balbuciou Demp, passando os dedos pelo rosto. — Esqueci de comprar um dos remédios. E... não sei qual.

— Você não precisa se preocupar tanto — alegou Otto com um olhar difuso.

— Você não entendeu, Otto. Não me lembro de nada mesmo. — Otto pareceu confuso. — Desde que acordei neste trem. E tenho tanto medo da minha memória voltar! — Demp cobriu o rosto, constrangido. — E se eu for uma pessoa ruim? Alguém tão ruim quanto Thomas? Oh, e se tudo que acontece comigo é porque fui uma pessoa horrível no passado? A assombração, os corvos. E se abandonei minha mãe e fugi? Ah, só me dei conta do peso da situação hoje à tarde. No caminho, encontrei com Evans... E ele me chamou de feio e irritante. E se tudo que fiz foi de propósito para fazer pessoas sofrerem? E se um gênio do mal vive dentro da minha cabeça e faz eu criar tudo isso? Um inimigo?

Demp deixou escapar algumas lágrimas pelo rosto.

Otto se sentia cansado demais para odiar Evans, porém sabia que quando melhorasse iria fazer questão de se enraivecer com todas as suas forças com aquele garoto de cachecol vermelho.

Mas naquele momento seu foco era outro.

— O importante é a pessoa que você é agora, não é mesmo? Se você fosse um cara maldoso e ruim, acha mesmo que isso afetaria você agora? Que nós, seus amigos, vamos mudar de ideia só por isso? É uma bobagem — falou Otto, sonolento.

— E se eu tiver amnésia e esquecer tudo outra vez? Então vocês foram meus amigos em vão — choramingou Demp.

— Relaxe. Me conte tudo calmamente e iremos tomar uma decisão — prosseguiu Otto.

Demp começou a citar seus momentos memoráveis naquele misterioso trem.

Disse seu nome, contou sobre o quarto velho e fedido, citou o riacho, expôs pensamentos únicos do diário das esmeraldas.

Quando acabou, Otto lufou.

— Então, afinal, você quer buscar seu passado, Demp Esmerald? — questionou Otto, bem acordado, como se estivesse em uma sessão de terapia.

— Eu sei que pode parecer nada normal, ainda mais por causa do meu lado aventureiro, mas não quero procurar as minhas memórias... Uma vez subi na biblioteca e li histórias fantásticas sobre pessoas, famílias e clãs. Havia alguns sabugueiros, amigos da floresta e fauna. McLaren, fazedores de engenharia, e a família mais próxima do mundo mágico. Thunder e seus costumes angélicos. Entretanto, nenhum sinal de Esmerald... E não estou disposto a cavar essa cova. Como se ainda não tivesse superado meu dolorido luto. E se o melhor a se fazer for esquecer? Às vezes, a ignorância pode ser algo bom... Não é? Talvez, logo que este ano acabar, eu vá à procura disso... No entanto, não tenho certeza. Ninguém veio me buscar, o que já é um sinal.

Demp não pertencia a ninguém, ele era ninguém.

— Demp...

— Venho guardando este segredo faz bastante tempo. Lembra que você se ofereceu para achar um emprego para mim? Naquele dia, não queria um trabalho, mas uma família e memórias. Kyrha já estava aqui ao chegarmos e possuía seu lugar na loja da madame Manifesto. Lucena tinha seu amigável tio e você, sua amada loja de travessuras. E eu... nada. Também senti isso quando Nora me disse sobre sua filha, um passado tão dolorido... E mais uma vez me senti deslocado do próprio corpo — justificou.

Otto assentiu com a cabeça.

— Eu compreendo.

— Vou contar para todos logo ao amanhecer. Será revigorante. Se eu for uma pessoa ruim, essa será minha redenção.

Imaginou com muita coragem.

Talvez eu vá atrás de minha família, mas não agora.

– Depois pode me apresentar esse diário das esmeraldas? – brincou Otto.

– Vou limitá-lo apenas com as citações leves – provocou Demp.

*

Assim que os primeiros raios de sol surgiam no horizonte, Demp convocou uma pequena reunião no quarto número sete. Josh estava lá, sentando na cadeira da escrivaninha alheia. Demon ficou na porta do banheiro, junto de Ágata, que fitava a janela. Kyrha e Llu ficaram mais próximas. Só faltava Otto, que se levantara após um tempo e saíra para tomar um doce ar do verão nos abetos.

Demp resumiu bastante a história para seus amigos, que o questionavam com frequência perguntando sobre coisas sem importância como objetos do quarto ou numerações.

No final todos deram longos suspiros e disseram em um coro:

– Então está tudo bem.

Isso foi a felicidade de Demp.

– Agora me sinto como uma pequena borboleta. Me deixe voar até o último andar – adicionou, cantarolando, Ágata.

Ele sabia que tinha de se abrir para o mundo antes que ele o fechasse.

Um segredo há muito tempo guardado nos amargura se não revelado.

*

Demp achava que tudo estava bem de novo.

Seus amigos estavam com ele, as aulas eram divertidas e diferentes e os trabalhos eram cheios de diálogos. O mundo usava um grande curativo.

Rosas têm espinhos, pensou Demp, deitando-se na cama aconchegante do quarto número três após um triste entardecer.

"Ele é só um garotinho exibido e chato", "Aposto que invocou a própria assombração", "Duvido que diga a verdade", "Eu o vi conversando com vasos de flores na noite passada", "Quanto maior o nariz, mais mente a pessoa", "A história dos corvos é mentira. Me diga, como corvos podem voar em bando e sair atacando outras pessoas?", "Ele só queria atenção", "Um garoto carente e irritante", "Essa coisa de ele perder a memória é exagero", "Só podia ser amigo de bruxa".

Eram comentários apoiados veementemente por Megan e Elizabeth.

Pensava sobre isso o tempo inteiro, abalando seu frágil coração.

Um dia você fala e no outro ouve, refletiu.

O que mais doeu em seu coração foi saber que a origem desses comentários vinha de Evans, que atualmente blasfemava sobre seu nome. Sentia-se traído e desconfiado, como uma pedra no riacho: pisada frequentemente para as pessoas passarem para a outra margem.

Estilhaçado, era um espelho sem reflexos; não podia ver além da escuridão.

Isso, no entanto, fez uma mistura de sentimentos surgir em seu interior, como se a melancolia encontrasse e chamasse a felicidade para um delicioso chá, dando voltas em seu estômago.

Demp não sabia se estava aliviado ou doído.

Querendo ou não, agora sabia quem era Evans de verdade, mas também era algo que sua esperança não gostava de ouvir.

A lua estava mais forte e grande, as nuvens pareciam uma enorme e estufada névoa de mistério e o horizonte tinha algumas colinas e lagos com pequenas fazendas. Demp havia se tornado inimigo de Evans, mesmo que não quisesse.

✵

Às nove horas uma carta chegou naquele pequeno dormitório com um grande selo vermelho circular.

Como Demp estava dormindo àquela hora, Demon, que revisava um moletom, a apanhou e leu:

> *Boa noite, sra. Diffit.*
>
> *Para agradecemos a popularidade do desfile, estamos dando um pequeno grupo de canoas e um guia, com os quais você e seus amigos mais íntimos podem fazer, de graça, um passeio por um dia no vagão das Cavernas Cintilantes.*
>
> *Você terá no total dez convites.*
>
> *Aproveite.*

Demon deu um pequeno gritinho e correu para fazer sua lista de convidados. Colocando, obviamente, Ágata, Demp, Lucena, Kyrha, Otto e Josh.

Sem saber para quem daria o resto dos convites, preferiu por presentear a professora Di e Eunice, que aceitaram alegres e sorridentes. Também pensou em Nora, todavia ela não iria querer ir, pois não gostava de praia.

Um pouco constrangida, entregou inocentemente a Evans e Victor, que esboçaram sorrisos desajeitados.

Demp passou saltitante pelos campos, apanhando flores aqui e ali, fazendo um grande e colorido buquê em sua cestinha. Como esquecera que o horizonte era tão lindo? As nuvens estavam esticadas e finas, cheias de raios do grande sol. Passarinhos vinham e iam pelos céus e uma linda cantoria de pardais fluía pela mata.

Atravessou o vagão com calmaria, observando com ricos detalhes as colinas. A grama estava verde, o ar, delicioso de se respirar e as borboletas davam bom-dia quando passavam. Cervos surgiam na orla da floresta dos Abetos Sussurrantes; quase esquecera o motivo do nome, mas depois de uma lenta caminhada pela fauna e flora pôde se lembrar dos sussurros felizes que ouvira no primeiro dia em que passara por ali perto.

Demp encontrou um riacho no caminho adentrando a floresta, tão parecido e familiar aos seus olhos.

Em uma das pedras estava Evans sentado, segurando uma vara de pesca com um balde vazio. Seu cachecol balançava conforme o vento batia.

— Bom dia, Evans — cumprimentou Demp, feliz.

— Oi — comentou Evans secamente. Demp não se deixou abalar pela falta de educação de Evans Black e começou a apreciar os salmões que surgiam no lago. — Por que você está aqui? — disse Evans, jogando a linha mais uma vez na água.

— Vim admirar um pouco da beleza da mãe natureza. Achei veados, não são lindos? Oh, este dia está tão bonito! — respondeu. — Não posso esquecer de comprar os remédios de Otto. Estou só dando uma passadinha — adicionou, indiferente.

Evans se enrijeceu.

— Agora você só fala nesse Otto. Não vou e nunca fui com a cara dele — assumiu Evans, desgostoso. — Ele é só um garoto que quer chamar atenção com suas bombas idiotas e seus amigos. Mais ainda. Você se esqueceu dos bons amigos e foi ficar com esses esnobes.

Demp inclinou a cabeça, ainda confuso.

— Nunca vi vocês conversando... E onde está Victor?

O garoto estava tentando aproveitar o dia de tranquilidade, evitando retrucar.

— Ele se foi — disse Evans, como se Victor tivesse morrido. E talvez tivesse mesmo morrido para ele. — Expulsei Victor daqui. Já havia dias que não aparecia, então falei tudo que pensava para ele. Pessoas assim abandonam tudo muito fácil. Pessoas iguais você, Demp, que deixam outras por outras. Como em algum momento pude pensar que poderíamos ser amigos? Agora sei que você é apenas um garoto feio e irritante — atacou o enraivado Evans.

Demp parou de cheirar suas belas flores e franziu a testa; seu limite estava sendo estourado.

— Pare de ser mimado, Evans. É só alguém começar a viver a própria vida que você inicia o processo de odiá-la. — Evans deu de ombros, atiçando a raiva de Demp. — Otto está doente e me ajudou mais vezes do que você, Evans. Mesmo que nunca tivesse me ajudado, eu iria fazer o que estou fazendo da mesma forma. Ele é honesto, e não sai falando mal dos outros só porque alguém fez algo que não o agradou. Se você quer companhia e se sente carente, não precisa lançar sua raiva nos outros para querer que eu fique. Espero que viva bem solitário neste riacho que não o merece. Adeus, Evans Black, o garoto chato está indo — despediu-se Demp, dando meia-volta, enfurecido.

— Já era hora — disse Evans mais para si do que para Demp.

Um pouco adiante, um garoto caiu aos prantos, saindo da grama com grandes soluços. Ele confiava em Evans. Como pudera? Ah, se fosse igual da vez que respondera Megan...

Porém, fora alguém em quem confiara.

Demp não era o tipo de pessoa que ficava estressado por muito tempo, já que depois da raiva vinha a decepção, e esta era pior e mais longa do que qualquer agressividade. Seres humanos poderiam viver em prédios, usar gravatas e fingir que eram robôs, contudo ainda eram por dentro animais ferozes, esperando para atacar, movidos pelas emoções. Procurava sonhos, encontrava problemas e era ferido por dentro sem que os outros soubessem.

Oh, como dói a traição. Demp se sentou em uma das colinas, segurando os joelhos, e chorou mais um pouco.

Valia a pena sonhar tanto?

18

Nas profundezas dos mares

Demp se recuperou de sua reputação ruim, que era um assunto delicado.

Ele vivia em uma pequena bolha com seus amigos, porém mesmo a reforçando com ferro, sentia as fofocas do clube de honra o atingindo. Já não podia ir lanchar sem receber uma olhada ofensiva, mas, assim como muitas coisas na vida, ignorava, voltando a atenção para o sanduíche.

Como poderia se importar com isso quando o dia dos namorados havia chegado no Trem dos Perdidos com um grande salão decorado com pétalas de rosas falsas e corações de chocolates? As mesinhas redondas voltaram a aparecer com uma pequena caixa em formato de coração em cima; dentro havia uma pequena mensagem de seu admirador secreto.

Demp pôde presenciar de vários ângulos o romance nascer, um deles no quarto número três. Havia uma pequena mensagem em carta rosa, cheia de desenhos de rosas vermelhas e um beijo no canto do envelope.

Demon a abriu e decidiu retribuir seu maravilhoso presente a Ágata.

Na quarta todos foram surpreendidos com a chegada de elfos, que cambaleavam com asas brancas e arcos de querubins, entregando mensagens com escritas românticas para as pessoas.

Demp ficou observando com calma cada um que surgia no portal seguir até seu destino. Um dos mensageiros subiu as escadas, e Demp o acompanhou com seu cativante olhar. A criaturinha parou na porta número quatro e foi atendida por uma confusa Kyrha de cabelos despenteados e um pouco mal-humorada.

Ela primeiro achou que se tratava de Llu, mas o elfo persistiu em seu encalço.

Depois daquela tarde, Kyrha não era Kyrha, porém uma alma sonhadora com coração e olhos para o amor.

Parecia que um dos personagens de seus livros reencarnara nela.

— Do seu admirador secreto — disse o falso querubim, dando pulinhos misteriosos, deixando uma romântica Kyrha para trás.

— Quem será? Oh, Demp, agora sei o que você sente em todas as estações! Ah, Demp, não sei se gosto ou não! — exclamou Kyrha, deitando-se na cama e jogando o travesseiro sobre seu rosto.

Kyrha apanhou uma pequena lista e ali mesmo começaram a discutir sobre o tal admirador. Com o passar do tempo o dia dos namorados se tornou mais intenso, com um Josh fazendo declarações à sua amada, músicas cheias de emoções de Ágata para Demon, pétalas voando pelos ares e gritinhos pelos salões.

Demp estava disposto a aproveitar a data.

O dia dos namorados não é só para os namorados, afirmou para si mesmo.

Assim sendo, pegou um selo em formato de coração e decorou seus cabelos castanhos com ele, tornando-se parte do clima. Um Demp romântico o dominou, encontrando-se no parapeito da janela, fitando com ternura o horizonte forte do verão.

Nunca fora tão romântico em seus pensamentos!

Contudo, era o último dia dos namorados. Um sol forte e corajoso se pôs no céu azul do verão; as nuvens estavam em poucas quantidades e eram gordas.

Os convites de Demon foram entregues e recebidos com satisfação, e Demp já estava se arrumando para as festividades, passando camadas de protetor solar na sua pele branca.

— Vamos apanhar as canoas, depois pararemos em uma pequena ilha e voltaremos — recapitulou Demp, temendo um erro em sua aventura e todos acabarem nas profundezas das águas frias.

Quando desceu, encontrou Kyrha e Ágata de maiô, era de um roxo simples com estampas floridas e amareladas. Lucena surgiu com seu biquíni vermelho, usando um grande chapéu de sol. Kyrha tirou um espelho da bolsa-caldeirão e fez uma pequena avaliação de sua aparência.

Victor e Otto chegaram sorridentes ao grupo.

Demon esperou em um silêncio constrangedor Evans.

Só naquele momento as fofocas sobre ele e Demp alcançaram seus ouvidos, fazendo-a se arrepender imensamente pelo que fizera.

Evans apareceu timidamente sem pronunciar qualquer frase, a única coisa que fez foi lançar um olhar arrependido a Demp, que em resposta se virou e continuou a conversar com Lucena.

Quando chegaram ao vagão das Cavernas Cintilantes viram um horizonte infinito, cheio de cores azuis e com a pouca presença de nuvens no céu. As copas dos coqueiros cumprimentavam os ventos e os caranguejos apareciam na areia da praia.

A professora Di e Eunice perguntaram a cada um se passaram corretamente seus protetores e logo se ausentaram dos serviços de responsáveis, deixando comentários divertidos surgirem no meio dos diálogos das crianças.

Um grupo de canoas se aproximou na margem da praia trazendo seu guia.

O homem usava uma camisa com estampa de abacaxi, deixando todos ali em um clima alegre e relaxante. Demon se juntou a Ágata, Eunice se sentou com Di, girando seu guarda-chuva rosa. Lucena se acomodou ao lado da apaixonada Kyrha, que chegou saltitante à canoa de madeira negra.

Josh se sentou com Victor, que mexia em seu cabelo vermelho.

Demp ficou parado, olhando para seus colegas reunidos.

– Estamos seguros, Demp, não precisa ter medo – confortou Otto, ajudando-o a embarcar.

Por fim, Evans ficou com o guia, que sorria em todos os momentos.

Demp fitava fascinado as águas claras, que mostravam a vida nos mares sem vergonha. Em umas das vezes que vislumbrava o horizonte avistou um grupo de peixes pulando para fora das ondas, alguns fazendo piruetas giratórias no ar.

Parecia uma expedição!

Seguiram por uma caverna cheia de estalactites, que brilhavam conforme a luz do sol se fragmentava no mar. Demp entendeu o nome dado ao local.

Teve a oportunidade de tocar com sutileza uma pedra roxa, que brilhou ao seu contato.

– Ah, isso é tão maravilhoso, não acha, Otto? Seria bom demais poder levar uma delas para casa? Como amaria ter uma dessas em meu quartinho. Tocaria nela ao acordar e ela me responderia um “bom dia”. Oh, aquilo são caranguejos? Também os adoro, porém longe de mim. Já sofreu uma beliscada? Deve ser horrível, não concorda?

Otto disfarçadamente deixou sua mão se esgueirar até o braço de Demp e o beliscou com a ponta do dedo.

Demp gritou tão alto que sua voz soou pela caverna reluzente.

Atrás dela vieram algumas risadas auditivas.

Quando saíram da caverna cintilante viram na paisagem uma ilha isolada nas águas, com palmeiras longas e uma areia branquíssima, conchas em alguns lados e pedras lisas em outros. Havia também um espaço em branco com redes para vôlei e uma casinha cheia de bebidas sobre as águas que residiam na ilhota.

– Isso me lembra do filme que vimos. Um lugar isolado de qualquer outra coisa – recordou Otto, deixando a mão sobre a água.

Demp tinha uma ideia diferente de *um lugar isolado*, porém não iria estragar o deleitoso momento só por se achar certo.

– Sim – respondeu apenas.

Os barcos descansaram na beira do mar transparente, balançando conforme as ondas vinham. Demp passeou pela praia, juntando nos braços pequenas cochas redondas e pontiagudas, sonhando em fazer um belo castelo de areia na praia.

Estava na parte de trás da ilha, distraindo-se com seus pensamentos, imaginando cervos mágicos. Aproximou-se da casinha de bebidas, despejou no balcão as conchas e começou a fazer a escolha de cada uma para seu grande castelo dos sonhos.

Quando iniciou seu processo de construção, Lucena se juntou a ele.

– Onde está Kyrha? – perguntou Demp, tirando um amontoado de areia de dentro das conchas.

– Eu a vi entrando nos fundos com Victor McLaren – respondeu Lucena, fazendo um biquinho.

Demp jogou uma de suas conchas nela.

– Credo, Lucena Light – disse, rindo. – Como uma vez eu disse: o romance alcança todos – falou, vitorioso.

Otto rapidamente chegou e se jogou no banco.

– Vocês não sabem o que está acontecendo nos fundos! – anunciou Otto, colocando uma concha rosa na boca.

O restante da tarde foi cheia de risadas e bolas de vôleis voando pela pequena ilha. As nuvens finalmente estavam surgindo no horizonte, e todos estavam se divertindo; até as professoras, que saíram de seus cargos e começaram a competir.

O castelinho de areia estava havia muito tempo pronto, com janelas altas e largas. Junto havia um jardim e bichinhos de areia, cortesia de Lucena. Alguns canhões feitos por Otto, que lutava por um castelo bem protegido, também enfeitavam o local.

– Esse é o capitão Ruas – falou, apresentando seu bonequinho de areia.

Uma Kyrha ainda mais apaixonada e rosada surgiu na praia e um Victor cavaleiro veio atrás dela. Demp passou pela última vez nos fundos da ilha, observando um sol poente descer sobre o oceano azul-amarelado.

O céu estava tomado por tons de rosa e laranja, ficando vermelho como sangue depois. Demp desenhou seu nome na areia e deixou uma concha sobre toras de madeiras.

Quando estava saindo de seu esconderijo, deparou-se com uma pequena criaturinha de olhos grandes e redondos, orelhas finas e largas, levando nas costas flechas de corações vermelhos.

Ela deixou uma carta em sua mão e sumiu entre as folhas das palmeiras baixas.

De seu admirador secreto:

Há anos o admiro, de longe e de perto, de horas a dias.

Demp Esmerald, você é único, tudo que alguém pode sonhar em ter.

Como seria ter você só para mim? É isso que quero.

Hoje tomo coragem de me declarar para você e espero te encontrar na primeira noite outonal em uma colina sob o luar, no vagão dos abetos. Só eu e você...

;)

Demp fitou a carta, impressionado. Como um sinal de seu amor, guardou-a no bolso. Sentia um leve arrepio percorrer sua espinha.

Quando voltou à praia, vislumbrou uma Lucena deitada na água, segurando uma carta rosa nas mãos como a dele. Não ousou perguntar, apenas se deitou junto dela, e apreciaram as estrelas surgirem lentamente no céu roxo.

Logo Kyrha chegou, molhando seus longos cachos junto com eles, tornando-se um trio de pombinhos apaixonados cercados por *laranjeiras.*

O som de sino soou por toda a ilha e quando se levantaram viram o sorridente guia os chamando de volta.

Um de cada vez embarcou.

Kyrha, dessa vez, acomodou-se junto de Victor e deixou uma solitária Llu para trás.

Como um ato altruísta, Demp se sentou com ela.

O sol sumiu no horizonte, deixando uma grande lua negra substituí-lo. O guia puxou algumas velas e as acendeu, iluminando como lanternas o caminho.

Seguiram pela mesma estrada de volta.

Demp deitou sua cabeça no ombro de Lucena.

— Hoje a noite está linda — falou, deixando seu braço balançar conforme o mar o sacudia.

Lucena apenas respondeu "sim", ainda iludida em seus sonhos.

Entraram mais uma vez na caverna cheia de brilhos roxos. Demp pôde observar os detalhes das rochas brilharem conforme as tateava. Estavam mais brilhosas à noite, e sua poeira flutuava no ar, caindo como flocos de neve sobre a cabeça deles.

O silêncio havia muito tempo ocupava sua mente maravilhada. Um pouco entediado por ver somente pedras brilhando por longos minutos, girou a cabeça para olhar os outros passageiros da viagem. No lugar viu uma caverna escura e macabra.

Onde estão os outros?

O que era antes uma amigável caminhada se tornou um buraco banhado pela escuridão sem fim.

Ao seu lado estava Lucena, tremendo de horror.

— Cadê eles?! — exigiu da garotinha de cabelos claros, que balbuciava de medo.

— Eu... não... os... vi. Estava observando as pedras, como você, então quando virei... A corda arrebentou! — berrou, apertando com força seu braço.

Demp começou a ouvir o barulho das águas batendo com força nas rochas da caverna.

Ventos estavam passando bruscamente pela gruta, fazendo-os tremer de frio.

Lucena puxou seu rabo de cavalo e começou a penteá-lo com os dedos. Demp olhou para os lados, desesperado, tentando enxergar alguma luz, porém a única que existia ali era sua preciosa vela, iluminando seus rostos assustados e medrosos.

Não havia brilho no fim do túnel para eles... só ameaça, medo e o mundo.

Meia hora havia se passado e Demp perdeu totalmente suas esperanças. Os ventos estavam dominando a ventilação da caverna. Tentando se aquecer, Demp apanhou a vela na ponta do barco e lentamente a observaram se dissipar em cera quente.

Mais algumas horas de sofrimento e frio se passaram.

A luz se tornou apenas uma palavra sem sentindo literário, como *a luz no fim do túnel* para eles.

Demp encostou a cabeça no peito de Lucena, procurando conforto.

– Eles vão voltar – disse mais para si mesmo do que para qualquer outro ali.

Lucena repetiu sua frase em uma oração.

Sentiu um toque molhado em suas chinelas.

Passou a mão pelo convés da pequena barca e sentiu a água entrar devagar pelo casco. Uma forte onda veio acompanhada de um vento cortante, deixando os cabelos de Lucena embaraçados, entretanto aquilo não era sua prioridade.

Eles não iriam sobreviver... Provavelmente o que viria depois daquele capítulo seria uma série de poemas que escrevera em seu diário. As ondas vinham grandes e bruscas, levantando a canoa para fora da caverna, o que deixava Demp ainda mais preocupado.

– Se ela nos levar para fora, a chance de encontrarem a gente são pequenas – visou Lucena, pessimista.

Assim o pequeno barco de madeira fez, afundando cada vez mais no vagão.

Lucena tentou algumas vezes invocar um feitiço, conseguindo fazer uma luz brilhar em seu dedo indicador, o que para garotinhos prestes a afundar na água já era uma salvação. Porém, sem uma varinha, ficava muito difícil.

Quando o barco saiu, puderam ver por completo uma nuvem negra surgir por trás da pedra.

Era enorme e totalmente escura, cheia de flashes brancos e barulhos de trovões.

Demp sentiu os tornozelos molhados, mas uma onda enorme veio e virou a canoa, derrubando Demp e Lucena nas águas frias do vagão.

Ele sentiu de bolha em bolha seus pulmões se reduzirem a pequenos balões murchos. Quando se virou, vislumbrou a figura alta de Lucena ao seu lado, com olhos fechados e uma perna torta. Dando o último suspiro de ar, apanhou a mão dela.

Se fosse morrer, seria agora, ao lado de sua melhor amiga.

Estava falecido? Seus olhos ainda se abriam? Os pulmões ainda funcionavam?

O garoto abriu os olhos e viu Lucena à sua frente, flutuando de forma mortificada. Ele a enrolou em seu braço e uniu forças para nadar até a superfície. Quando se ergueu nas águas, vislumbrou ondas maiores virem e rapidamente levantou Lucena para respirar com ele.

Ela milagrosamente cuspiu a água de sua boca e tomou fôlego.

Demp fez um sinal com a mão e a menina tomou ar.

Eles submergiram no mar mais uma vez antes de uma enorme onda vir e puxá-los.

Demp sacudiu as pernas, e, quando Lucena apertou seu braço, subiram mais uma vez, deixando-a respirar. O cenário era o mesmo, com grandes nuvens negra às suas costas, trazendo raios brancos e assustadores.

Assim repetiram, com um Demp misteriosamente aquático que não perdia energia e uma Lucena quase afogada, viajando sobre ondas de uma tempestade quase cessada.

Ele nadava mais uma vez, sem qualquer direção a seguir, apenas indo reto. Lucena puxou seu braço, entretanto não para respirar. Ela moveu sua cabeça para trás, e ele viu um borrão negro se aproximar, veloz.

Era o barco!

Bam!

A embarcação encontrou os dois adolescentes nadando perdidos no mar. E sua consciência foi arrancada.

Demp acordou em uma sala branca com macas espalhadas pelo quarto. Olhou para o lado e enxergou Lucena dormindo em seu cobertor babado. Ela tinha um pé enfaixado e alguns hematomas no corpo torto.

Ele tocou levemente seu braço e sentiu uma dor horrível, como se estivesse pegando fogo.

Como em uma resposta de seu gemido involuntário, uma enfermeira surgiu. Usava um vestido branco com uma grande cruz vermelha no chapéu pontudo.

– Querido, isso é efeito dos remédios. Por favor, tome cuidado quando se mover... Tem sorte de sua amiga ter a habilidade de respirar debaixo da água – adicionou ela, vendo Lucena se levantar com os cabelos desarrumados.

Demp fitou, confuso, a enfermeira colocar uma dose de remédio rosa em uma colher e botar, sem consulta, em sua boca dolorida.

Ele questionou a enfermeira sobre sua *habilidade*.

Ela puxou uma pasta com o nome "Demp Esmerald" de uma cômoda e dali mostrou um pequeno documento registrando seu ataque no inverno.

– Antes de a criatura matar você por completo, ela deve se unir ao seu corpo. Durante o processo, Lucena a matou. Como qualquer Shokoy, pode respirar debaixo da água. Então você ficou com algumas habilidades dela, sendo ela a respiração em baixo da água. Querido, entendeu? Agora trate de descansar. Algumas visitas virão ao entardecer. Aparentemente os responsáveis do vagão irão vir aqui perdir desculpas. Agora tenho de tratar de uma criança que conseguiu engolir uma faca. Não que esteja reclamando do meu trabalho. Só estou um pouco cansada – falou, saindo apressada da sala em que se encontravam.

Era verdade que os donos do vagão apareceriam mais tarde.

Depois de muitos lamentos, Demp e Lucena exigiram cinquenta moedas de ouro cada um. Os dois proprietários saíram de bolsos vazios daquela enfermaria, pedindo em troca um silêncio sigiloso deles.

Alegaram que poderiam estragar suas carreiras inteiras se qualquer escândalo desse tipo saísse voando aos quatro ventos. Llu e Demp não se importavam em contar.

— Llu, acho que finalmente consegui o que mais queria! — anunciou o garotinho na outra maca. Ela fez sinal para continuar. — Com este dinheiro, e o que venho guardando nas estações, posso comprar um artefato mágico. São cem moedas. Estou tão feliz, já conversei com a professora Di e ela está disposta a vender. O outono será maravilhoso de ser vivido!

Mais tarde, outras pessoas surgiram naquele deprimente vagão branco com flores coloridas e bonitas nos braços.

— Podem me perdoar, Demp e Llu? Foi tudo minha culpa. Saibam que o guia me impediu de voltar. Disse que seria idiotice arriscar mais vidas com aquela tempestade — disse Demon, colocando uma rosa sobre cada um.

Depois chegou uma chorosa Kyrha, Otto com lírios brancos, Josh e Sara cheios de contos amorosos próprios e as professoras cautelosas com a saúde de ambos.

— Estou feliz por você. Agora que tem o dinheiro, poderá se igualar aos outros. Aqui está seu artefato. Este é um pouco diferente, Demp... Cuide muito bem dele — afirmou a professora, colocando um guarda-chuva azul-escuro em seus joelhos.

Demp o sentiu se mexer e tremer levemente. Como um borrão celestial, o Mestre da Lua voou no ar e mostrou suas meias-luas douradas.

OUTONO

19

Luar com Cris

O outono chegou sutilmente, trazendo ventanias fortes cheias de flores secas laranjas. As colinas tinham uma coloração queimada com pastos desregulares e altos. As macieiras cresceram com selvageria, formando um pequeno pomar no pé de um morro. Os abetos foram ignorados por carvalhos nus, que, para Demp, eram lugares incríveis para se praticar a leitura. Borboletas amarelas surgiam voando com frequência, planando pelos ares do vagão.

Demp suspirou e por um segundo sentiu falta do seu amado riacho. Querendo ou não, aquele fora seu recanto, um lugar fechado entre as árvores, no qual poderia observar pequenas criaturas passando pelas águas que desciam na direção do pôr do sol.

Ele dera o nome. Era um laço que os ligava como um elástico.

Demp chegou saltitante ao vagão dos Abetos Sussurrantes, levando consigo o Mestre da Lua e seu lindo diário.

O garoto passou pelas colinas segurando suas esperanças, procurando seu admirador até o anoitecer.

Correu pelos carvalhos, desceu os campos de grama e repetiu tudo novamente, ainda com suas expectativas na carta entregue pelo querubim. Voou pelos galhos, viu um ninho de corvos, olhou para a paisagem e o caçou entre a orla da selva, mas nada.

O sol se pôs atrás das nuvens laranja e a lua trouxe a penumbra consigo, porém não tinha encontrado nada. Demp observou, com o olhar aflito, as estrelas surgirem. O que Lucena pensaria de tudo aquilo? Seria vergonhoso voltar ao vagão tão cedo...

Ele ainda poderia chegar... poderia.

Demp acionou a ponta de seu guarda-chuva azul, fazendo-o brilhar intensamente pelo caminho das colinas, e por fim se encostou no tronco de uma macieira. Em seguida, puxou seu guardador de segredos e iniciou mais um de seus doloridos relatos.

Por quê...?, escreveu.

Como alguém poderia não o amar? Demp se achava complicado e às vezes confuso, todavia amá-lo não poderia ser algo muito difícil.

Ou era?

Será...?

Considerava-se uma pessoa boa, seus pontos positivos superaram os supérfluos dos negativos, mas, mesmo assim, tudo dera errado.

Por quê?

A lua amarela subia no céu escuro, trazendo um cintilar amarelado a tudo que ali existia. Era a primeira noite que passava sozinho fora dos dormitórios. Demp colocou sua carta no peito e esperou por mais meia hora o remetente surgir entre a escuridão.

Porém, seus esforços foram em vão. Sentiu a boca de seu estômago tremer desconfortavelmente. Já estava na hora de ir embora. Contudo, descendo da enorme lua amarela, um ponto vermelho planava. Vinha rapidamente em sua direção.

Demp apanhou no ar o avião de papel e, sem demora, levantou-se para ir ao salão principal. Quando entrou no vagão, vislumbrou de novo as fileiras de carteiras brancas, uma grande plataforma no pé da gloriosa estátua e na escadaria um pequeno grupo de policiais.

Os murmúrios eram mais medrosos e sorrateiros.

Demp se acomodou no final da segunda fila, no qual pôde ver com perfeição um fantasma gorducho surgir em cima das tábuas da plataforma. Suas vestes pareciam mais chiques e caras, semelhante a tapetes nos ombros. Ele balançou a cabeça e começou seu deprimente discurso.

Entretanto, Demp não estava o ouvindo.

Viajava em seus próprios lamentos, voando pelas janelas escuras do salão, passando por mais colinas abandonadas, nas quais um garotinho procurava aquele que pensava ser seu admirador... Até onde iria com a mente? Até quando a imaginação seria um conforto?

Ele observou sem ouvir dois policiais subirem na plataforma.

Gloriana usava um grande rabo de cavalo e ajeitou seu distintivo quando encarou o público. Tirano fez o mesmo, agora sacudindo seus largos ombros para todas as direções.

Viu pelo canto do olho Lucena se aproximar, atrás dela vinha Kyrha segurando a mão de Victor. Demp tomou uma posição rígida.

É estranho vê-la assim. Ela nem valorizava o amor igual a mim. Como o mundo me faz sofrer por algo que desconheço?!, pensou, enraivecido.

Demp mergulhou nas próprias expectativas desmoronadas.

Ele esgueirou seu braço por debaixo da cadeira e começou a escrever suas desventuras no diário das esmeraldas.

Sentia-se triste e injustiçado, sentia que precisava desabafar com algo antes que explodisse e tinha vergonha de dizer isso a alguém, então o caderninho com desenho de cavalo foi sua melhor opção.

Querido diário,

Hoje foi um dia desafortunado, e acho que você já sabe, meu amado caderno de segredos. Meu admirador me deixou esperando entre os campos, andando desolado pelas colinas dos Abetos Sussurrantes. Sinto-me traído e não sei como dizer isso a Lucena.

Kyrha ficou tão distante...

Agora que está com Victor nos esqueceu por completo. O mundo perdeu uma lua de minha imaginação. Senti como se ela estivesse marcada com sofrimento.

Nesse momento, estou segurando com força meu guarda-chuva mágico... e me controlando para não chorar...

Ah, tantas mentiras!

Demp sentiu os olhares à sua volta e em seguida vários murmúrios indignados começaram a soar pelo vagão. Quando levantou seus globos castanhos para frente, vislumbrou um cavaleiro transparente, com uma barbicha irritada e um olhar que expressava raiva.

— *O quer vocer está farrendo*?! — urrou ele, tirando uma lâmina prateada do bolso minimamente pequeno.

Demp recuou na cadeira branca, mesmo sabendo que o fantasma não iria fazer tal crueldade, porém seu instinto agiu primeiro. Arregalou os olhos e se levantou de imediato, protegendo o coração pondo o diário no peito.

O cavaleiro deixou seu olhar cair sobre o pequeno caderno. Ele o apanhou com a ponta da lâmina, desconfiado, e deixou um sorriso escapar pelo canto da boca.

— *Enton é isso que está esqueverdó. Deixe-me compatilhar isso ao público* — falou o fantasma em cima de seu cavalo. Ele galopou até o centro do vagão, não deixando Demp pegar o caderno de volta. Ali iniciou sua leitura com sua voz forçada: — "*Hoje vi uma boboletá sobevoando os campos... Querido diárrio, fui ao cinema com Otto, forra uma noite marravilhosa...*". — Ele avançava, quase rasgando as páginas. — "*Conheci Sara. Querria saber mais sobrre ela do que Josh. É o tipo de menina da qual eu manterria distância para preservar os ouvidos...*" — De novo. — "*Kyrra agorra sai mais com Victor. Sinto saudades dela. Serrá que é justo?*" — O público soltou risadas longas e altas. — "*Madame Norra me chamou parra ir no seu vagão de vez em quando e me sinto mal por não arranjar tempo parra ela...*", "*O verrão está lindo. Hoje estou indo parra a ilha que Demon me convidou. Parrece ser ótimo*", "*Conssigó ouvir nas noites de lua cheia os uivos de Liba.*"

A plateia soltou suspiros de supressa, como se tudo aquilo fosse um grande espetáculo, e as revelações, o ápice.

— Pare com isso! — Demp implorou.

— "*...O urso que vi no vagão dos Abetos Sussurrantes sumiu. Querria ver tanton ele novamente... As macieirras forram plantadas. Me sinto orgulhoso por fazer parte da histórria delas. O nome da minha é Beatriz.*" — Mais uma vez o público voltou a rir dos comentários de Demp. O cavalheiro francês avançava depressa, tomando os pensamentos privados de Demp para o mundo. Até os mais pessoais. — "*Querrido diárrio, hoje, primeira tarrde outonal, me preparro parra ver o meu...*"

Demp já não suportava mais, estava correndo para a primeira porta que vira.

Era humilhante demais ouvir seus próprios pensamentos serem expostos. Tudo o que pensara estava ali em letras negras em um livro com páginas brancas. De comentários da beleza da noite às fofocas que ouvira pelos vagões.

Ele apertou a maçaneta dourada e escolheu ir para um lugar em que ninguém pudesse o encontrar. Não desejava ouvir mais reclamações ou algum consolo vazio. Queria apenas sumir por alguns segundos. Com olhos marejados, atravessou o portal.

Nem toda vulnerabilidade é bem-vista pelas pessoas. Ele só era fraco.

Estava caminhando solitário por uma grande colina e no alto vislumbrou a lua despejar seus acesos amarelados. Quando olhou para os lados viu campos largos e vazios, sem flores ou paisagem, somente a brisa inocente do sul.

No topo pôde ver uma silhueta magra e baixa com cabelos loiros claros esvoaçando no ar. Usava uma camisola fina de seda com um babado grande no peito. Primeiro parecia Sara, mas depois enxergou que não.

Demp subiu timidamente e se sentou na grama ao seu lado.

— O que está fazendo aqui? Achei que este lugar era apenas meu... — Quis saber Cris com sua voz serena.

Demp tirou um fio da grama e o deixou voar com a ventania, uma mania que deveria deixar o mais rápido possível.

— Você não tem medo de estar aqui sozinha, Cris? Com todas essas coisas acontecendo...? — falou, ignorando sua pergunta.

Ela apontou para uma nuvem azul que fluía no céu.

— Elas me fazem companhia — respondeu, fitando outras nuvens escuras.

Demp colocou Mestre da Lua na grama e o desligou.

Mas seu estômago ainda dava voltas bruscas.

— O que são esses campos vazios? Você acha que servem para alguma coisa?

Cris amarrou o cabelo em um coque solto e desleixado.

— Não acho que sirvam para alguma coisa. O segredo deste vagão é a própria solidão. Então não faz sentido campos com alguma coisa. Quando se quer estar sozinha dentro de si, não se fica reparando o que há fora.

— O que faz você se sentir sozinha? Você parece conhecer este lugar há muito tempo — alegou Demp, colocando a capa de volta no lugar, pois a brisa leve a jogava para o lado.

— Minha casa é no alojamento. E não é de tanta admiração... Hoje meu pai saiu para beber no bar e estou aqui. Fujo por algumas horas daquela casa vazia. Dos fantasmas dela. — Demp não sabia se aquilo era literal ou não. Parecia ter esquecido de seu momento humilhante; pelo menos até voltar ao dormitório. — O barulho da rua me incomoda. Por isso vim aqui. O silêncio é tão...

Ela olhou para Demp com sinceridade, seus olhos verdes atravessando sua alma, e Demp se sentiu na obrigação de ser também verdadeiro.

— Estou triste. Os empregos acabaram e não tenho nenhuma desculpa para ver madame Nora. Meus horários ficaram novamente apertados. Nesse próximo sábado *tenho* de vê-la — comentou.

Cris o fitou mais uma vez, como alguém que sabe de algo que nem mesmo você mesmo conhece. Demp engoliu em seco, e Cris o perfurou mais. Vendo que não conseguiria mentir, desabafou sobre tudo que estava acontecendo.

Contou do admirador mentiroso, expôs os hematomas feios no corpo, os segredos que estavam sendo expostos naquele momento, as fofocas, a traição de Evans, o fato de não ter família, a angústia de estar sozinho no fim das contas... tudo!

Cris soltou um longo suspiro após Demp terminar seus tristes relatos.

— Por que me conta essas coisas em vez de falar para seus amigos? Vocês parecem tão unidos.

Demp puxou seu guarda-chuva a fim de abraçá-lo e tirou as botas amarelas com os pés.

— Eu... eu não acho que eles mereçam se aborrecer com essas coisas. Meus comentários são entediantes e irritantes. Talvez... tenham coisas melhores sobre as quais conversar. Nada sobre meus dramas — comentou Demp com os olhos marejados. — Como disse Evans...

Cris assentiu, levantou-se e o ajudou a fazer o mesmo.

— Não acho que eles não queiram ouvir, Demp. Você é um amor de pessoa. Vá lá. Afinal, eles já estão ouvindo tudo de qualquer forma. As pessoas querem ouvir tudo diretamente, nada sobre terceiros. Se as fofocas ainda o incomodam, desabafe com seus amigos. Entretanto, não se esqueça de voltar aqui. Gostei de sua pequena visita – jogou Cris, colocando uma jaqueta de couro por cima da camisola. Estava escrito "In the rock and roll" nela e, em baixo, "Indie". Antes que ele descesse o morro, ela o puxou e tirou do bolso um livro antigo. – Pode ficar com ele. Já cansei de ler essa coisa. É cheio de contos pequenos. Espero que goste. Você parece adorar fábulas.

– Obrigado – despediu-se Demp, mais sorridente.

O garoto voltou confiante ao dormitório do primeiro ano, no qual recebeu constantes olhares risonhos e críticos. Ainda não sentia um completo alívio, tudo estava acontecendo tão rápido que não sabia o que fazer ou sentir.

Alguns cochichavam, outros apontavam e riam, mencionando trechos de seus pensamentos ditos no livro. As fofocas deveriam estar aumentando após aquilo...

Entretanto, Demp estava nadando nas profundezas das possibilidades, imaginando as reações de seus amigos ao vê-lo.

Kyrha deve me odiar...

No fim ela merece ter um namorado mais do que eu.

Ele os procurou no primeiro andar, escorregando pelo soalho, enfiando sua cabeça castanha em grupos desconhecidos e dançando pelos cantos do salão.

Mas não havia ninguém.

Então subiu a escadaria até o segundo andar.

Os dormitórios estavam vazios e solitários. Demp passou pelo quarto três, quatro, sete e nove, no qual o tímido Josh vivia, porém só encontrou camas desoladas e bagunçadas e uma janela que mostrava nuvens grandes.

Sem ninguém.

Tendo somente um lugar em mente, o garotinho de nariz grande subiu a escadaria dourada, que girava até seu último ponto.

Será que seu pesadelo tinha se tornado real? Ele estava mesmo sozinho?

Demp entrou em uma escuridão completa, em que a única luz vinha de uma janela no alto, revelando uma fina camada de luz prateada. As estantes eram altas e grossas e um zumbido soava pelo ar. Demp começou a ouvir passos apressados. Com muito medo, ele gritou:

– Alguém aqui?! – falou, encolhido na penumbra.

– *Parabéns!* – entoou o grupo em coro.

Kyrha surgiu em uma fileira, segurando nos braços um grande bolo branco, em cima dele a numeração quatorze. Lucena apareceu por trás de uma estante velha coberta de livros vermelhos. Otto estava do lado oposto. Depois Demon e Ágata com seu violão pendurado no ombro.

Josh e até Cris, que usava uma roupa estufada rosa, também estavam ali.

Como ela se trocara e chegara mais rápido que ele?

Isso somente a garotinha Cristina poderia responder.

Uma mesinha redonda apareceu de repente à sua frente, sem biscoitos ou jornais.

Kyrha se aproximou, sem parar de cantar, e depositou o bolo em chamas na mesa diante de Demp, que estava fascinado com tudo. Ele assoprou as velas e fez suas preces ao universo...

Só não quero perder meus amigos.

Eles bateram palmas.

– Ouvimos o cavaleiro falando do aniversário de Kyrha. Você pediu um também, mas como não se lembra dele... Nós no intrometemos para fazer isso acontecer. Ah, peguei isso depois de um longo tempo de leitura conjunta – informou Otto, tirando o diário dos segredos do bolso.

Ele pegou uma fatia do bolo e derramou no seu prato.

– Oh, não, vou apanhar só por educação. Foi bom escrever em suas páginas, mas acho que devo deixar esses comentários com meus amigos apenas – anunciou Demp, pegando o diário e guardando na capa. – Você só será de desenhos. Nada mais, nada menos.

O diário agora só seria um caderno normal. Agora que não tinha nada a perder, se preocuparia com quê? Estava despido dele próprio. Lucena apareceu com chocolates e algumas guloseimas em um prato de prata, deixando todos cheios e fartos.

Demp passeou com os convidados pela antiga biblioteca, que antes era um lugar tenebroso e assustador, porém agora era um ambiente quente e confortável, repleto de risadas.

— Não acho meus cachos tão claros, Demp — assumiu Lucena, deixando os cabelos à mostra.

— Em minha imaginação eles são dourados como um amarelo fervente — retrucou Demp, satisfeito.

— E por que sou o garoto de olhos bondosos? — argumentou Otto, tomando com um único gole de seu refrigerante.

— Eu não sou tão tímido — falou Josh.

— Meu cabelo é realmente do jeito que você disse, Demp. Obrigada. Bonitos e estufados. — Kyrha disse.

Um por um, falaram dos trechos de seu misterioso diário.

— Quem é esse admirador covarde? — Quis saber Otto de repente, com um leve ciúme no olhar sereno.

— Eu-não-sei — respondeu Demp, dando de ombros e puxando o bolo para dentro.

Ele não estava apaixonado pelo admirador, mas pelos sonhos que criara em sua mente. Demp precisava voltar para a realidade. Ser real outra vez e sair daquela *ilusão perfeita*.

A comemoração de seu aniversário passou devagar, deixando saudades eternas a Demp. Já estava descendo, voltando para seu quartinho, até ouvir um uivo solitário e sofrido, que o paralisou por completo.

Esquecera-se de Liba e seu segredo, do que dissera de Sara. Mais uma vez sentiu uma pontada estranha na boca do estômago. E Demon? Ele repassou rapidamente a página escrita sobre o odiado segredo de Demon, entretanto, por sorte, encontrou a frase borrada por uma de suas lágrimas.

O garoto suspirou aliviado, contundo ainda tinha ferido duas pessoas.

Apanhou duas folhas brancas com delicadeza e com ternura e arrependimento escreveu cartas de desculpas a Liba e Sara.

No dia seguinte, somente uma carta havia sido retornada.

Era a de Liba, que agradecia o pedido. "Afinal, a culpa não fora sua", leu com lágrimas escorregando pelas suas bochechas envergonhadas.

— Sim, foi minha culpa — contestou, guardando a cartinha de Liba mesmo não se recordando de ter mencionado aquele estranho trecho.

Ele não gostava de falar de Liba e Thomas, mas por que estava lá?

Um gesto tão baixo e pequeno remexeu seu coração com tanta força, no entanto. Por quê? Havia amor, e isso era belo e genuíno. Se Liba o perdoara, então ela não era tão ruim quanto pensava...

E Demp... Bem, ele não sabia o que era.

Em uma tarde sem muitos afazeres, Demp se encontrava de cabeça para baixo em uma das poltronas da lareira; assoprando, entediado, seus cachos castanhos, balançando debilmente os braços de ponta-cabeça.

Bam!

Demp se levantou assustado da poltrona e vislumbrou um risonho Otto à sua frente com lagartixas explosivas em uma mão e um isqueiro em outra, que potencializava o som.

Otto soltou uma risada e, antes que Demp pudesse dizer algo, correu para algum lugar. Demp começou a segui-lo na mesma velocidade. Otto fugia a todo o vapor. Ele deslizou até a porta e passou pelo arco de madeira, correndo entre as grandes colinas dos Abetos Sussurrantes.

Cansado, parou à frente de uma descida íngreme e deixou um grande suspiro escapar de seus pulmões ofegantes.

Porém, Demp vinha atrás.

O garoto pulou sem pensar duas vezes em Otto, segurando com força sua cintura.

Josh, que fazia um piquenique romântico com sua namorada, vislumbrou a cena de muito longe, avistando dois borrões rolarem até o pé do morro.

— Você é louco! — berrou Otto, recompondo-se da queda. — Você acabou de sair de uma enfermaria e já está derrubando outras pessoas de morros altos. Louco!

Demp se levantou, sorridente apesar de cansado. Caíra sobre Otto, que amortecera sua queda.

— Louco é você, que cutuca o leão com vara curta — vociferou Demp, fazendo uma imitação de rugido de leão no final da frase.

O que soou patético, mas manteve a postura de fera.

— O menino que apanha flores agora é o menino que derruba os outros? — retrucou Otto, colocando a mão na cintura.

— Oh, agora o garotinho do vaso quebrado está se sentindo mal só porque caiu de uma colina? — provocou Demp, um pouco antes de começar a correr de Otto, indo em direção à floresta dos abetos, pegando de surpresa uma adorável família de cervos na orla.

Demp passou escondido pelos troncos das árvores, arrastando-se para dentro da mata. Quando achou seguro descansar, sentou-se ao lado de uma enorme moita cheia de amoras silvestres.

— Demp! Demp... Demp! Cadê você? Você sabe que vou encontrá-lo! — gritou Otto não muito longe dali.

O garoto, temendo que Otto pudesse surgir e apanhá-lo, entrou silenciosamente no arbusto, juntando-se às pequenas amoras rosa e roxas. Demp ficou quieto por alguns minutos, contorceu-se entre os galhos ouvindo passos longos e pesados.

O barulho de algo metendo a mão na moita chamou sua atenção por completo. Achando que era seu antigo amigo Otto, colocou a cabeça para fora com a intenção de assustá-lo.

Contudo, à sua frente havia uma criatura alta de pelos marrons, focinho largo e amedrontador. Seu rosto era feroz, as patas, do tamanho de sua cabeça. Tinha também unhas afiadas que assustariam qualquer um que as visse.

— Urso! — gritou Demp, saindo atrapalhado da moita. Quando avistou Otto, apoiou-se nos joelhos, exausto, e falou: — Ur-ur-so.

Otto o olhou por alguns segundos e finalmente entendeu.

— Vamos subir a colina antes que ele queira fazer uma visita novamente — instruiu Otto sem dar muita importância à enorme criatura marrom com unhas amoladas, dando algumas risadas do fadigado e assustado Demp.

20

Um fim de noite perfeito

Demp se debruçou sobre o tapete vermelho do primeiro andar iluminado pela lareia ligada do térreo e o candelabro, que balançava no ar, mexendo suas velas ameaçadoras.

Os alunos que passavam por ali cobriam as cabeças com os braços, medrosos; menos Demp, que observava com clareza as chamas da luminária se mexendo com força e raiva.

Ele abriu cuidadosamente seu presente mais recente, fitando com amor seu livro de contos. Na capa havia duas crianças abraçadas com um balão de ar gigante que voava sem muita pressa pelo horizonte azul.

Demp passou a primeira folha e iniciou o primeiro capítulo.

Era uma vez uma coelha de pele tão preta quanto um poço profundo à noite. Tinha olhos grandes e azuis e um sorriso desajeitado. Popy usava uma fita rosa entre as orelhas altas, mostrando os dentes grandes com olhos bondosos.

Popy, saltitante, passou pelas colinas de sua cidade, atravessando zonas comerciais, mais especificamente lojas de roupas e moda; balançava seu afofado rabinho durante o percurso.

Em uma de suas caminhadas, ela esbarrou em uma sapa que usava terno e tinha um rosto sem graça e chato.

— Você me acha bonita? — questionou a coelha, balançando de forma charmosa os ombros.

A sapa se ergueu e, diante da ignorância da coelha, foi embora chacoalhando com raiva a mala.

Outra vez, Popy tropeçou em um vão e bateu a cabeça em um leão. Ele caiu no chão e se levantou mal-humorado.

— Sou bonita? — questionou a coelha de súbito.

O leão se levantou enraivado sem respondê-la.

— Me acha linda? — perguntou à girafa.

Ela elevou sua cabeça ao alto e se foi, aborrecida. Assim a coelhinha Popy fez, e ainda faz, mexendo sua fita na cabeça.

Qualquer um que visse a coelha a achava linda e elegante. A fita rosa no topo do coro cabeludo era charmosa, e sua pele, bem cuidada. Entretanto, todos que se deparavam com ela se sentiam mal recebidos pela criatura que os derrubava e não pedia desculpas. Sendo assim, mesmo que fosse linda, tornava-se deselegante. Porque, no fim, não tinha educação.

Demp terminou sua leitura do primeiro capítulo não muito satisfeito.

Será que os outros contos também seriam assim?

Ali mesmo continuou devorando com fome o presente de Cris, dando pausas nos finais dos episódios para pensar se havia gostado, mas não tinha.

Naquele dia, Demp passou a noite em claro lendo o livreto de contos. Quando decidiu parar na penúltima página do livro, deu um longo suspiro e subiu a escadaria para seu amado dormitório.

Ele colocou os braços sobre o parapeito da janela, observando a lua prateada se tornar um fantasma no céu anil.

— Oh, amada lua do anoitecer e dona do mistério da noite, guarde com cuidado mais uma confissão minha da mesma maneira que guardo seus momentos de glória em meu pequeno coração.

"Na noite passada, ou nesta mesma, li um livro de contos, porém ele pareceu tão chato e monótono na minha visão... Lia tantos contos infantis no inverno, mas agora me parecem estranhos e simplórios. Será que estou crescendo? Não desejo me tornar um adulto chato e sem emoções. Quero ser parecido com as professoras Di e Eunice, mas com meu brilho... Você pode me entender? Por que ninguém me entende...

"Não me deixe esquecer de seu luar prateado no dia e na noite, mesmo grande ou pequeno. Amo tanto poder ver coisas que outros não podem. Ver um abeto sussurrando, cervos brincando ou flores que parecem bocas felizes", orou Demp, imaginando um futuro distante, no qual era um simples adulto feio de nariz grande.

Sem suas qualidades e defeitos quem ele era?

Ninguém.

❖

– Oh, a herança de minha mãe! – cantarolou Demp, observando Kyrha jogar um saco de batatas em um lago imaginário, enquanto Lucena surgia das águas com sua voz distante.

– Esse dinheiro acabou com nossa família! Se não fosse por isso, nossa mãe não teria se tornado a moça que se tornou. E nosso pai não teria nos abandonados – justificou a mordoma.

Uma silhueta nasceu no quadro da cena.

– Eu sou ele. Nunca quis abandoná-los, mas iria me divorciar de sua mãe. Ela me entregou dez mil para fugir e nunca mais voltar. Não tive escolha. Naquele tempo ainda era jovem demais, entretanto agora entendo o que perdi – disse Otto, aparecendo de uma chaminé de tijolos vermelhos em cima da mansão da família Flitt.

Ágata se sobressaltou e saiu correndo da casa, indo para o jardim observar o que acontecia sobre o luar.

– Parabéns, meus queridos – parabenizou a professora, aplaudindo da plateia.

Ela se levantou da cadeira vermelha com seu belo vestido. Dessa vez, era simples por cima, apenas com um tecido elástico, mas com volumes na saia, deixando Demon intrigada para entender sua costura.

Demp se encontrou com Lucena na saída do palco, caçando Kyrha por todos os lados.

– Vamos, Demp. Ela está com Victor. Vamos logo antes que invente de trazer ele com a gente – sussurrou Llu em seu ouvido.

O garoto deixou seu rosto transparecer algo como esquecimento e decepção.

– Hoje nós combinamos de fazer uma torta... – disse, tristonho. – *Nós...*

– Talvez ela apareça. Podemos fazer a torta de abóbora até lá. Assim iremos às colinas apanharmos uma para fazermos no clube de culinária

— sugeriu Lucena, evolvendo o braço de Demp no seu para deixarem o clube de artes dramáticas.

Eles passaram pelos campos irregulares do vagão dos Abetos Sussurrantes, atravessando uma espessa e estranha neblina que escondia os raios de sol e a linda paisagem melancólica do lugar.

A fumaça os deixava apenas ver um palmo de suas mãos, tendo mais dificuldades de procurarem as abóboras para a fantástica torta de Llu, que apertava com força o braço de Demp.

Tentaram observar a escuridão, mas era o mesmo que forçar o espaço-tempo apenas com pensamentos; impossível.

— Tinha visto uma família de abóboras crescendo no pé de algum morro, pena que esse breu não vai deixar a gente encontrá-la — constatou Lucena, pessimista.

Juntos, caminharam confusos pelos pastos desconhecidos, ouvindo barulhos aleatórios como ventos e folhas se quebrando no chão. Após longos minutos de procura sem fim, Demp se atentou aos sons estranhos e incomuns. Algo esbarrava com força em uma árvore, chacoalhando chateada.

À sua frente surgiu um tronco morto no chão. Llu, que até agora estava em silêncio, apertou seu braço e o puxou para baixo, fazendo-o se esconder contra o tronco caído, que tinha cogumelos vermelhos que soltavam partículas brancas no ar.

— Será que são cascos? Não, definitivamente não — comentou ela baixinho em seu ouvido. — Esse som é o mesmo que ouvi na loja do tio Light... Mas dessa vez está mais forte — acrescentou Llu, escondendo-se no tronco.

Demp ouviu passos se aproximarem com um tilintar vindo atrás.

A poucos centímetros deles, surgindo de trás da neblina, apareceu uma perna grande e peluda, sem um pé para se apoiar. Era algo semelhante a um toco marrom, maior que Lucena e Demp juntos, e pisoteava o chão.

Em seguida, apareceram mais três, formando um grupo de quatro pernas volumosas. Ele observou, sem fazer quaisquer sons, a aranha gigantesca vir, mexendo o abdômen ferozmente, como se algo ali perto a ameaçasse.

A aranha bateu os oitos pés no chão, deu um grito agudo e abriu as pernas, preparada para atacar. A figura de um cavalo veio com a fumaça, e em vez da cabeça do animal havia uma mulher segurando um arco.

— Solte-o. Não queremos atacá-la — disse o centauro sem medo aparente na voz.

— Preciso de algo para alimentá-los — alegou a aranha, convicta de seus argumentos.

A mulher meio cavalo deu um passo para trás e desapareceu na neblina branca.

— Isso é uma caranguejeira. Me lembro desse som da loja do meu tio... quando ele tinha uma. Eram tantos pelos... — falou Lucena quase muda.

Por sorte, o tronco os ocultava da visão da aranha.

— Nós viremos na próxima primavera. Estamos dando tempo a você, aranha imunda — ameaçou a mulher sumida, galopando para longe.

A aranha soltou um fio branco e sumiu pela copa da floresta dos Abetos Sussurrantes, deixando duas crianças amedrontadas no chão de seu ninho.

Aparentemente, entraram na floresta sem perceber.

Após um tempo considerado seguro por Demp e Lucena, levantaram-se e sumiram junto da neblina.

— Acho que entramos muito afundo na floresta sem termos ideia. Se é o que estou pensando, teríamos sido comidos por aquela aranha — falou Demp, ouvindo as gargalhadas das folhas contra o vento de novo.

Estavam saindo da selva.

— Então o que você está pensando? — perguntou Lucena, mexendo nos cabelos, nervosa.

— Que aquela aranha capturou a filha da *centaura*, a mantendo presa até seus ovos chocarem na primavera, na qual a criaturinha não terá mais tempo para servir como visita. Os centauros devem ter uma aldeia lá dentro e estão dispostos a lutar pela criança de sua espécie. Se fôssemos vistos, provavelmente seríamos trocados.

Lucena o olhou, acreditada de sua ideia, mas também argumentando:

— Não acho que aldeias existam em trens, somente pequenos grupos de animais. E sempre há lados desconhecidos que a imaginação não pode alcançar com certeza — disse Llu, deitando-se na grama segura, cansada após subir uma colina grande e alta. — Quando ouvi os passos, soube o que era. Ao se perder a visão, os ouvidos mostram o caminho. É o instinto. Se estiver certa, esse barulho de ramos balançado ao som dos ventos... é uma família gorda de abóboras.

Ela meteu a mão na escuridão e trouxe uma grande e laranja abóbora de volta.

— Hoje teremos uma maravilhosa torta — avisou Demp, otimista.

– Hoje teremos uma maravilhosa torta – repetiu Lucena, vendo a neblina mágica se dissipar no ar.

Juntos, caminharam felizes pelos campos, achando a porta da saída e se deparando com uma estranha cena ao fundo das colinas.

– Aquela é Kyrha e Victor...?

Lucena apenas assentiu, e, convencidos a ignorar a constrangedora situação, continuaram o caminho, participando alegres da aula de culinária do professor Geovane. Levaram consigo um pequeno prêmio de seu bom trabalho.

✱

– Desculpe por ter esquecido nosso compromisso. Vejo que se saíram bem sem mim – Kyrha soltou, surgindo no quarto número quatro, no qual Lucena e Demp conversavam animados.

– No meu país as pessoas dão desculpas com ações. Estamos à sua espera, Kyrha Sabugueiro – advertiu Llu, puxando da escrivaninha um livro de receitas novo.

– Ok, o que preciso fazer? – questionou ela, vendo que Demp já estava de saída e Lucena começara sua leitura.

– Só vai precisar pensar – disse Demp ironicamente, abandonando Kyrha em seu dormitório, cumprindo sua promessa de não ajudar sua amiga arrependida.

Na manhã seguinte, o garoto foi recebido com um pequeno cartão arrojado de pétalas vermelhas e beijos coloridos. O sol parecia ter raios mais fortes e as nuvens estavam em uma quantidade perfeita.

Demp deu um suspiro aliviado na janela e desceu inspirado.

Encontrou Lucena, que estava com o cabelo amarrado estilo Maria Chiquinha.

– Bom dia, Demp Esmerald. Acho que podemos ter um pouco de expectativa neste dia – saudou Llu, esboçando um enorme sorriso.

Eles seguiram as instruções das cartas e, conforme o pedido, saíram do trem.

Demp ousou olhar para os lados na estação, vendo um trem largo e pequeno com uma coloração vermelha e enferrujada.

– O trem ficará aqui o dia inteiro. Tenham um bom dia – cumprimentou o homem de paletó. Ele usava um chapéu achatado e levava um broche com formato de maria-fumaça no peito. O homem tirou do bolso uma varinha e desenhou no pulso de cada um a numeração 667. – Se lembrem de mostrar isso quando retornarem, senão pagarão a entrada do trem. É do Clube de Honra, certo? Ok, podem se divertir nesta linda cidade. Brokes Villy sempre foi linda, não acham? A neblina deixa um ar de mistério.

– Então a neblina vinha daqui – admirou-se Demp, colocando as mãos nos bolsos do casaco, entrando na rua principal da cidade.

Demp pôde ver árvores secas e nuas no horizonte, tampadas por prédios altos e amedrontadores. Provavelmente era uma metrópole industrial.

Atravessaram a avenida com carros constantes e entraram no local demarcado por Kyrha, que estava de fronte para um grande edifício largo e arroxado. Ela estava na porta, esperando de sobretudo roxo a chegada de seus amigos; usava um chapéu no topo da cabeça decorado por uma solitária pena alva.

– Chegaram na hora certa – comunicou a misteriosa Kyrha.

Quando entraram, foram recebidos por uma comitiva de dançarinas-pássaros.

Elas sapateavam no palco sorrindo com bicos falsos e um grande número de penas vermelhas nas costas, como *pavões*.

Demp se acomodou na bancada e pediu três copos de suco de amora.

– Por que nos trouxe aqui? – perguntou Lucena, satisfeita com o presente.

– Foi aqui que conheci *o mundo* – respondeu Kyrha, dando ênfase ao final. Ela apanhou uma bebida e engoliu metade. – Antes de ir para o orfanato, eu morava em uma casa de bruxos. Infelizmente, meus pais morreram de alguma forma. Não lembro deles nem nada. A diretora do orfanato ainda não nos conta esse tipo de informação... Logo depois de perder meus pais... – Ela engoliu em seco e seus olhos ficaram marejados. – Um homem corvo surgiu no fim da rua com um doce. Disse que me levaria para uma casa nova... E achei que ele me levaria para os meus pais, que, no caso, eram meu lar. Ele me trouxe para cá e, como qualquer coisa que crianças de poucos anos não sabem, tentou me contrabandear para uma assombração. Várias vezes por sinal.

Ela tirou a mão de cima do balcão e mostrou uma assinatura entalhada com seu nome em um desenho feito por uma criança cheia de esperanças, escrito "Kyrha e o mundo" com uma faquinha.

– Aqui quase foi minha casa. Ele vinha de manhã cedo e me deixava solta pelas mesas. Eu ficava lendo as revistas e jornais, me distraindo como podia. Ele falava com alguém e só saía à noite. Mas um dia ele conseguiu... A espécie em específico era: abóboras-falantes. Usam abóboras de dia das bruxas nas cabeças e se vestem com palha; são as mais racionais de todas as assombrações... porque conseguem controlar um pouco a sede com um lado mais sóbrio. Conseguem pensar antes de comer, as destacando de qualquer outra coisa. Se escondem e escolhem uma vítima... Voltando à história: quando cheguei na toca, sendo levada aos chutes, vi uma delas comer uma criancinha.

Demp parou de tomar o suco, sentindo um golpe na barriga.

– Fiquei tão aterrorizada! E como são espertas! Ela não quis gastar todos seus suprimentos de uma só vez, disse com sua voz grave e estranha para eu ficar parada ali e me deixou de lado naquela noite. Não dormi. Eu revia o menino em minha mente... Se vocês vissem aquela boca aberta...! – Ela soltou um sorriso nervoso. – Ela achou que eu não conseguiria ir embora porque a porta pesava bastante, mas como estava extremamente quente a assombração acabou abrindo uma janela, achando que não ouviria. Então peguei uma vassoura, subi nela e com muita sorte não me desequilibrei, escapando. Eu fugi e consegui voltar para cá porque tinha decorado o caminho de volta, no qual uma mulher, que neste momento é diretora do orfanato, me achou. O prédio diante deste bar é o orfanato. E ela estava aqui tomando um gole de cerveja. Sou grata a ela. E fiquei no estabelecimento até conseguir entrar no trem com a permissão dela. – Kyrha tomou o resto da bebida. – Achei que o melhor pedido de desculpas seria se vocês conhecessem mais a fundo a pessoa que sou – concluiu.

Ganhou abraços de dois amigos gratos.

– Isso foi o melhor presente de todos, Kyrha – disseram em coro.

– E a ambientação foi uma ótima ideia – adicionou Demp.

– Vocês estão ouvindo isso? – questionou Kyrha de súbito, referindo-se ao *jazz* soando pelo bar.

Ela levantou animada e puxou Lucena e Demp para perto do palco em que os músicos tocavam.

Tudo que podia fazer por você
Eu fiz
Pegue sua garota
E diga que a ama do jeito que é
As ações não mentem
As ações não mentem.
(As ações jamais mentem)
(Tudo que podia fazer por você)

Demp, já cansado de dançar por uma hora, sentou-se em uma mesa e vislumbrou duas garotas felizes sapatearem no saguão, deslizando pelo piso com sorrisos energéticos e felizes. O garoto ouviu a porta ser arrombada no fundo e viu seus amigos surgirem na sala.

— Aproveitei e convidei para virem mais tarde, assim poderíamos aproveitar ao máximo o dia. Neste mesmo lugar Ágata também vai fazer uma apresentação — falou Kyrha, dançando.

Demp e Lucena se divertiram naquela bela noite, perdoando Kyrha por completo e um pouquinho mais. Ouviram passarem como ventos do verão piadas, e risadas internas de suas aulas surgiram como gotas de chuvas em uma tempestade.

Juntos cantaram "ações não mentem" uns para os outros.

Demp foi puxado por Otto para a pista de dança, na qual girou e dançou por muito tempo. Depois ouviram a voz de Ágata, que parecia melhorar conforme a música tocava. Saíram do bar às onzes horas, vislumbrando uma cidade movimentada e noturna com uma charmosa neblina nas ruas e as buzinas de carros nas estradas.

A lua estava cheia, parecendo uma grande fonte de sonhos desaparecidos pela noite, na qual a inocência ainda vivia calma e inspirada.

Demp sorriu para ela e desejou que aquela magnífica noite nunca acabasse, que aquela caminhada durasse a eternidade de sua própria existência e a memória daquela noite fosse como um riacho que sofre ondulações, porém, mesmo quando se seca, acaba por deixar uma memória inesquecível.

As gargalhadas soaram pela rua de concreto, ecoando em seus ouvidos.

Demp poderia ter muitos momentos ruins, mas aquele superava qualquer outro recado azedo.

Às vezes, queria guardar o próprio coração, assim nunca sentiria dor, tristeza e decepção, porém se pudesse fazer isso não seria tão feliz quanto era por dentro.

Ele não se privaria de sentir. Mesmo se fosse ruim, ainda era uma possibilidade reluzindo para ele. Demp não se deixaria ir.

21

Personificação fantasiada

O espaço possuía cores fracas no começo e um forte negro-azul no centro; os raios do sol chegavam anunciando a vinda de seu rei e os pardais cantavam o fim da noite. Demp viu com beleza as nuvens saírem do branco para o rosa-flamingo, fazendo um fantasioso sonho surgir em sua mente juvenil.

Um bando de corvos atravessou o horizonte. Tomando cuidado para não perder o horário, retirou os braços da janela. Demon ainda dormia em sua cama, quase escorregando dos cobertores.

Demp se aproximou e ajeitou com amor suas cobertas, vendo um sorriso surgir no canto de sua boca. Convencido a sair do quarto, Demp desceu para o primeiro andar e apanhou dois pães de sal, correndo ao portal de madeira.

O dia das bruxas havia chegado, e ele estava apressado para comprar as vestes.

No caminho até as Lojas Tortas, observou várias vezes pessoas fantasiadas de bruxas sem graça, e poucas vezes via algum dragão ou cervo de chifres altos passar.

Deu uma pirueta e virou a esquina, entrando em uma loja com uma placa de Halloween. O telhado parecia um grande chapéu com um olho verde estampado, as bordas eram donas de teias de aranhas grossas e espessas, esqueletos se mexiam e balançavam os braços, enquanto os olhos piscavam sem parar.

Demp passeou por fantasias de unicórnios a perucas longas que dançavam estranhamente. Por fim, apanhou três cabeças de abóboras, da maior até a menor, uma lanterna, aranhas de plástico e teias falsas, um braço de esqueleto e olhos que piscavam.

Quando chegou novamente ao dormitório três, jogou todos os seus ingredientes na escrivaninha, deslizou o dedo ao botão do rádio de Demon e iniciou o processo de construção de sua fantasia.

O garoto colocou na cabeça a maior das abóboras, a segunda foi fincada ao lampião, tendo um olho de acompanhamento, e a última foi recortada com a tesoura de Demon, virando um ombreiro.

As teias ficaram no topo da primeira abóbora, mexendo com o ramo seco.

O braço falso Demp prendeu ao ombreiro, no qual ficou firmemente.

A lanterna fora um pedido de Otto. Já pronto para as festividades do dia das bruxas, Demp se despediu de seu dormitório, escondendo o braço esquerdo sob a capa estrelada.

Assim que abriu a porta número sete, deparou-se com um bobo da corte semimorto com uma maquiagem pesada por todo o rosto.

– Eu nunca ia consegui fazer algo assim. O pó branco provavelmente me faria espirrar a noite toda – elogiou Demp, fungando o nariz por baixo da máscara.

Otto se curvou como um apresentador que recebe aplausos no final de um espetáculo.

– Obrigado, obrigado.

Mais tarde, naquele dia, Kyrha surgiu laçada a Victor com um vestido cheio de penas brancas e corações vermelhos, combinando com as vestes de seu namorado, que usava uma espécie de paletó penoso de galinha.

– Somos dois pombinhos – explicou ela após uma longa pausa silenciosa.

Demp fora buscar Llu em seu quarto e encontrou uma sereia de cauda azul com cabelos enfeitados por conchas do mar e estrelas espalhadas pelo corpo de peixe.

– Deveria ter me chamado. Queria tanto participar! – exclamou ele, fitando de mais perto os detalhes da fantasia de sua amiga.

— Combinamos de ser uma supressa, e eu não sabia da sua. Confesso que até agora não tenho certeza do que é — apontou Lucena.

Demp deu de ombros.

— Queria que o dia das bruxas se levantasse de sua cova perdida. Oh, aquilo é um chapéu de bruxa? Vou pegá-lo, depois devolvo. — Ele pegou a peça e colocou no topo da abóbora, dando uma volta para mostrar melhor sua *nova* veste. — Acho que esta era a fantasia original de Kyrha, pelo menos Victor a fez escolher uma mais criativa.

Demp riu um pouco.

— No começo ela murmurava: "O dia das bruxas só é um jogo de feiticeiros querendo ser o que não são: generosos". O que ela queria dizer?

Demp deu de ombros.

Ele desceu com sua amiga sereia para as aulas do dia.

Tudo se passou sem muitos problemas , deixando uma inspirada noite vir.

Demp aguardou sua equipe no térreo, ainda trajando sua fantasia.

Ágata veio com a roupa de margarida, Demon com chifres altos e aparentes no topo da cabeça, Kyrha e Victor em pombos apaixonados, Lucena de sereia e Otto de bobo da corte zumbi.

Prontos para recolher os doces.

Enquanto iam em direção ao alojamento, Demp questionou o violão que Ágata trazia no ombro.

— Não parece combinar com a roupa.

— Demon disse que se eu cantasse para eles, minha *inocência* estaria visível, e eles me dariam mais doces. Já funcionou com três casais que encontrei no salão principal — anunciou, olhando a enorme lua crescer no horizonte.

Sua metade estava negra e profunda, deixando somente a outra presenciar o dia das bruxas. Demp passou com Otto e Llu por casas acopladas no vilarejo, separando-se do resto do grupo, tendo mais tempo para passar em mais casebres em menos tempo.

Demp foi por ruas desconhecidas e quase noturnas com postes altos que iluminavam seus pés perdidos na escuridão.

— Oh, que criaturinha você é? — Quis saber uma idosa, abrindo a porta para Demp, que mexeu os ombros dramaticamente e anunciou ser a personificação do Halloween.

Ela sorriu com ternura e despejou seis doces em sua abóbora-lampião.

O garoto voltou para a esquina no cruzamento, achando Llu e Otto.

— Terá uma competição à meia-noite de melhor fantasia. Vocês vão querer participar? — falou Otto, apanhando um chocolate de sua cesta e comendo.

— Só após passarmos por todas as casas — assegurou Llu, também comendo um seu.

— Vocês viram de verdade uma aranha gigantesca?! — perguntou Otto.

— Claro. Por que eu estaria mentindo? — respondeu Llu, sorrindo.

Demp ficou viajando sobre as terras das nuvens, respondendo com murmúrios disfarçados os diálogos de seus amigos, até que sua atenção foi roubada por um entranho vulto negro.

— Vocês viram? — questionou ele, olhando para a direção do borrão, que sumiu entre caixotes.

Os dois balançaram as cabeças. Estavam submersos em seus diálogos sobre doces e aventuras. Demp achou uma pequena mansão com cachorros de porcelana guardando a portaria, batendo na madeira rapidamente.

— Que criatura mais estranha — falou um homem com uma pequena barba.

Ele voltou para dentro para apanhar alguns doces, trazendo de volta duas balinhas de menta, deixando a personificação do dia das bruxas indignada.

Quando Demp saiu, serpentou por algumas casas e se deparou com um pequeno grupo de jovens de sua idade conversando aos cochichos, sempre mantendo os olhos nele; um vampiro com gotas de sangue nos dentes falsos, uma raposa rosa e uma fazendeira de mechas azuis.

— Eu ouvi Lucena dizendo que eles viram uma aranha gigantesca. Isso só pode ser mentira dele! Garotos com *nariz* grandes são assim. — Ouviu enquanto passava pelo trio, indo para a porta de uma casa.

Demp se virou para confrontar com argumentos as fofocas e o erro gramatical, mas antes que pudesse girar totalmente foi recebido com um ovo podre. O objeto lançado atravessou a boca da abóbora e acertou seu rosto, deixando um machucado no canto de seus lábios.

– Olhe o mentiroso Demp! Está inventando outra coisa para se vitimizar! *Há, há, há, há!* Só podia ser amigo da bruxa – provocou outra criança.

Logo que abriu os olhos, enojado, vislumbrou um campo vazio.

Os autores do ataque haviam fugindo, e, como estavam fantasiados, Demp não pôde saber quem era quem. Ele, conseguindo ouvir outras crianças rindo de sua situação miserável, pensou: *como crianças são más*. Olhou para os lados, ainda atordoado, e correu daquele lugar, escapando entre as ruas escuras do alojamento.

Passou por cantos obscuros e desolados, nos quais sabia que era seguro se esconder do sofrimento e a dor.

Acomodou-se no chão, encostado em uma casa escura e tenebrosa, e ali, sobre o luar prateado da meia-lua mascarada, chorou. O garoto colocou os braços enrolados nos joelhos, pensando em como seria se ele não fosse Demp Esmerald. Provavelmente seria mais feliz... Talvez se fosse mais comum não se incomodasse tanto. Um coração frágil não é algo que se pode consertar. Não é como comprar estrelas.

No meio de um de seus soluços, ouviu um miado.

Quando ergueu os olhos, vislumbrou um gato preto de olhos verdes que se esfregava em suas pernas magrelas. Ele o abraçou e começou a fazer carinho em sua pele escura.

Depois de alguns minutos, outros felinos haviam surgido pela rua noturna, trazendo miado fracos e roucos aos seus ouvidos.

– Como vocês acham que vou limpar isso sem voltar para *casa*? – murmurou, olhando nos olhos de uns dos gatos. – Sei que se eu entrar naquele lugar nunca mais vou querer sair... – Referiu-se ao dormitório.

Demp retirou a abóbora da cabeça e rapidamente os felinos começaram a lamber seu rosto, deixando-o distraído de suas emoções por alguns segundos. O garoto parou de sentir o horrível odor do ovo, passando os dedos pela pele, que parecia estar lisa.

Quando foi agradecer seus amigos que miavam, não os achou, nenhum deles. Ele deu um suspiro longo e disse baixinho:

– Ah, a magia é adorável, não acha?

Como se alguém pudesse ouvi-lo.

Antes de ir, encontrou debaixo de sua abóbora recém-retirada um ovo com aparência feia e quase verde, compreendendo-o como um sinal de vingança.

Agora ele seria a *criança má*.

Voltou para a rua principal, na qual se deparou com seus dois amigos na esquina.

Sem demora, contou tudo sobre a situação, deixando ambos furiosos.

– Você lembra das fantasias? – perguntou Otto com o peito estufado.

– Uma parecia uma raposa, outra tinha tranças azuis com roupa de fazendeira. E o último usava uma fantasia de vampiro – informou.

– Isso é ovo de galinha azul do norte! O cheiro dura por dias. Será maravilhoso jogar em alguém – comemorou Lucena, sendo consumida pela adrenalina de Demp.

Juntos, passearam pelas ruas sem se preocupar mais com casas cheias de doces. Fitando com atenção pequenos grupos de pessoas, atravessaram arbustos grandes e beiras de casas enormes, porém não encontraram nada de relevante, apenas mais gatos desaparecidos vagando na estrada.

A noite havia se passado e a lua estava no centro do céu, trazendo a meia-noite para todos no alojamento.

Demp, decepcionado com seu fracasso, acompanhou Otto e Lucena até a competição de fantasias, passando por unicórnios coloridos, bruxas, dragões, robôs enferrujados, personagens de livros famosos e objetos incomuns, como uma família de bules de chá.

Assim que alcançaram a competição, o grande anúncio do ganhador já estava sendo exibido com um apresentador mascarado de elefante fazendo o comunicado.

Demp conseguiu, por sorte, aproximar-se do palco, no qual poderia vislumbrar o vencedor com perfeição.

– E o ganhador da competição é... Thomas Fritic, com seu bem-feito vampiro de sangue – anunciou o homem-elefante.

Demp observou com cuidado o vampiro estranhamente familiar subir na plataforma, recebendo aplausos acompanhado de uma raposa rosa e uma fazendeira de mechas azuis.

Sentiu o sangue borbulhar em seu pulso e levantou a mão esquerda por instinto, lançando o ovo de galinha azul do norte. Quando viu o sorriso se desmanchar em horror, Demp se esgueirou pela multidão, conseguindo alcançar o fim da plateia, que tentava loucamente agarrá-lo.

Uma das pessoas puxou seu braço, retirando o de esqueleto.

Correu junto de uma sereia e um bobo da corte até um beco banhado pela escuridão, em que apoiou os braços nos joelhos e disse, ofegante:

— Isso foi... *maravilhoso*!

Tanto Otto quanto Llu sorriram e riram.

No dia seguinte, Megan e Elizabeth surgiram na aula com um cheiro incomum de cervo morto, dando ânsias de vômitos em todos que se aproximavam mais de dois metros.

O que deixou Demp satisfeito por sua escolha.

— Eu sei que foi você! — gritou Megan, indicando com o dedo Demp, que cruzou os braços e alegou, inocente:

— Ontem estava arrumando algumas vestes, não tive tempo para sair e muito menos para jogar ovos em alguém.

Sua boa atuação sempre o ajudando.

— Isso terá volta, Demp Esmerald! — exclamou ela, enraivada, saindo com Elizabeth do saguão, que fugia de pessoas fedorentas.

❖

Alguns dias calmos haviam se passado e uma nova aula foi incrementada na grade curricular daquele trem mágico.

O dia estava nublado, cobrindo o céu com um teto cinza sem graça. Os ventos cortavam o ar e folhas secas surgiam flutuando solitárias. Lucena se levantou de sua cama animada, amarrando os cabelos claros em um coque longo e desajeitado.

Entrou em um campo plano, atravessando grandes postes que no topo possuíam uma argola redonda enorme. A turma Assombração passou pelo gramado amarelado, vislumbrando ao longe um estábulo de estacas de ferro.

Apoiado em uma das paredes, uma silhueta desconhecida usava um macacão marrom queimado e uma máscara de esgrima tampando a face misteriosa. Ele se levantou e foi cumprimentar os alunos.

– O professor irá chegar logo. Se quiserem, podem sentar neste chão duro. Ah, sabiam que dragões ficam mais estressados em dias nublados? – soltou o homem de máscara.

Após alguns comentários deprimentes da figura estranha, um homem de cabelos grisalhos surgiu. Possuía olhos que sorriam, uma calvície nítida e um colete amigável e listrado.

Tio Light se acomodou perto da turma, dando boas-vindas à aula de montaria de dragão. Demp tentou penetrar na escuridão da jaula de uma das criaturas, mas apenas enxergou escamas vermelhas refletindo contra os poucos raios do sol que chegavam à terra.

– Como sabem, eles estão aqui por pouco tempo. Depois os libertaremos. Aproveitem a oportunidade.

– Por mais que o nome seja *montaria*, hoje ninguém montará em ninguém – a classe soltou suspiros tristes –, mas irão alimentar os dragões. O que é uma experiência tão única quanto. Atrás do estábulo há uma tenda cheia de comidas especiais. Vocês vão preparar de acordo com a criatura um prato diferente. Em cada mesa irá ter um cardápio. Tente não estragar nada. Dragões são muito seletivos na hora de comer, e não vão querer ver fogo.

A palavra *fogo* acendeu uma empolgação de adrenalina na turma.

Feliz pela animação de seus alunos, Light se aproximou da primeira sela e puxou sem medo as grades que prendiam um dos dragões.

Dali saiu uma criatura de bico fino, cantarolava conforme dançava para fora do estábulo. As escamas eram azul-ciano, a crina, formosa. Era dono de uma cauda longa que serpenteava pelo chão.

– Dragões são criaturas variáveis... Então primeiro irão se aproximar. Se ele gostar de seu cheiro e parecer satisfeito, poderão preparar o lanche.

Caso contrário, não queremos nenhuma criança sendo lançada a vinte metros daqui – instruiu o homem mascarado.

– Esse é um dragão dos mares. Eles são totalmente pacíficos, não atacam humanos, somente se a mãe possuir crias no ninho, então sempre verifique seu rosnado antes de se aproximar. Vivem em montanhas rodeadas por águas doces, tanto baixas quanto altas. Não podem cuspir fogo porque não precisam criar chamas nos oceanos – explicou Light, tentando gerar confiança entre os alunos, que possuíam um rosto cauteloso e desprovido de ânimo.

Houve um sussurro, no entanto, que destruiu qualquer esperança da classe, vindo de um menino narigudo no fim da fila.

– Aquele homem usa máscara por que um dragão o queimou?

A sala se encheu com murmúrios de decepção.

A classe deu alguns passos para trás, assustada.

Na teoria, ver um dragão de perto era maravilhoso, mas na prática era um pavor. Por que não poderia ser só cavalos?

– Crianças, não acham a pele dela magnífica? Os olhos grandes trazem conforto à minha alma. Vamos. Quem vai ser o primeiro a dar comida a Maré?

Ninguém se voluntariou a mimar a criatura, que agora esperava, paciente, deitada no chão, rolando na terra seca. Vendo-se forçado a obrigar alguém, Light levantou a mão e apontou para sua querida sobrinha, que balançava a cabeça várias vezes, escondendo-se atrás dos cachos de Kyrha.

Por fim, crente de que não entraria em outra realidade através dos cabelos de sua amiga, Lucena desistiu. Ela se aproximou do dragão ciano deitado no chão e passou seus dedos trêmulos em suas escamas, que vibravam gentilmente. Um pouco resoluta, foi até a cabeça do dragão Maré, olhando fixamente seus olhos grandes e amarelos.

Ele assentiu e soltou um uivo de aprovação, deixando Llu insatisfeita com a decisão do dragão.

Por quê?

Ela então foi a primeira a ir para trás do estábulo, carregando Maré entre os braços. Na sua mesa, havia uma lista com vários nomes de espécies, e lá estava Maré, junto dos ingredientes.

"Algas secas... Poção do amor... E abóbora."

Lucena pegou as recomendações e pôs dentro de um caldeirão em um armário. Depois jogou água e começou a mexer. Enquanto isso, Maré brincava no ar.

Quando terminou, Lucena entregou o prato, e Maré pareceu tão feliz que além de engolir tudo puxou ela com o bico e acariciou seu rosto em seu peito.

Aquela aula foi divertida. Todos estavam gostando de alimentar dragões, porém Llu sentia algo diferente com Maré. De repente, a sua aula preferida era aquela, e todos os dias Llu corria por aquele campo à procura de Maré, achando-o brincando com borboletas no céu.

– Maré! Maré!

Sentia que já o amava.

Houve um dia em que Llu não pôde mais vê-lo.

Ela ouviu de seu tio que o dragão fora solto para a natureza.

– Eles são os primeiros, mas, se quiser continuar a fazer comida para eles, pode pegar um de fogo.

Todavia, não era isso que Llu queria.

Naquela noite, voltou para casa cabisbaixa, e Demp e Kyrha a consolaram.

No meio da trilha de pedras, que levava de volta para os dormitórios de honra, visualizou uma grande silhueta de réptil no caminho.

Não demorou muito para reconhecer: era Maré!

Llu pulou para abraçá-lo, entretanto não esperava que Maré estivesse também tão animado. Ele a agarrou com a boca e a lançou em cima de suas costas. Antes que Llu pudesse descer, ou Demp e Kyrha reagissem, Maré levantou voo.

Maré não esperou que Lucena se adaptasse. O dragão se curvou no chão e tomou impulso para subir aos ventos da penumbra outonal.

– *Ah*! – berrou a garota de cima do dragão.

Suas asas eram largas e finas, batendo com força no ar, raspando no invisível e tomando inclinação. Llu pôde ver seus amigos serem reduzidos a pontos dançantes no chão cheio de folhas. Maré atravessou a floresta de abetos, passando por pouco por uma árvore que surgiu no meio do caminho.

Llu sentiu o coração subir pela garganta e descer. Se ele não tinha a matado logo quando se erguera, a mataria voando.

Maré subiu mais e mais. Llu de repente conseguia ver as paredes do trem, como se fosse uma formiga sendo levada ao crescimento. Ele deu piruetas no céu nublado, deixando a menina confusa com seus próprios gritos.

Escamas de dragões sãos escorregadias, por isso Llu se prendia a elas como se fosse sua única salvação. Quando a criatura estava descendo de volta, virou de súbito para cima, perfurando algumas nuvens cinza no horizonte acima.

Ela ouvia apenas o som dos ventos urrando em seus ouvidos e seus cabelos chicoteando seu rosto assustado. Maré penetrou o céu e voou em horizontal, deixando que Llu olhasse a paisagem.

O sol se escondia atrás de nuvens brancas, que possuíam formatos engraçados de animais. Em uma ponta da vista panorâmica, surgiu um bando de corvos voando em grupo nos céus, e na outra apareceram várias borboletas laranja.

Ela sentiu uma vibração de Maré, que soltou um uivo amigável.

Raios vinham com delicadeza ao seu rosto corado. Os cabelos batiam contra os ventos, porém isso não a incomodava mais. A menina acariciou as escamas azuis e de repente ele desceu, voltando graciosamente às terras outonais do mundo dos humanos.

22

A PEÇA DESASTROSA

Dois garotinhos passeavam pelo caminho das pedrinhas descobertas, que sumiam em trechos e surgiam em outros, levando-os para uma direção nova e sem destino.

— Você acha que irá encontrar o que deseja? — questionou Demp, um pouco cansado de andar por tanto tempo.

— Será rápido. Preciso somente achar o bule ornamentado, mas não foi por isso que o chamei — comentou Josh, colocando as mãos nos bolsos.

Ele bufou e o ar à sua frente se condensou.

— O que foi, então?

— Eu quero terminar com Sara, mas não sei como — confessou, tirando a frase do fundo de seu estômago enjoado.

Demp fitou com curiosidade o céu vazio.

— Não acho que por cartas irá ser a melhor maneira. Nem com flores... Soaria estranho e perturbador. Penso que a melhor maneira seria através de suas palavras sinceras. E pessoalmente. Josh, você não pode fugir de algo assim — respondeu.

— Eu não tenho certeza. Talvez ainda goste dela, porém parece que a voz dela virou só um zumbido chato e decorrente em minha mente. Ah, dói só de pensar. Imaginá-la passando, falando sobre nossos momentos milhares e dezenas de vezes. — Ele arfou com desespero e apanhou uma flor do chão. — E nem era para ela ter dito do poço...

– Parece ser como uma flor arrancada do chão. Em um momento desidrata e fica feia e malcheirosa. – Ele amassou a florzinha e a deixou voar com os ventos enquanto ajeitava o gorro. Até Josh tinha esse problema. – Se você realmente ama essa flor, não irá arrancá-la do solo. Assim poderá vê-la todos os dias, saudável com seu aroma encantador – cessou Demp. – Faz quanto tempo que não temos esses momentos a sós?

Josh tentou retirar essa memória de sua cabeça, falhando.

– Sara está sempre onde quero estar. Então acabo não tendo privacidade, por isso esses momentos já são parte de outrora. Quem diria que voltaria para fazer uma visita? Hoje foi um dia de paz. Ela está ocupada com o pai e posso ter tempo para pensar sobre meus próprios pensamentos. Isso é um alívio, Demp. Um completo alívio. – Sua voz tinha tanta felicidade que Demp estava sendo contagiado.

– E acho que ela não gosta de mim...

Demp se encolheu.

Josh riu, debochado de sua ação.

– Também acho!

A estradinha virou bruscamente, levando-o para dentro do luar. Demp avistou no céu um morro enorme, familiar a seus olhos solitários. No alto visualizou uma silhueta melancólica e triste.

– Vamos subir. Aposto que ela saberá onde está esse bule. Não acha maravilhoso como os vagões se conectam sem nossa percepção? Sobre o caso de Sara, não acredito que romance ainda exista entre vocês dois – opinou Demp, subindo a colina e encontrando Cristina.

Ela estava usando uma camisola simples rosa, olhando a lua nascer no horizonte.

– Vocês não têm medo de estar aqui nesta noite? – perguntou Josh como uma vez Demp fizera.

– A solidão ignora qualquer medo. O que desejam de mim? – Quis saber Cris com seu olhar fixo em Josh, cruzando os braços na defensiva.

Não parecia muito amigável com ele.

Demp se permitiu perguntar onde estava o bule, e ela respondeu:

– É por ali. Vamos todos juntos. Com o sequestrador à solta não devemos sair sozinhos. Nunca sigo essa estrada enganosa. Foi dessa maneira que entrei para o time de honra – comentou Cristina, deparando-se com Lucena e Kyrha na grande colina também.

— Estávamos querendo ir ao vagão das Lojas Tortas, então vimos um caminho de pedrinhas brilhantes e achamos vocês. Aposto que vi a floresta dos Abetos Sussurrantes na rota — explicou Lucena, enrolando o braço em Kyrha, que estava atenta aos sons da noite.

— Se uma estrada pode nos juntar e sumir, provavelmente não deve ser confiável — sugeriu a desconfiada Kyrha, segurando o cajado a todo o momento, pronta para espancar o que viesse.

As cinco crianças continuaram andando, seguindo os sentidos de Cris, que ia no caminho oposto da estrada mágica. Passearam por campos largos e grandes, banhados pelo luar e estrelas minuciosas.

Enquanto continuavam a trilha, Demp avistou um borrão negro surgir em sua direção. Era uma criatura esguia; as marcas negras formavam uma espécie de máscara no rosto.

Ele parou de repente, fitou por longos minutos o grupo e arreganhou os dentes como se fosse atacar.

— É um furão-ladrão. Podemos jogar um feitiço paralisante nele? — perguntou Kyrha, segurando o cajado.

Antes de qualquer um dizer algo, um cavalo surgiu na penumbra e assustou o furão, apavorando-os também. Ficaram parados. Imóveis.

Menos Cris, que estava à frente do time, o peito levantando.

A égua possuía um corpo de mulher esbelta no lugar da cabeça com cabelos vermelhos como o fogo e uma espécie de coroa de flores nos cachos.

Todos recuaram.

Ela se virou para eles com as mãos balançando, fracas.

— Eu imploro, viajantes, meu filho foi preso por uma aranha! E preciso dele novamente. Toda minha manada fugiu e sumiu entre as copas da floresta. Disse a ela que só voltaria na primavera, mas não irei aguentar tal tempo. Meu filho não pode ser comida de aranha gigantesca. É uma caranguejeira. Ela não pode comer humanos, sua pele não entrega tanto nutrientes para esse tipo de criatura... E preciso de vocês. Eu imploro — repetiu. — Criaturas que possuem um coração bondoso, me ajudem, e poderei recompensá-los com um bule das eras se conseguirem socorrer meu querido filho. É uma mãe abandonada que suplica a vocês, por favor.

Todos continuaram parados e imóveis, menos Demp, que se pôs à frente e assentiu.

Não a conhecia, no entanto sentia que deveria ajudá-la a recuperar seu querido e roubado filhote, afinal já sabia de tudo aquilo.

O centauro soltou algumas lágrimas, mas um único humano não seria o suficiente.

Lucena foi a próxima, seguida de Kyrha, que não acreditava na causa, porém em seus amigos.

– Ok, eu sabia que sair à procura de um bule não seria nada fácil – avisou Josh, seguindo Cris para perto do enorme centauro.

Cris e Josh apanharam suas varinhas guardadas no topo da cabeleireira e bolso.

Kyrha segurou ainda mais forte seu cajado, Demp seu amado Mestre Azul, e Lucena um graveto.

O centauro se ajoelhou, deixando as crianças subirem em suas costas largas.

– Vocês podem se espalhar por trás dos troncos das árvores, ao redor da teia de aranha, enquanto irei buscar meu filhote, distraindo a aranha para tirá-la do ninho... Meu coração já bate mais forte só de pensar que poderei pegá-lo em meus braços mais uma vez. Obrigada, viajantes. Ela irá descer e então preciso que imobilizem suas patas. Vocês são cinco. Se cada um conseguir atirar em uma das pernas, a aranha cairá – instruiu o centauro mãe, sentindo o amor materno fluir pelo corpo.

Ela entrou pela orla da floresta dos abetos em uma região sem morros ou colinas. Juntos atravessaram galhos tortos e feios, parando próximo de um tronco morto no chão cheio de cogumelos vermelhos.

Demp vislumbrou a sombra da teia refletir no chão de grama, dando calafrios em sua espinha, junto da enorme massa escura do aracnídeo e seus ovos.

Será que realmente queria fazer aquilo?

Fora muito insensato... mas não abaixou o queixo.

O grupo se dividiu por trás das árvores de abetos altos e grossos, cada um se escondendo nos troncos largos.

Demp ouviu um grunhido soar pela floresta inteira, quase como um canto de terror.

A aranha se balançou por cima de sua teia larga, chacoalhando a copa dos abetos.

O aracnídeo desceu com suas enormes pernas peludas, mexendo-se para todos os lados, fitando com cuidado o que a rodeava. Demp vislumbrou o feitiço sair da varinha de Cris, acompanhado de mais quatro, vindo de todas as direções.

A Teia Noturna, nomeada por Demp assim, sacudiu-se, desviando de alguns feitiços.

A aranha se jogou para perto de Josh, que correu por trás dos galhos e lançou outro golpe, acertando uma de suas oito pernas. Demp a viu se petrificar. Ela jogou de seu abdômen uma linha branca, segurando Cris por alguns segundos, e foi socorrida por Josh velozmente, não dando abertura para a aranha se aproximar.

— Acham que conseguem me derrotar, criancinhas nojentas? — rugiu a enorme aranha, girando para todas as direções. — Se eu apanhar um de vocês, ninguém poderá ajudá-lo...! — falou Teia Noturna, perseguindo Demp, que visualizou no chão a sombra de um cavalo.

Só mais um pouco.

Correu para dentro de um arco, no qual duas árvores grandes se encontravam e nenhuma aranha enorme poderia alcançá-lo. Em seguida, atirou outro feitiço paralisante em sua perna esquerda, deixando-a mais lerda.

Lucena lançou mais um feitiço, fazendo outra pata ficar inútil.

Kyrha foi a próxima a ser a mira da aranha, perambulando pelos troncos de abetos.

Ela estava perto demais da Teia Noturna, conseguindo atirar outro feitiço.

— Podem estar ganhando, mas a vitória irá ser minha! — exclamou a aranha, orgulhosa.

O último tiro era de Cristina, que até o momento andava desesperada pelas árvores. A criatura jogou sua teia, pegando Kyrha, que se contorcia no chão pelo tecido grudento. Cris tomou coragem e acertou uma de suas patas, todavia não foi o suficiente...

O aracnídeo ainda corria na direção da menina bruxa, que gritava, chorosa.

Demp tentou acertar mais uma perna, entretanto elas se mexiam velozmente. A aranha estava a centímetros de Kyrha, quase lançando sua pata enorme em sua cabeça para esmagá-la.

!!!

Um raio azul atravessou a penumbra, acertando a perna direita de Teia Noturna, que não conseguia seguir nenhum rumo, domada pelo peso de seu corpo aleijado.

Otto apareceu entre os abetos segurando sua varinha.

Josh e Llu voaram para tirar Kyrha da gosma.

– Eu ouvi um barulho estranho e avisei os policiais, mas nenhum deles me deu ouvidos. Disseram que a floresta não é o campo de ação deles. Fiquei preocupado e vim. Acho que minha ideia não foi nada mau – anunciou ele, saindo da escuridão.

Todos abandonaram os abetos e se juntaram a Kyrha, que fitava com desconfiança a aranha de ponta-cabeça no chão.

– Com três pernas ela ainda consegue andar. Me sinto uma burra por não ter pensando nisso antes – reclamou Kyrha, deixando a teia melosa e branca da aranha.

Demp se atentou a ouvir o som de galhos quebrando... Observou uma figura de cavalo surgir perante a noite, levando nas costas um cavalinho adormecido.

– Obrigada, viajantes. Ele irá acordar logo. Agradeço por tudo. E aqui está o bule. Fiquem com ele. Não me serve de nada – comentou o centauro, sumindo na escuridão mais uma vez.

Josh apanhou o bule da mão dela, ficando boquiaberto com o presente.

Era azul-bebê com bordas douradas e flores o decorando.

– O bule das respostas! Façam uma pergunta e ele tentará responder – Kyrha informou ainda cética, aproximando-se.

– O bule diz e ouve vocês. Os perigos outonais se veem através de reflexos. – Limitou-se a dizer, como se respondesse o pensamento de algum deles.

Mas quem?

Josh o escondeu dentro das vestes, como uma mãe que cuida de um filho.

– Apenas uma pergunta por dia. Amanhã irei realizar a minha. Estou tão animado – arfou Josh.

Eles estavam seguindo o caminho de Otto de volta para os dormitórios.

Demp estava atrás do grupo, estremecendo por causa dos gemidos da aranha caída.

– Meus filhos vão morrer de fome! Será um ultraje a mim! Nunca me perdoarei... – falou a aranha gigantesca, rouca.

Demp se virou cuidadosamente, tentando não chamar atenção do time que o cercava, apanhou do seu coração a bondade e lançou um feitiço de cancelamento em Teia Noturna.

Todas são mães cuidando dos filhotes, pensou, observando a aranha sumir pela copa das árvores.

Chegou em seu quartinho cansado, adormecendo quase imediatamente após se aconchegar nos cobertores e não ouviu "o que aconteceu?" de Demon.

Alguns dias haviam se passado devagar, o festival de plantas também, dando a Demp novos pensamentos. Estava acomodado em um banco avermelhado, observando o deslumbre dos raios de sol caindo sobre as folhas outonais no chão da praça.

O céu era infinito em um azul vívido, e corvos planavam pelos ares como uma coreografia assustadora, voando pelos prédios e deslizando sobre os tetos de pedra. As paredes de vidro de madame Manifesto jogavam fragmentos rosa por toda parte.

O vagão das Lojas Tortas estava tendo uma linda e calma manhã.

Ele fitou moradores e vendedores negociarem por horas nas portas de seus estabelecimentos e crianças brincarem com balões nas ruas.

— Amo ver isso acontecer depois que acordo — disse Cris, serena, aparecendo misteriosamente.

Para a supressa dela, no entanto, Demp não se sobressaltou, apenas sibilou:

— Quando você apareceu?

Alguns minutos com elogios à paisagem se passaram.

Demp se levantou e, junto de Cristina, foi comprar seus sonhos e pães.

— Hoje é *o grande dia* — cantarolou Cris, apanhando dez pães do vitral rosa.

O céu era dono de cores fracas e lisas, as nuvens possuíam tons brancos e melosos, borboletas surgiram durante a trajetória de Demp e Cris, passando entre as colinas desregulares dos Abetos Sussurrantes. Parecia impossível não ficar olhando continuamente para tudo aquilo. E Demp avistou pinheiros crescendo mais ao longe, fazendo mais elogios ao outono.

A dupla entrou confiante no vagão do teatro, que era uma longa rua solitária e vazia, apenas com um edifício amarelo.

— Ah, então ele terminou com Sara? — Quis saber Cris, curiosa.

Demp assentiu.

— Foi o que o bule falou.

Encontraram seus amigos do clube de artes dramáticas voando pelos cantos do palco, levando consigo tintas e horizontes pintados em papelão.

– Bem-vindos à peça *A riqueza é uma maldição* – cumprimentou Eunice, treinando sua apresentação na frente do tablado.

Ele passeou pelas partes do palco, entregando o lanche para cada um que visse.

Llu murmurava igual a um morto-vivo, preparando sua voz roca para o papel. Kyrha andava sem direção, recitando as falas mais dramáticas. Otto entrava e saía de uma chaminé, desejando surgir no topo o mais rápido possível. Liba cambaleava entre a rede de iluminação e cordas dos holofotes, verificando se estavam bem amarradas e revisando os momentos certos de ligar as luzes.

Demp atravessou o figurino e alcançou o camarim, apanhou sua veste e se arrumou.

– Oi, Demp Esmerald – cumprimentou Di, organizando as maquiagens.

– Não sou Demp Esmerald, sou Morgan Flitt – respondeu o garotinho de cachos castanhos e nariz grande, dando voltas com sua capa negra pela penteadeira.

A noite chegou ao pequeno trem com uma lua gigantesca e vermelha, trazendo alvoroço a quem a temia.

– A lua sangrenta – murmurou Demp, olhando fascinado para fora do teatro, dirigindo a nova plateia aos assentos.

Ele serpentou pelos bancos, subiu ao palco misterioso coberto por uma cortina e ali viu um enredo feliz e alegre, dizendo "espero que quebre a perna" uns para os outros.

O espetáculo começou com um público quieto e ouvinte. O sr. Light, sorridente, acenava para sua sobrinha fantasma. Madames Nora e Manifesto estavam orgulhosas. Demon e Evans, acomodados no centro da plateia, esta primeira enviando beijos à sua amada.

A peça seguiu com sutilidade e prazer, com canções fortes e bem aplaudidas.

No momento, Demp estava prestes a jogar o saco de sua herança e riqueza no lago nublado.

Os holofotes estavam concentrados em sua pessoa. Antes de abrir a boca para cantar a última canção da noite, com o saco escorregando entre os dedos, ouviu o som da corda sendo arrastada entre o mecanismo do teto e, institivamente, virou-se para ver o que tinha acontecido.

Quando olhou para cima, vislumbrou uns dos holofotes caindo em sua direção em uma velocidade anormal. Sentiu o vento passar de raspão pela sua orelha esquerda, causando arrepios por toda a sua espinha.

A plateia soltou gemidos supressos e perplexos, menos Elizabeth e Thomas, que olhavam para um canto invisível para a visão limitada do público; para o lugar em que Liba deveria estar...

Demp olhou para Liba e a viu chorando compulsivamente em escanteio. Do seu lado estava Megan desamarrando as cordas das luzes.

Ele não poderia culpar a loba.

— Acho que tenho de usar o plano B — ameaçou ela, saindo de perto da loba e correndo para a frente do palco, escorregando dos braços da professora Eunice e empurrando Demp para cima do holofote quebrado no chão.

Demp bateu o tornozelo e deslizou para baixo.

Antes que pudesse se erguer do soalho, Megan indicou severamente com seu dedo esquelético uma garota entre o público, dando uma risada assustadora.

Demon, que até o momento olhava com curiosidade a peça, ajeitou-se no banco, desconfortável.

Megan deu um chute no chão, enfatizando, e gritou com a força que restava nos seus pulmões:

— Demônio! Demon Diffit é um demônio. Socorro!

Em seguida soltou um grito agudo de garota amedrontada.

Imediatamente o salão foi preenchido por berros.

Um policial que veio para ver o espetáculo sussurrou algo em sua varinha e mais três oficiais que andavam pelas redondezas apareceram na porta do teatro. Todos devidamente armados.

Demon se sobressaltou no assento, correndo e derramando algumas lágrimas.

Ela sabia que sua vida não existia mais.

Um dos policiais lançou um feitiço, que passou por cima de seu ombro, manchando a parede com uma bola cinza e podre, com cheiro de queimado. Em um momento da corrida, três dos policiais encurralaram Demon.

A garota puxou do bolso uma bombinha em forma de sapo fermentado e lançou no chão, trazendo uma fumaça breve e forte para o vagão.

— Ela fugiu — murmurou um policial em um sussurro enfurecido.

✵

O restante da noite foi completada por uma reunião mais alegre. Pelo menos do lado de quem achava que Demon era a sequestradora descoberta. O fantasma avisava que o sequestrador fora finalmente identificado, espalhando vários panfletos pelo Trem dos Perdidos com a foto de Demon, alegando que seria questão de tempo para achar Síria, os gêmeos e o empresário.

A única pessoa que não comparecera à reunião emergencial fora Ágata, que tinha sido obrigada a ir à delegacia prestar informações à polícia, pois era a pessoa que mais conhecia a fundo o âmago da suposta criatura perigosa.

– Como podem achar que uma garota de quinze anos é a suspeita de vários sequestros?! – soltou Demp, indignado, entrando no quartinho número quatro, no qual Otto, Lucena e Kyrha estavam sentados.

– Eles tentaram atirar nela antes mesmo de ter certeza – adicionou Llu.

– Talvez estejam tão preocupados em encontrar este tal sequestrador que estão dispostos a agarrar qualquer suspeita, nem que seja de uma garota que nunca matou uma mosca – retrucou Kyrha, pensativa. – E os comentários que faziam... "É previsível vindo de amigos de Kyrha e o mentiroso Demp". As pessoas têm maneiras estranhas de ligarem ideias estúpidas.

Era assim que agia quando estava triste: enchia-se de devaneios.

– Acho que nunca poderei voltar para meu amado quarto. Sei que se eu vir a cama de Demon chorarei por mais três noites – disse Demp, triste, deitando-se no chão duro do cômodo.

Otto o olhou com seriedade.

Ninguém parecia feliz pela partida de Demon, mas Demp estava depressivo.

– Ágata irá passar a noite fora. Pode dormir na cama dela. Coitadinha, deve estar se derramando em lágrimas agora – Otto comentou.

– Primeiro a mãe, depois Demon – adicionou Lucena, enfurecida pela injustiça.

Quando saíram do quarto, ouviram um "boa noite" deprimente e vazio de Kyrha e Llu. Demp se jogou entre os lençóis e adormeceu fatigado, deixando um Otto pensativo acordado naquela turbulenta penumbra.

✵

O sol nascia entre a paisagem seca cheia de morros. Demp foi visitar seu antigo quartinho compartilhado e em cima de sua cama encontrou uma carta enfeitada com três beijos:

Querido e amado Demp Esmerald,

Agora que fui descoberta fujo como uma sequestradora. Manterei contato através de cartas de fogo, que depois de lidas somem em chamas, semelhante à minha vida de humana comum.

Esse não é meu nome de verdade, Demp. Irei usar um falso a partir de agora. Também estou mandando uma para Ágata; espero que ela esteja lindando bem com isso. Já sinto sua falta. Queria poder sentir seu otimismo novamente.

O que nos resta, não é...?

Te amo, sete beijos.

Densi Mori

Demp fitou a carta sumir como uma neblina turva e taciturna. Olhando a cama desarrumada de Demon, desabou a chorar, tentando espremer a saudade de seu coração.

Sentia que tudo que estava acontecendo era, no final, sua culpa.

Megan queria se vingar dele, não de Demon, que agora perdera a vida calma de estilista que tanto almejava.

Por causa dele.

Demp se odiava mais a cada minuto.

Poderia ter sofrido um golpe na cabeça e morrido!

23

Cartas cinza

Demp recebia com frequência cartas de Densi Mori, algo que o reconfortava bastante. Imaginar sua amiga em algum lugar contando fatos novos de um mundo distante o fascinava, era quase como ler um livro de magia e tragédia.

Era em parte mentira, mas quanto podia ser real?

Em outra manhã de outono, Demp se ergueu de sua cama, vislumbrando no vão da porta uma carta sem beijos ou com aparência de chamas.

Apenas uma mensagem comum.

Ele a apanhou e leu rapidamente o remetente: Evans Diamond Black.

Abriu o envelope apressado, sentindo o ódio fluir de seu âmago.

– "Desculpe... Não foi por mal... As fofocas foram uma ideia idiota... Pode me perdoar?" – leu Demp o pequeno texto. Voou até a escrivaninha, da qual retirou de uma das gavetas uma grande e longa tesoura. Enraivecido, cortou a carta ao meio, jogando as partes em uma lixeira. – Como assim?! Depois de meses!

Ele estava revoltado demais com o acontecimento de Demon para dar alguma atenção a Evans. Dias se passavam, e, debaixo de sua porta, um amontoado de cartas surgia, no entanto nenhuma delas era de sua amiga fugitiva.

Todas as vezes que se deparava com aquela irritante colina, sentia seu humor variar de feliz para estressado, como um veneno mental. Na tentativa de solucionar sua irritação, evitava o quartinho número três, que ficou abandonado por muitos dias; havia apenas a presença de uma longa camada de poeira pelos móveis esquecidos.

Até optou por ver Evans, mas da maneira que o conhecia isso pioraria a situação.

Demp só queria cortar aquilo como fizera com a mensagem de desculpas.

Ele nem gosta dos meus amigos, negou Demp, achando mais motivos para deixar Evans.

– O que aconteceu para você não querer voltar para seu quarto? – questionou Otto Thunder, debruçando-se pela grama das colinas distorcidas.

Ele era muito observador, coisa que Demp não esperava.

O garoto se limitou a dar de ombros com um olhar que fugia dos globos de Otto.

– Se este trabalho continuar assim, Luci dará a nós uma nota horrível – falou Demp, observando os animais surgirem na orla da floresta dos Abetos Sussurrantes.

– Nosso tema realmente não foi o que eu esperava. Jurava que observar animais e anotá-los em um caderno seria mais animador. Até as nuvens parecem mais animais do que essas criaturas que ficam saltitando pelo campo.

Demp apenas assentiu.

Se estivesse em outro estado, poderia rir, mas havia um cadeado em sua garganta que o impedia, como um bloqueio.

– É.

– O que houve? De verdade – insistiu Otto. – Nem tente sumir como fez ontem. Sabe que pode confiar em mim e me deve. Salvei Kyrha na floresta dos abetos. Estou ouvindo – jogou, não deixando Demp se esquivar.

Demp bufou e disse tudo sobre Evans, desde o início de sua amizade a pontos como pássaros passando pelo céu anil no riacho.

Desabafou sobre os mínimos detalhes de Demon e sobre os desastres de sua jornada naquele misterioso e perigoso trem. Ele era bom quando se tratava de transformar um assunto em um conto, de forma que Otto achou que Demp estava copiando de uma enciclopédia.

Como fizera no verão, porém dessa vez havia mais reclamações e menos lágrimas.

Otto pensou por um segundo e disse:

— Se são as cartas que o incomodam, posso dizer isso a ele — concluiu.

— Deixe isso para lá. Vou resolver em algum momento. Ele não é minha prioridade agora. Minha prioridade é avistar aquele grupo de coelhos passando, felizes, pela mata. Vamos, vamos. — Apressou-se Demp, escorregando pelo morro e se aproximando da família de lebres.

Demp achou um esconderijo, coberto por um grande toco de árvore, escondendo-se da visão dos coelhos.

Ele ouviu um piado passar de dentro da floresta até seus ouvidos, agudo e oco, e vislumbrou na escuridão dos abetos dois olhos amarelos emergirem, controladores e famintos.

De súbito, seu braço foi puxado por Otto, sendo levado para o chão.

Olhando para cima, avistou uma enorme coruja passar, veloz; esta tinha garras afiadas que cortariam com facilidade qualquer pescoço humano.

Ela passou por onde Demp estava antes do puxão de Otto.

— Tome cuidado — pediu Otto.

— Irei anotar com prazer isso. Deveria ser uma coruja do dia. Oh, tomara que a professora goste. Vamos, *criatura de porte médio...* — falou Demp, distraído de suas desgraças, apanhando a caneta e anotando com pressa o acontecimento.

O dia passou como uma brisa lenta e entediante.

Demp e Otto retornaram com pequenos textos de suas criaturas avistadas na tarde, sendo o de Demp cheio de citações e poesias lidas no clube de escrita e redação; o de Otto era simples e objetivo.

O esperado dia da apresentação chegou sem demora, e Demp e Otto fizeram sua *performance*, cada um citando trechos interessantes de seus cadernos.

Porém, professora Luci não se agradou com o trabalho dos garotos, exigindo algo melhor, separando a dupla. Foi o mesmo que partir um coração em dois. Contudo, mesmo assim, as duas partes pulsavam.

Demp continuou com o tema antigo, algo que o decepcionou profundamente, e Otto com uma proposta de dragões. O que o deixou, diferente de Demp, animado para recomeçar. Demp voltou entristecido para seu dormitório, deitando-se com um longo suspiro na sua cama. Ficou observando as manchas no teto por alguns segundos, aborrecendo-se com os próprios pensamentos.

Agora a solidão era perigosa, assassina e destruidora.

Levantou-se de súbito e, sem querer, avistou o amontoado de cartas no canto do quarto sujo. Demp não se conteve e apanhou todas as mensagens de Evans, arremessando-as pela janelinha leste.

Soltando logo em seguida algo parecido com um grito de guerra.

– Me sinto como a janela leste, que nem sempre está virada para o leste por causa das curvas dos trem. Me sinto errado.

Deitou-se novamente na cama. Estava sem energia, decepcionado. Parecia que não tinha tempo nem para estudar, nem para fazer poemas. Só queria afundar nos cobertores para sempre, sem mais sair do quarto. Assim não se lembraria tanto de Demon...

Demp reclamou, enraivecido:

– Ah! – Não suportava nem a si mesmo. Ele não aguentava mais ficar ali, então tomou a iniciativa de limpar seu quarto esquecido, tentando voltar com pensamentos otimistas. – Deslocado do próprio corpo... Um borrão.

Cumprimentou sua capa guardada no guarda-roupa, dançando com a vassoura pelo cômodo apertado, e entoou uma música que conhecia através do rádio de Demon.

Lentamente, acostumava-se, sentindo-se bem.

A porta se abriu e na ponta dos pés Kyrha entrou, trazendo nas mãos uma boneca de pano que parecia sua imagem replicada em algo menor.

– O nome dela é Maio. Victor que me disse esse lindo nome. Falou que era do calendário dos não mágicos. Fiquei empolgada com o presente e a nomeei assim. Não a acha maravilhosa?

Demp sorriu em resposta, passando o rodo pelo chão molhado.

Kyrha não havia mudado, mas trocado de alma e corpo. E ele ainda era sonhador, porém mais pesaroso.

Mais uma vez, voltou a cantarolar, porém agora havia a voz de Kyrha para soar com a sua. Eles não eram os melhores, mas se divertiam. A limpeza foi concluída e Demp se sentiu melhor depois de um longo banho; foi quase como renascer.

– Estou trazendo um bolo – falou a voz conhecida de Llu, abafada pela porta.

O garoto abriu e recebeu Lucena e seu bolo na escrivaninha; era de morango, seu preferido. Otto também surgiu no aro de madeira, acompanhado de Josh.

— As atividades de feitiços mais uma vez estão piorando. Preciso urgentemente descansar — suspirou Josh, deitando-se na cama de Demp.

Otto cambaleou até o bolo de morango, colocando no prato um pedaço considerável, e se acomodou ao lado de Demp, que vislumbrava por alguns segundos o céu laranja e rosa descer junto do sol poente no horizonte, que se movia.

— Lembram da vez que confundi um sapo com uma rã marinha? O laboratório de química explodiu com vigor — questionou Kyrha, rindo de si mesma, acompanhada de outras risadas amigas.

Demp vislumbrou Ágata surgir na porta, um pouco mais feliz do que na última vez que fora ali. Sentou-se ao lado de Lucena na cama com uma roupa totalmente negra e deprimente.

— Ou da vez que me atrapalhei nos ingredientes e sem querer quase envenenei uma idosa que tinha alergia a marisco? Bom que no final ela identificou o cheiro e lançou o prato em meu rosto. Ah, ainda não a perdoei por isso — rememorou Llu, fazendo uma careta no final da frase e soltando uma risada rouca.

— Recordam quando fomos limpar o piso? Divididos o espaço para cada um do grupo, e eu sem querer troquei os produtos e deixei o piso tão liso que, quando a professora entrou na sala, ela bateu a cabeça no chão? Não me segurei e ri dela — comentou Otto.

Ágata contou da vez que cortara seu cabelo sozinha, e Cris de quando escorregara do cavalo de sua tia.

Demp sentia que era sua vez de contar suas histórias e assim fez. Estava alegre, gargalhando com vontade e ouvindo animado os comentários de seus amigos.

Assim soube que o azar que possuía era algo que acreditava que existia com ele, porém o mundo se expande a horizontes inesperados e confusos, às vezes trazendo desgraça. Embora soubesse que coisas ruins aconteciam, sua cama sempre o esperaria no quarto três.

Ele fitou cada um deles.

O que os unia se eram tão diferentes?

Ah, era uma resposta simples: a dor.

No dia seguinte, Demp adentrou fundo na floresta dos Abetos Sussurrantes, achando ornitorrincos e castores perto de um lago de pedrinhas. Uma família de borboletas e cervos descansavam sob os raios de sol que desciam das copas das árvores.

Até um urso que apanhava amoras de arbustos foi notado em seu trabalho.

Mesmo assim, Demp ainda não saciara sua curiosidade, pois tinha dias para completar seu serviço. Então decidiu por visitar o coração da selva em todas as outras manhãs até a entrega para conquistar a professora Luci.

Seguiu o caminho de volta, porém se perdeu em um trecho não muito familiar.

Passeou novamente pelos abetos, observando com mais cuidado os detalhes como cogumelos roxos e marcas de garras em árvores. Um tronco solitário com cogumelos vermelhos... abetos com flores nas raízes, corujas e gatos pretos.

Encontrou um pequeno riacho.

Demp vislumbrou, do outro lado, Evans pescando, solitário.

Suspirando, atravessou as águas pelas pedrinhas amigas. Evans o fitou esperançoso, porém o garotinho de nariz grande apenas o ignorou e seguiu viagem, voltando ao ponto inicial: a orla farfalhante da floresta.

Demp não entendeu por completo seu feito, porém se sentia grato por fazê-lo.

Havia conseguido controlar sua raiva. Antes achava que explodiria em mil pedaços, todavia não.

Passou por uma colina partida ao meio, observando uma cachoeira se formar no alto e cair sobre um rio que descia para dentro dos abetos. Após isso, colocou seu caderno no peito e se acomodou na grama próxima das águas, vendo alguns peixes vermelhos surgirem e sumirem nas profundezas.

Conforme via as pedras aparecerem nas bordas, riu de seus próprios pensamentos, vendo os formatos engraçados das nuvens refletirem na água corrente.

Sentia-se livre, em paz com seu interior, conectado à natureza.

— Se eu tivesse memórias passadas talvez estragasse as pequenas coisas que valorizo tanto. Oh, até um suspiro parece me encantar.

Puxou o caderno ao seu lado, inspirado por si mesmo, e começou a desenhar a paisagem que ali enxergava, fazendo o possível para enriquecer o ambiente.

Assim criou um pequeno poema.

O tambor

Ele andava pelas ruas solitário, sem destino prejulgado
Ele caminhava pelos parques transtornado, pensando se havia alguém do outro lado.

Possuía neblina em seu rosto e lágrimas em seus olhos
O que o futuro lhe resguardava? Talvez grandes almofadas ou um rio de adagas.

Enquanto passeava, vislumbrou um tambor que acionava sozinho na noite
Ele tocava à medida que refletia e de repente a felicidade o seguia.

As dúvidas não eram mais desesperadas
E ele sentia que dali em diante seria uma pessoa encontrada.

O tambor musicou sua vida, um tanto curta, um tanto bonita
Ele já não era o mesmo garoto, mas era quem queria ser
Sem curvas a interromper ou pessoas a atrapalhar
Ele somente era feliz rodeado de pessoas também que eram assim.

(Sem medos vis)
(Ele era feliz)

Minutos deleitosos voaram com o tempo e um Otto cansado apareceu para cumprimentá-lo.

– Dragões não são nada fáceis de observar. Se mexem a todo o momento. Se fecho os olhos corro o risco de colocarem fogo no meu caderno – desabafou, sentando-se ao seu lado, esticando o pescoço para ver o desenho de Demp. – Ficou realmente bom. Deveria se tornar desenhista ou algo parecido – avaliou ele, tomando conta do caderninho.

– Obrigado.

Arfou como se tivesse guardando algo importante.

Demp se virou para ver o que o incomodava, e, sem ao menos perguntar, Otto soltou:

– A loja do sr. McLaren fechou – informou, fechando os olhos. Demp vislumbrou lágrimas surgirem em suas bochechas coradas. Era assustador ver Otto chorar; era como sacudir seu próprio mundo. Ele não era como Demp, que chorava por natureza, era mais raro, ele era *raro*. – Será que fechou porque fiquei doente no verão e ninguém pôde me substituir? – especulou com tristeza.

– Acho que se eu dizer que sinto muito não ajudará. Mas, Otto, uma venda não fecharia só por sua causa... Esse tipo de coisa vem carregada de outros problemas. Não posso me colocar em seu lugar, mas posso me solidarizar. É como se estivesse tendo uma faca fincada ao meu peito. Ver você sofrer também faz meu coração doer. Espero que tudo ocorra bem, Otto Thunder. Já estou acostumado com tragédias, porém sempre arrumo uma maneira de chorar e aproveitar meus sentimentos. Espero que consiga. Oh, aqui, um grande abraço de cortesia – alegou Demp, nervoso.

Otto o olhou com seus olhos azuis e se deixou consolar pelas frases longas de Demp. Depois de um tempo, deu uma genuína risada baixa.

Otto ria do jeito atrapalhado de Demp, não inteiramente de sua oratória. Entretanto, disso só ele ficaria sabendo.

Logo se sentiu melhor e leve.

– É quase como uma troca. Um dia digo algo e no seguinte você fala. Só não podemos barganhar, arruinaria isso.

Demp conseguiu arrancar um sorriso do rosto triste de Otto.

Havia feito alguém feliz...

Tinha feito Otto feliz.

O sol nascia mais uma vez, e o garotinho de nariz grande estava na segunda parte de seu esforçado trabalho. Demp estava caminhando sorridente pelo pomar das macieiras, dando nomes a cada uma que alcançava a sua vista. As maçãs ainda não haviam crescido nas grandes árvores das colinas, exibindo apenas folhas em seus galhos magros.

Nem a magia era capaz de acelerar tanto a natureza. Não havia porque insistir.

Ele caminhou pelas árvores, admirando seus troncos e as lagartas que se transformavam em borboletas, então captou o som de uma pena deslizando em um papel.

— Droga — xingou alguém não muito longe dali. Demp se inclinou pelo pomar, caçando o dono da voz que reclamava a todo instante. — Idiota — reclamou a pessoa desconhecida.

O garoto, passando por trás de um tronco largo, encontrou um menino de cabelos negros sobre a grama. Ao seu lado havia um capacete decorado com penas carmins. Tinha uma sobrancelha arqueada e rígida e usava um colete cinza, que tentava imitar o ferro de um cavaleiro prateado.

Demp só o reconhecia de rosto. Ele era do Clube de Honra como ele.

Aproximou-se como um fantasma para perto do menino.

— Feio — constatou, terminando o último verso.

Em seguida, percebeu a presença de Demp, ficando envergonhado de seus comentários. Este se sentou ao seu lado sem pronunciar qualquer som, lendo de esguelha a sua prosa.

— Talvez se fosse "pardais azuis no céu anil" ajudaria mais que "aves no céu azul". Assim dará mais efeito às palavras. É como decorar um quarto só com caixas de papelão.

O garoto o fitou por alguns segundos, desconfiado, mas aderiu às dicas, lendo novamente seu textinho poético.

— Está certo. Nossa professora de português nos pediu isso. Ah, como odeio *prosear*. Ou essas palavras difíceis que vocês usam. Meu nome é Oliver, sou do time Medusa. Ela disse que se eu viesse para um lugar cheio de árvores poderia ser inspirado pela *arte*. — Cabia melhor *estressado pela arte*. — Ah, sinto em dizer que ela mentiu feio — falou o garoto, levantando a mão para Demp.

– Sou Demp Esmerald, do time Assombração.

Demp o observou guardar sua folha em um caderninho de couro rodeado por uma fita vermelha.

– Acho que já ouvi algo sobre você... – Demp enrijeceu. – Mas não deve ser nada... Fofocas também podem ser mentirosas, sabia? – disse o menino, apanhando o capacete e colocando em sua cabeça.

– Pois é.

Demp só podia ver seus olhos castanhos surgirem em meio à escuridão do capacete, vislumbrando uma pena carmim balançar no topo. Oliver se virou de súbito e apontou o dedo para uma ovelha que comia grama no pé da colina, esquecendo-se das apresentações de Demp Esmerald.

– Ali está ela! Não sabe o tempo que estou à procura dela. Essas criaturas são traiçoeiras. Feche os olhos e elas somem. Vamos, tenho de apanhá-la – chamou, deslizando pelo morro. Antes que alcançassem sua pelagem branca, a ovelha fugiu para os morros, desaparecendo de vista. Oliver xingou mais uma vez, chutando a grama com o pé e tirando o capacete da cabeça. – Não vamos pegá-la assim tão rápido. Ah, ok, aquela é Jasmim, a ovelha da minha avó. Ela fugiu faz dois dias e hoje a achei... Já sei! Ela tem medo de facas, então se pegarmos pedras afiadas... podemos capturá-la. Vamos no separar e juntar algumas pedras afiadas. Se conseguirmos encurralá-la com pedras, não terá para onde ir. Minha avó ficará uma fera se souber que a vi e não a capturei. Essas ovelhas sempre conseguem escapar – arquitetou.

Demp fitou com cuidado o lugar em que a ovelha sumira, em seguida se espalhou pelo vagão para procurar algumas pedras esparramadas pelos campos.

Achou pedregulhos afiados com formatos de serpentes e outros redondos como pérolas, alguns parecendo adagas e outros, fogos de artifícios.

Retornou coberto por rochas, segurando-as nos braços.

– Acho que ela não subiu o morro. Se colocarmos pedras pelas beiradas das colinas, poderemos deixá-la somente com uma saída. Por onde ela entrou – sugeriu Demp, apanhando seu caderno e anotando sobre a peculiar ovelha de Oliver, que possuía medo de pedras.

A professora ficaria intrigada com isso. Ponto para ele!

Subiu os morros vizinhos que fechavam a estradinha da ovelha, lançando do alto algumas pedras, que caíram nas bordas. A ovelha se remexia lá embaixo, recuando e cambaleando por todos os lados.

No momento, Jasmim só tinha uma passagem, que era onde estava seu dono. Oliver usava seu capacete, abrindo os braços para capturar a criatura peluda. Demp avistou de longe a ovelha avançar de súbito para cima de Oliver como se fosse o perfurar com sua cabeça.

Assustado, desceu.

A criatura peluda empurrou o garotinho de cabelos pretos com sua cabeça, mas Oliver aproveitou a situação para agarrar mais forte a pelagem de Jasmim, conseguindo de alguma forma subir em cima da ovelha agitada.

Ele revelou a última pedra que possuía na mão, fazendo sua montaria voar desesperada pelas colinas do vagão dos abetos como um avião no céu. Demp o vislumbrou acenar de longe, quicando sobre a ovelhinha medrosa.

Ele só não estava rindo da situação por estar com medo de Oliver morrer no caminho.

Em quantas vidas ridiculamente estranhas isso se repetiria?

Luci não acreditou cem por cento no que Demp contou à classe no dia da segunda chamada da apresentação, porém os alunos pareceram tão cativados em sua profunda leitura lúdica que tirar o brilho de seus olhos com uma fala cética seria uma maldade que não era capaz de conceder.

Até Lucineide Cynthia tinha seus limites.

Demp ganhou um oito com muita alegria, guardando seu trabalho com carinho em seu quarto.

Qual era o nome daquilo? Ele não sabia, mas queria mais!

Nenhuma carta cinza destruiria novamente sua paz!

24

Reflexos maldosos

Não se preocupe comigo, estou bem.

Fico com pena das pessoas que acham que sou eu a sequestradora, afinal ele continua aí, ao lado delas, para a qualquer minuto prosseguir com os crimes.

Elas relaxam, mas a tensão persiste.

Preste atenção, Demp Esmerald.

Densi Mori

Demp estava deitado sobre a colina mais alta, observando com clareza a orla da floresta, avistando qualquer criaturinha que passasse por ali.

Queria fazer um retrato de coisas interessantes em seu caderno das esmeraldas, porém seria de bom grado poder desenhar um grifo ou unicórnio, não um bando de coelhos, que já eram tão comuns e chatos.

A procura por inspiração era sua missão naquela tarde.

Mas por que era tão difícil?!

— Vi algumas abóboras no final do morro — disse Demp, buscando outras formas de encontrar a magia da arte em legumes laranja.

Pintar a abóboras não era o que ele queria, no entanto.

Um forte vento passou, derrubando a caneta de Demp de sua mão.

Levantou-se e foi buscá-la no final da enorme colina, aproximando-se da floresta dos abetos.

Enquanto seguia, escutou risadas finas e, como precaução, escondeu-se atrás de um carvalho seco no meio do caminho, apoiando-se na árvore torta. Pelo o que sabia, ninguém iria naquele vagão hoje.

Então quem seria?

— Você vai na plantação norte? Uh, essa é horrível. Gosto da sudoeste, esta possui prestígio. Ih...

Demp inclinou sua cabeça por trás do tronco e viu criaturinhas humanoides dançando no ar. Suas roupas eram mais pomposas, os cabelos, mais vibrantes e o olhar, malicioso.

As três fadas do outono descansaram sobre uma grande folha no chão. A primeira, que possuía um vestido rosa cheio de babados, cabelos ruivos e segurava uma varinha na mão, sacou um bule.

— Gisele, por favor, espere eu colocar para todos. Na última vez, você bebeu tudo antes de eu colocar na minha xícara.

A outra fada assentiu. Tinha cabelos despenteados e curtos, um sorriso elegante e olhos finos.

— Oh, vamos logo. Minha barriga está rocando. Trabalhei demais noite passada. Agora tenho de passar por este trem! Calúnia esse nosso emprego, não é mesmo, Flora? — reclamou a fadinha mais larga; as roupas eram mais rústicas e amarelas.

— Pare de reclamar, Sofia. Me deixe primeiro colocar o chá — advertiu a fada ruiva, terminando de colocar a bebida.

As fadas conversaram sobre fofocas quentes.

— Lembram do funeral de Jasmins? Robson, o marido dela... Aquele de cabelos laterais com um espaço em branco no topo da cabeça... É, esse mesmo. Pois bem: bateu no caixão e dali disse que não venderia mais leite — contou a fada rústica, rindo muito, — Esse homem procura uma maneira de lucrar com tudo. Onde já se viu esse tipo de coisa!?

Gisele foi a única que não riu, estava tentando recordar algo.

— Isso me lembra do festival de plantas... Descobriram que um dos participantes estava usando pó do crescimento em sua melhor abóbora. Na hora da competição um porco de sei lá quem atravessou a multidão, que esperava o anúncio do vencedor, e comeu a abóbora trapaceira dele. Todos ficaram horrorizados no início, mas depois da descoberta estávamos gargalhando na saída. Ótimas cenas no mundo das fadas.

A fada deu um longo suspiro, mostrando toda a sua saudade por sua casa e origem; as outras a copiaram em um luto estranho.

— O casamento de Susan foi um terrível engano. Minha mãe mandou uma carta nesta manhã. Acredita que ela, no final de tudo, planejava se casar com o irmão gêmeo dele? O noivo saiu com raiva, dando olhares maldosos para todos lá. O padre se sentiu ofendido. Parece que ela vai se casar no inverno — fofocou a ruiva. — O inverno não é uma boa época para se casar. Imagine se uma tempestade de neve vir... A noiva ficará invisível com tanta neve! Só fico pensando como seria...

Demp concordou com a primeira fada em pensamentos.

— Parece que um rebanho de unicórnios virá nesta noite. Não sei como este trem suporta tantas coisas.

— É a magia, querida — respondeu a fada maliciosa, colocando mais chá para si própria.

— Uma nova moradora chegou na nossa aldeia. Tem cabelos verdes e usa vestes mais roxas. Está lá faz uma semana e ainda não convidou ou visitou ninguém da aldeia. É como dizem: como começa, é como acaba — falou a fadinha Sofia. — A última pessoa que fez isso morreu ou foi embora da cidade antes de conhecer alguém.

— Se o mundo das fadas não fosse tão limitado não teria vindo trabalhar como encantadora de plantas — alegou a outra. — As coisas que nos divertem lá são fofocas longas e monótonas. Mas aqui, sendo uma fada... Ah, você consegue qualquer tipo de assunto possível.

— Esses humanos são tão burros que nem desconfiam quando ouvem uma brisa estranha. Hilário — a terceira acrescentou. — Vi uma garota de cabelos cheios descendo o morro nesta manhã. Estava chorando! Coitadinha. Vinha de uma colina em que estava um garoto alto. Deveria tê-la seguido, assim poderia saber o desfecho da história... — Sofia comentou.

Ela parecia arrependida por ter deixado aquela oportunidade passar.

– Concordo plenamente. Mais cedo, avistei um garoto de nariz enorme se deitando na grama. E até agora está observando a floresta. Ele fica conversando sozinho... mas uma coisa que não sabe é que fadas possuem uma ótima audição...

– Venha aqui. O que você deseja das fadas do outono? – Quis saber Flora.

Demp se sobressaltou da árvore, cambaleando até o chá da tarde das criaturas mágicas e espertas. Demp achava que fadas eram meros seres de pequena mente, contudo estava enganado.

– E-e... Queria fazer um pequeno desenho, mas não sei o que desenhar. Preciso de algo... mas não sei o quê.

A fada de olhar malicioso riu amargamente, a rústica sorriu com leveza e Flora fez um sinal, chamando Demp para perto. Ali mesmo, o garoto fez suas perguntas longas e confusas, que nem Kyrha poderia responder por completo sem ser questionada antes.

As fadas foram gentis e doces.

– Gostamos de ajudar, afinal a vida não é só cheia de fofocas, não acha? – falou a ruiva, subindo no ar com as outras.

Demp comentou em seu íntimo: *isso foi tão... hipócrita.*

Tentou não deixar essa ideia refletir no rosto agradecido.

– Não se esqueça do rebanho de unicórnios, veja por nós. Aposto que conquistará o que deseja. É uma experiência única. E venha aqui novamente no próximo outono – falaram todas em um coro agudo, sumindo com brilhinhos na escuridão da floresta.

Antes que se fossem totalmente: Flora gritou.

– Só não se deixe enganar! Não os siga!

Demp não entendeu, contundo assentiu e sorriu sem mostrar os dentes.

Depois, apanhou a caneta e soltou um longo suspiro; ainda tinha de anotar muitas coisas que ouvira das fadas para fazer um bom quadro.

Ao anoitecer, Demp veio com seu lampião, atravessando o longo vagão com seus pequenos passos. Quando chegou no ponto inicial de sua pesquisa, vislumbrou três unicórnios beliscando a grama na orla da floresta dos Abetos Sussurrantes. Suas peles eram tão brancas que mesmo à noite cintilavam sutilmente. Com olhos negros e bocas finas e brilhosas.

O chifre era longo e pontudo, cintilando à luz do luar prateado.

Mesmo se Demp estivesse com os olhos fechados, veria-os na penumbra de suas pálpebras. Um deles era menor, com uma crina sedosa e um chifre curto.

Por um segundo, Demp quis se aproximar, tocá-los e ser guiado por eles para qualquer outro lugar que não fosse onde estava. Uma atração que pesava nos ombros e fazia seus dedos formigarem.

Ele se recordou de Flora e compreendeu o que ela quisera dizer: eles não deveriam só comer grama seca de outono. Demp viu as criaturas se despedirem em um caminho luminoso dentro dos Abetos Sussurrantes.

Eles poderiam ir embora de sua vista, mas sua memória viveria em seu coração.

— Eles são lindos, não são? — questionou Cris, assustando Demp por completo.

Dessa vez, ela conseguiu.

Cris usava sua voz serena e calma, quase como sempre fazia.

— Também ouvi dizer que eles passariam por aqui — justificou-se a garota antes que Demp achasse que ela era um fantasma.

— De vez em quando, você me lembra uma assombração onipresente, Cris — assumiu Demp, rindo no final da frase.

— Seria interessante poder atravessar paredes, mas seria também terrível não poder comer bolos de framboesa — papeou Cristina, amarrando os cabelos por causa das ventanias. — Por que você está aqui sozinho, Demp? É muito perigoso com ele à solta...

Demp deu de ombros, vincando as sobrancelhas em um único risco, porém sabia porque estava lá.

Para desviar da pergunta, levou-a para Cris:

— E por que você está aqui?

– Boa pergunta, senhor Esmerald.

Era perigoso, porém era a única coisa que fazia seu coração bater mais um pouquinho. Como esse sentimento de vazio chegara? Demp não sabia, mas entendia que agora estava cheio após ver os unicórnios.

A noite se passou da melhor forma: doce. Com ventanias ainda mais pavorosas, cobertas de folhas amarelas, prontas para queimarem em um motinho ao nascer do sol.

Demp foi fazer uma visita ao dormitório quatro e foi atendido por Lucena, que indicava com a cabeça a garotinha de cabelos desgrenhados em uma das camas. Kyrha estava usando uma camisola roxa junto de um olhar vazio. Enfiava colheradas de um pote de sorvete na boca débil repetidas vezes; como se fosse uma fita em um *replay* eterno.

Ela pareceu não perceber a presença de Demp, que ficou parado em pé por alguns segundos, observando as colheradas se repetirem mais algumas vezes.

Kyrha parecia ter perdido parte da alma.

– O que houve, Kyrha? – questionou Demp, acomodando-se na ponta da cama, enquanto Lucena dobrava alguns lençóis na escrivaninha.

– Victor terminou com ela. Desculpe, Kyrha, mas você demoraria mais duas horas para confessar isso. Está desde ontem assim. Quando o pote se esvazia, ela me implora para ir buscar mais um. Nunca a vi dessa forma. Agorinha dizia que iria comprar pés de sapo para uma poção e de repente ficou assim... chorosa – assumiu Lucena, tomando o cobertor espesso de Kyrha, que lutou contra, mas estava fraca demais para impedir Llu.

– Ele... ele é um mostro... – Sua voz estava raivosa como um guincho. – Disse que me amava, Demp. Oh, como é ruim se apaixonar. Ele era educado e gentil e foi tudo tão maravilhoso, porém no fim disse que não combinamos. Me sinto jogada no lixo! – falou Kyrha tristemente.

Demp viu em um canto a bonequinha Maio sobre uma carta assinada por um Light.

– Eu já sei o que podemos fazer – comunicou Demp, levantando-se bruscamente.

Lucena e Kyrha ficaram o encarando, esperando a resposta.

— Ele não vai voltar, Demp — antecedeu Kyrha, mas ela não sabia o que seu amigo iria dizer.

Demp balançou a cabeça.

— Um parque está sendo aberto nesta mesma noite. Será bom para você, Kyrha. Podemos convidar Ágata, Otto, Josh, Cristina e...— Demp sufocou o nome de Demon. — E é isso. A roda-gigante, a montanha-russa, os carrinhos... — soltou, otimista de seu plano.

— Me surpreende como você nunca esquece ninguém do grupo. Quase todas as vezes erro algum nome ou deixo alguém de lado — confessou Llu, abrindo a janela e deixando ventos tomarem conta do quartinho.

Demp se preparou com um novo casaco azulado, colocou o guarda-chuva em suas costas e, pela primeira vez após a reencarnação de sua capa, estava saindo sem ela. Decorou a bochecha com um par de estrelas pequenas e roxas feitas para a festa.

Encontrou todos preparados e arrumados no tapete vermelho do primeiro andar.

Kyrha forçava um sorriso entre as pessoas ao seu redor, balançando os braços duros; Ágata usava um vestido preto sem muito a mencionar; Otto estava vestido com seu melhor suspensório, que tinha uma cor queimada; Kyrha e Llu trajavam vestes curtas com um short e uma jaquetinha roxa, saia de bainha vermelha e um penteando longo e bonito.

— Vamos, prometo que será divertido — cochichou Lucena no ouvido de Kyrha.

Passaram por alguns vagões longos e cansativos, com céus escuros coberto por estrelas e cruzes brancas.

Quando finalmente alcançaram o vagão do parque, Demp vislumbrou uma roda-gigante girando ao fundo com suas luzes coloridas refletindo por todas as partes do lugar. Era a primeira vez que via uma, e seu êxtase não podia ser contido.

Atravessaram barracas com prêmios, cheias de vendedores maliciosos.

— Seria legal poder pegar aquele elefante rosa — comentou Demp para ninguém em específico, olhando para a tenda de tiro ao alvo.

Demp poderia ter um bom controle das mãos para desenhar, mas não era o mesmo caso quando se tratava de atirar em alguma coisa.

Rodearam algumas atrações, como uma grande montanha-russa coberta de gritos, um bar local com duendes fazendo trocas duvidosas. Havia também pipoqueiros vendendo pipocas coloridas em formatos de borboletas.

Demp tirou do bolso duas moedas e pegou seu cachorro-quente de um carrinho que andava solitário pelo parque.

Assustador? Não. Era surpreendente!

Em poucos minutos a turma se dissolveu. Cris foi com Josh, Otto com Ágata, espalhando-se pelas diversas atrações do parque.

— Aquilo é uma casa de espelhos? Uau, vamos lá. Vamos, por favor, não quero ir sozinho. E se eu me perder em mim mesmo e entrar em um universo sem magia? — questionou Demp, mexendo o braço de Kyrha e Llu. — E se um clone meu tomar conta de mim? E depois ele se rebelar e matar vocês? Por favor!

Quando Demp queria convencer alguém usar a imaginação não parecia má ideia.

— Ok, mas depois vamos no tiro ao alvo. Quero ganhar uma daquelas pelúcias rosa — disse Lucena, dirigindo o trio para a casa dos espelhos.

Era um casebre em formato de mansão com cores vermelhas vibrantes. Seus reflexos infinitos eram cultivados em um labirinto de imagens. Demp foi o primeiro a correr para dentro do lugar, passando por reflexos distorcidos de sua própria foto, tendo de erguer os braços, com medo de esbarrar em uns dos espelhos escondidos.

Demp brincou com suas imagens mágicas, que balançavam e faziam caretas, soltando risadas longas e divertidas.

— Você nunca vai achar alguém que a ame mais do que ele — anunciou uma voz longínqua, seu som era grave e tosco, causando arrepios na espinha de Demp.

— Você vai ser perder... — respondeu uns de seus reflexos.

Como sabiam de seus pensamentos?

Demp apanhou o Mestre da Lua e começou a cutucar os espelhos com ele.

— *Querido e doce, nunca mais o verá na sua vida* — disse novamente a voz misteriosa de muito longe.

O garoto observou seu reflexo nos espelhos, fitando com cuidado cada clone que o olhava com malícia, procurando suas duas amigas perdidas.

— Demp? — chamou Kyrha, distante.

— *Mentiroso, mentiroso de nariz grande* — zombou uma imagem sua.

Demp tomou uma postura rígida e parou de súbito.

— *Mentiroso* — repetiu a imagem vizinha.

— Melhor ser um mentiroso do que uma cópia malfeita — confrontou Demp, fazendo uma delas se calar. Uma imagem às suas costas repetiu a frase em um assobio. Sua voz na boca delas soava tão... *estranha*. — Não me perturbem. Se podem mesmo saber o que penso, sabem que tudo isso é verdade. E, se tudo o que disse é verdade, não preciso ter medo de alguns reflexos meus — respondeu com o peito estufado.

Ele deu meia-volta e começou a caçar a saída.

— *Você deveria trocar de lugar comigo. Vire um reflexo e pare de sofrer por tantas amarguras* — disse o desconhecido e, em seguida, soltou soluços ecoantes.

— Vocês têm sorte que minhas amigas precisam de mim — dispensou Demp, correndo pelos corredores cheios de cópias sua. As imagens pararam de rir e começaram a se quietar. — Kyrha! Onde você está? — gritou Demp, passando apressado entre os espelhos sem reflexos.

Aparentemente os clones saíram, medrosos, de suas casas.

— Estou aqui! Por que os outros reflexos sumiram? Cadê Lucena? — questionou Kyrha, surgindo em um corredor.

— *Não chore, você terá seu lugar, pequena rainha Light. Ninguém quer ser realmente um rei, não é mesmo? Seu povo não precisa de você. Me deixe ir em seu lugar* — soou a coisa com uma voz misteriosa, agora mais próxima deles.

Se não era Kyrha, era Llu... Mas por quê? Não estava feliz pela manhã?

— Demp, ele está tentando fazer a troca de almas! Temos de achá-la — arquejou Kyrha, procurando sua amiga Lucena.

— Llu! — gritaram em um coro desesperado.

— *Apenas toque no espelho e diga...* — instruiu a voz estranha.

Demp passou junto de Kyrha por diversos espelhos vazios. O local que antes parecera familiar se tornou um lugar turvo e assustador.

– Se ela fizer, a criatura dentro do espelho poderá ter controle total de Lucena por meses. Coitadinha. Deveria ter perguntado se tudo estava bem. Me sinto tão egoísta – bufou Kyrha, passando por diversos corredores em desespero.

– A criatura? – questionou Demp, segurando em mãos o guarda-chuva firmemente.

– Sim. Você acha mesmo que reflexos podem falar sozinhos? Isso seria assustador para qualquer um que tivesse espelhos em casa. Provavelmente é um feiticeiro.

Kyrha não queria se sarcástica, mas seu meio de defesa gritou mais alto.

Eles seguiram por uma curva brusca.

– Demp, você está aí? Eu consegui apanhar aquele elefante que você mencionou. Estava na entrada do parque! – Era a voz de Otto que soava por toda a casa.

– Pronto, agora coloque sua testa sobre o espelho. Quando voltar estará tudo pronto – negociou a misteriosa voz.

Demp esbarrou em algo alto... Era Otto, que trazia na mão um grande elefante rosa.

O garoto pegou a mão dele e, sem dizer nada, começou a correr, arrastando-o junto de Kyrha para novas ruas de espelhos sem reflexos até que pararam em um corredor escuro. Havia reflexos por todas as partes. Era como se todos os espelhos tivessem se mudado para aquela estrada, bisbilhotando com seus olhos falsos a horrorosa cena.

Demp vislumbrou uma Lucena caída no chão com um enorme hematoma na mão. Assim sendo, soltou Otto e deslizou pelo soalho até Llu, pegou seu braço e a ajudou a se erguer.

– Me solte! – urrou ela, saindo de perto de Demp.

– Demp! – exclamou o espelho com a imagem tristonha de Lucena batendo no vidro.

A mão dela também estava machucada, e o espelho estava quebrado como uma teia de aranha. Por alguns segundos, perdeu-se em pensamentos confusos. Quem deveria ajudar? A Llu do espelhou ou a física?

A Lucena de fora do reflexo aproveitou a situação e correu entre os corredores e sumiu de sua vista para a escuridão. Kyrha se aproximou do vidro e o tocou levemente, enquanto Otto observava com cuidado de longe.

— É você mesmo?

A Lucena do espelho assentiu com lágrimas no rosto.

— Eu não ia, não mesmo... mas vieram tantos reflexos. Fiquei assustada, então tropecei e caí na vidraça. Acabei a quebrando com minha mão...

Kyrha apanhou seu cajado e tocou o espelho com sua ponta.

— Fique no cajado, pelo menos você não se sentirá tão sozinha até o retorno de seu corpo.

Lucena sumiu rapidamente, e seu reflexo surgiu nos cristais do cajado.

— Devemos dizer algo à polícia? — Quis saber Otto, juntando-se aos três.

— Eu vou lá. Agora vamos torcer para essa pessoa misteriosa não estragar seu lindo corpo. Provavelmente você voltará ao controle no inverno, daqui a alguns meses — Kyrha informou.

Lucena assentiu com pesar.

Kyrha surgiu tristonha no dormitório três, trazendo sua amiga no cajado.

— Eles disseram que a melhor opção é esperar. Em algum momento o controle irá romper, e isso não vai demorar tanto. O importante é manter a memória de Lucena viva aqui neste cajado. Quando ela sumir daqui de dentro é porque a maldição foi cessada. Assim que voltar ao seu corpo terá consciência da pessoa que fez o feitiço e do que fizera nesse meio-tempo em *coma*. Eles contaram que isso pode estar ligado aos sequestros e que muito provavelmente o sequestrador está sugando a energia vital de cada pessoa que captura. — Kyrha preferiu omitir o fato de eles terem dito "Demon". — Isso poderá ser comprovado se vermos uma Lucena mais magra nos próximos dias. A questão é: "por que ele quer fazer isso?". Eles mencionaram Demon, mas vamos esquecer isso por hoje — adicionou ela, não desejando omitir a dura verdade.

— Então por que não apanhamos o corpo de Lucena e predemos em algum lugar? — perguntou Demp, cruzando os braços.

— Se fizemos, o sequestrador irá fazê-la se matar de fome ou sede... Então Lucena não poderá voltar para seu corpo já falecido... Só fiquem atentos aos detalhes — resumiu a garota.

— Tudo isso aconteceu porque fui fraca — soluçou Llu. — Ontem recebi a notícia de que meu avô morreu em sua cama com um sorriso esguio na boca, porém não queria que ele se fosse. Nós nos gostávamos tanto. Agora só tenho uma lembrancinha de suas brincadeiras de Páscoa. Ele era o rei oficial e agora será a minha mãe a herdeira... A premiação será na próxima primavera. — Ela chorou um pouco e tomou fôlego. — Se minha mãe morrer, será eu. Não estou pronta para entregar minha vida e ser rainha. Gosto tanto de poder sair e viajar neste misterioso trem. Quando aquela imagem minha surgiu com flores, fiquei encantada por uma realidade assim. — Demp assumiu que o sequestrador havia feito uma ilusão perfeita de uma Lucena camponesa. — Fui tola.

Ela soltou um longo suspiro e deixou mais algumas lágrimas caírem sobre suas sardas.

— Ah, não, a culpa foi minha. Deveria ter questionado se tudo estava bem. Fui ignorante. Vi a carta e não disse nada — assumiu Kyrha.

Demp não sabia de quem era a culpa. Talvez de todos, talvez de ninguém.

— Se algum dia você for rainha, nós estaremos ali, visitando você com muita frequência — confortou Demp, olhando o cajado com a imagem de sua amiga.

— Até você ter seu corpo novamente, iremos revezar o cajado. Assim poderá ver o que estamos fazendo e se sentir bem — Kyrha alegou.

A menina deixou um sorriso escapar no rosto triste.

No fim, fora ela. Lucena sabia.

Alguns dias angustiantes se passaram junto das folhas de outono secas e frias.

Demp e Kyrha, que conversavam frequentemente com um cajado de madeira, eram taxados como loucos por todos que viam a cena, porém essa não era a maior preocupação deles. O garoto esbarrava inúmeras vezes com Lucena, que dava um sorriso maldoso e sumia em alguma direção.

Aquela Llu dormia em algum lugar e passava pelo dormitório de honra com constância apenas para provocar.

Em uma noite, ela surgiu com cabelos curtos e um cheiro incomum de coelho.

— O que você está fazendo comigo?! — disse a Llu do cajado.

— Relaxe. Daqui a alguns dias você terá seu amado corpo de volta — zombou Lucena com um olhar odioso; as bochechas rasas e magras.

Parecia que a qualquer momento desmaiaria.

Demp pensou que seria melhor se Llu estivesse perdida junto dos outros sequestrados. Ainda se questionava sobre a motivação da pessoa que estava por trás dos sumiços. O que queria? Ser pego? Isso não fazia sentido. Ele poderia ter se livrado das suspeitas com a acusação de Demon, mas mesmo assim era questão de tempo para Lucena voltar e descobrir quem era. Ele estaria sem escapatória.

Por que estava fazendo isso com Lucena, mas não com Síria, os gêmeos e o empresário?

Demp teve uma ideia única.

O sequestrador estava entre eles... Ele conhecia Demp... Sabia provocar... E Demp sabia quem...

Ainda assim, não adiantaria nada. Mesmo que suspeitasse quem fosse, os policiais não acreditariam porque estavam concentrados demais em Demon.

E se, quando faltar apenas alguns dias para Llu retomar o corpo, ele a matar? Por minha causa...

Demp se sentia terrivelmente narcisista.

Entretanto, que outra certeza ele tinha?

Os ventos ficaram mais bruscos e as colinas foram de pouco em pouco se transformando em montes de neve.

As comemorações passaram e o inverno chegou pela última vez naquele trem cheio de mistérios. As atividades de honra foram cessadas e as férias vieram com um suspiro de alívio para todos do clube Assombração; menos para a garota Light e seus amigos, que sabiam da verdade...

Demp usaria suas últimas forças para seu plano.

Inverno II

25

Sequestros na penumbra

O inverno chegou mais uma vez ao Trem dos Perdidos, e as pessoas se sentiam mais confortáveis em seus aposentos, pensando que a sequestradora já estava descoberta pelo seu rosto jovial fino; todos felizes e calmos.

Já Demp se sentia solitário. Achava que a culpa de Lucena estar em sua prisão era sua. Fora ele que sugerira a casa dos espelhos.

Parecia que o mundo se jogara sobre ele e todos que o rodeavam. A assombração do inverno anterior era dele e quem o salvara fora Lucena e Kyrha. Lembrava-se do urso, o barco desamparado nas águas das tormentas, a aranha, o resgate e quase morte de uma de suas amadas amigas, a coruja que poderia ter se voltado para Otto.

As coisas que o cercavam se transformavam sempre em desastres.

Estava se julgando e, com isso, evitando as pessoas que mais amava. Por que o amor é assim: você só quer a pessoa amada bem, com você ou não. Feliz ou não.

Não poderia dizer se estava realmente errado já que sua memória sumira de uma forma misteriosa. E se fosse carma? Talvez as fofocas fossem uma maneira de castigá-lo. Tudo era uma grande incerteza pessimista.

Ele enrolou seu lençol e observou a cama do outro lado da parede com o espaço voltado para baixo no lugar em que Demon sempre dormia.

Megan queria se vingar dele, não de Demon.

Era como se todas as suas feridas fossem revividas em sua mente melancólica.

Pôs os braços sobre a janela e vislumbrou os montes brancos na paisagem vazia, nem mesmo o horizonte poderia o consolar dessa vez. Era só ele e ele mesmo.

Saíra de sua pequena caverna para olhar a enorme janela do segundo andar e conseguiu ver Lucena conversar com outra pessoa no andar de baixo. Sua postura era provocante e maldosa, parecia que estava de alguma forma convencendo o garoto que a ouvia, inocente... Ela estava mais magra, e o cabelo, curto, deixando a Lu do cajado ofendida e triste.

Em outro canto do salão enxergou Evans; talvez devesse perdoá-lo... No outro, observou Megan conversar contente com Elizabeth, falavam provavelmente sobre sua pessoa mentirosa.

As nuvens tinham cores tristes, não agradando seus globos castanhos.

Otto fazia pegadinhas por todo o salão e Kyrha lia um conto longo para a Lucena do cajado, tentando a distrair de seu corpo. Josh comentava sobre algo interessante com Cris. Eles se tornaram bastante amigos após o ataque da aranha e a conquista do bule.

Cris gostava de um garoto ousado.

E Demp...? Ele estava semelhante a um fantasma, passeando sem ser visto pelos pilares do dormitório, vendo seus amigos se divertindo com aquelas incríveis férias.

Sem ele.

Estava na escuridão, cego. Sozinho, não conseguia penetrar aquela fumaça, e seu corpo de repente era feito de pedra como uma estátua. Ele ficaria ali parado, morrendo lentamente... Demp sabia que estava com saudades das aulas e clubes porque aquilo o distraía de seu mudinho de hematomas.

O garoto transpassou o portal e fugiu para o mais longe que conseguia, retornando apenas ao anoitecer daquele deprimente dia. Ao chegar, encontrou uma única carta cinza no vão da porta. E, pela primeira vez sem raiva, apanhou para lê-la.

Boa noite, Demp Esmerald.

Sei como é se sentir deslocado, como uma alma que não faz parte da ceia de Natal de sua família. Observei você passear pelo vagão tristonho. Parece que ninguém está se importando de verdade, mas saiba que estou. Esta é a última vez que envio uma carta para sua pessoa.

Se quiser me perdoar, me veja agora. Ainda esta noite no riacho. Leve seu lampião, não quero que você se perca.

Sinto muito.

Saudades.

Evans D. Black

Demp suspirou profundamente. Parecia que seu coração havia se partido em dois havia muito tempo. Queria ver mais uma vez o rosto de Evans; seu cabelo negro despenteado e seu sorriso. Queria ouvi-lo reclamar e rir. Ele era como um recanto longe de sua realidade. Demp retirou sua capa estrelada, apanhou o lampião e sumiu do quartinho número três.

Estava levando um objeto pontudo e afiado no bolso.

Demp tinha contado o número no calendário desde o dia da perda de Llu. Se conseguisse distrair Evans, poderia perder a concentração do corpo de Llu, então Lucena voltaria nem que fosse por alguns segundos.

O importante era Lucena e sua vida.

Enquanto saía, foi interrompido por Otto e seu topete costumeiro.

— Para onde você vai? Logo irei jogar uma lagartixa explosiva naquele canto ali. Vamos, vai ser divertido — comentou ele, sorrindo.

Em qualquer outra circunstância, Demp aceitaria o convite, mas não dessa vez.

Falou um *não* amargamente e desapareceu pelo arco de madeira, sugando as lágrimas. Poderia ser a última vez que veria Otto. Atravessou as colinas distorcidas do vagão dos abetos, sendo guiado por seu lampião, que iluminava várias direções diferentes.

Ouviu o miado rouco de gatos pela floresta, entretanto apenas ignorou, tentando escutar com clareza o som das águas do riacho. Todo o percurso estava coberto por neve. Os abetos, carvalhos e pinheiros derramavam nevasca no chão, atrapalhando a velocidade de sua caminhada.

Se nos acharem, podem descobrir que foi Evans, e Demon talvez volte, ponderou Demp.

Ele sentia um medo brutal. Todo o seu organismo dizia para voltar, porém deveria ser corajoso. Quando finalmente pôde ver o céu, avistou Evans solitário no lago, em cima do gelo que revestia o rio.

Demp vislumbrou uma estrela brilhar no céu. O universo estava lindo naquela maravilhosa noite, e vênus, visível para eles. Evans usava seu cachecol vermelho, junto de suas roupas pretas. Parecia que o frio não tinha efeito nele.

O garoto se aproximou e viu em seus olhos um pouco de esperança, que foi dissipada com sua chegada.

– Demp, não chegue muito perto. Não quero atacá-lo, ainda... – As pernas de Demp queriam dar meia-volta. – Minha sede não se controla assim tão fácil. Preciso de distância. – Ele continuou parado. Sua teoria estava certa. Era Evans. – Sei que isso pode parecer estranho, mas fique na beirada do riacho congelado. Por favor. – Demp obedeceu com certo receio. – Tentarei ser breve, antes que ele tome o controle de mim novamente...

Demp tentou assimilar, contudo Evans não tinha esse tempo.

– Bem...

Demp faria sua barganha, pórem Evans não deixou, interrompendo-o.

– Onde vivi, fui amaldiçoado por uma pessoa ruim. Essa maldição pede que eu mate alguém e essa pessoa era você... Não se aproxime! – Ele recuou novamente. – Tentei saciar essa vontade sequestrando pessoas, dizendo para mim mesmo que em algum momento estaria tão forte para matá-lo com um piscar, enganando *ele*. Na primavera foi relativamente fácil... No verão começou a piorar, no entanto, no outono, se o visse em um lugar isolado, teria o matado. Você teve sorte que no dia em que o vi no riacho você não olhou diretamente em meus olhos. Eu não suportaria... Não aguento mais fazer isso. Nunca fui uma pessoa errada, nunca quis. Em um momento quero ter você ao meu lado, em outro, desejo ver seu sangue à minha frente. Recorda do *algo* que disse em uma das minhas cartas? Estava me referindo a isso. Por sorte, consegui entregá-la sem que meu outro lado soubesse.

Ele suspirou, e Demp viu uma fumaça surgir em seus lábios distorcidos, como se quisesse chorar.

– Pegue este cachecol. Nele estão algumas memórias minhas que comprovarão que sou um sequestrador, assim você não terá problemas. Dê a qualquer policial. Já não suporto mais sequestrar pessoas e deixá-las presas, me alimentando de suas forças... Quero que saiba que tudo, tudo foi feito por mim.

Evans queria sair de dentro do lago gélido, mas se impediu de correr na direção que estava Demp.

– Não quero partir deixando você com essa dúvida. A assombração, os corvos, quem incentivou Thomas a caçoar de Kyrha, o admirador secreto, quem descobriu Demon e falou para Megan, o barco, o espelho e o diário foram formas de espioná-lo. Li os trechos que escrevia e, por fim, quis adicionar um: o segredo de Liba... Me arrependo amargamente. Tudo foi culpa minha. Não espero que você me perdoe, mas quero deixá-lo pela última vez em paz. Você sempre foi uma boa companhia para mim e meu pessimismo. Me ensinou palavras como *estonteante*, coisa que não achava nem um pouco legal. – Ele puxou da manga uma pedra grande e afiada. – No começo foi fácil, depois... Há coisas que nem eu gosto de fazer. Você merecia saber para esses dias de cão acabarem. E saiba: não importa o que os outros digam, você sempre vai ser uma pessoa boa. Queria ser mais do que um amigo seu, Demp. Queria poder retornar ao passado e merecê-lo. Não há culpados, mas vítimas que sabem que são vítimas, e vítimas que estão confusas e fazem mais vítimas. A culpa não é sua.

Demp percebeu que ele não conseguiria liquidar Evans mesmo que pulasse para cima dele. Não era capaz. Vislumbrou Evans erguer a mão e se jogar no riacho, rompendo o gelo e sucumbindo nas águas frias do Água das Brisas.

Seu cachecol carmim flutuou em sua direção.

Demp o retirou da água e, mesmo molhado, enrolou-o no pescoço.

Estava em choque, seu rosto não mostrava qualquer reação, deixando algumas lágrimas saírem de seus olhos chorosos.

Ouviu o som de galhos quebrando, mas Demp não se mexeu, continuava imóvel de frente para o riacho em que Evans ainda estava... Em uma tentativa desesperada, colocou o pé sobre a água, porém sentiu uma vibração estranha correr por sua espinha, como um instinto o mandando ficar ali, sem reagir a nada.

— Espero que esteja me ouvido aí debaixo... Quero que saiba que no dia em que chamamos Victor para o riacho fiz um desejo observando um risco no céu. Ah, eu quis que algo a mais existisse neste riacho, que nunca pudesse esquecê-lo. Agora sei como é pagar o preço. — Soltou um gemido rouco, deixando mais lágrimas descerem pelo rosto. — Mas... isso não é minha culpa... como sempre achei... Não é.

Viu uma grande e enorme bolha surgir na superfície da água e sentiu outro arrepio passar por suas costas. Quase como um raio caindo sobre ele, começou a chorar, desabando na neve macia e fria da noite gélida.

Os barulhos de passos persistiam pela mata e três figuras estranhas surgiram na penumbra da floresta. O rosto de Otto, Kyrha e a estranha Llu se iluminou pelo luar prateado daquela noite.

Demp, ainda chorando e gemendo, ergueu-se da neve como se algo desconhecido o controlasse. O trio o fitou por alguns instantes, observando a silhueta adentrar a floresta dos abetos, ignorando suas presenças.

O garoto continuou a andar mecanicamente; parecia que suas pernas não faziam parte do restante de seu corpo.

Nenhuma coruja havia passado por ele, não havia sinal de vida. Era como se a natureza tivesse medo de Demp. Parou diante de uma grande parede de pedra com o chão coberto de neve e um pouco de musgo.

Ele tateou a grande rocha que bloqueava um buraco na parede. A pedra deslizou um pouco para o lado, permitindo que alguém entrasse ou saísse. Iluminado pela luz do lampião, um grande borrão marrom enchia e esvaziava repetidas vezes. Era o urso que Demp conhecia hibernando.

Atrás dele surgiram cinco cabeças: a professora Rosalina apareceu e fez sinal para os outros também virem para fora da caverna, mostrando que era seguro. Síria, os gêmeos e um homem gorducho se retiraram da caverna escura; todos com bochechas rasas, mas nada chegando a ser esquelético.

— O urso trouxe as amoras para não morremos de fome — alegou Síria em um guincho.

Demp tirou o objeto que sugava sua energia do pescoço, dando a um dos gêmeos e dizendo bem baixinho:

— Entregue à polícia.

Depois desmaiou.

❋

Uma grande reunião foi feita depois daquele dia, dando parabéns ao garotinho de nariz grande por achar o verdadeiro sequestrador. O cachecol foi mantido por dois dias na delegacia, sendo devolvido ao fatigado Demp, que o guardou na gaveta de seu guarda-roupa, junto de seu antigo diário das esmeraldas e algumas cartas.

As fotos de Demon foram retiradas de todo o trem, entretanto continuava fugitiva em algum lugar, ainda mandando cartas.

Quando ela voltaria?

Após dias cansado de interrogações policiais, Demp Esmerald sorriu novamente, voltando a ser o menino otimista que seus amigos conheciam.

Riu das risadas roucas de Llu, que ainda possuía um cabelo curto, conversou sobre os romances lidos por Kyrha, ajudou com as pegadinhas feitas por Otto, visitou a solitária Nora, dialogou com Josh, passeando com Cris e de vez em quando se deparando com Oliver.

Ah, também ajudou Ágata em seus versos e observou o sol se pôr no horizonte anil.

O restante de seu inverno foi relaxante e calmo. Parecia que o mundo conseguira se ajeitar em seu coração, mesmo que Evans nunca fosse voltar.

Demp tinha o pressentimento de que havia mais, porém não entendia o quê.

Em uma noite olhou para o céu, ajoelhou-se na cama na escuridão do quarto número três e orou por Evans. Ele se lembrava muito bem daquela turva penumbra.

Queria que aquela alma estivesse, apesar de qualquer coisa, bem.

As situações são números, e nós, o resultado.

Com a chegada de sua adolescência, Demp se pôs a chorar no batente de sua janela, dando adeus à sua infância, abrindo enfim um novo capítulo da sua vida: a adolescência, madura ou não.

Di pediu uma redação em especial para ele, perguntando o que aprendera naquele ano, e Demp a encheu de amor, como queria que o planeta fosse.

"Deveria sempre verificar a corda de um barco", "Tomar cuidado ao entrar em uma floresta sem mapa", "Apesar de tudo, amar em primeiro lugar".

Acabou com: "Fiz amigos que amo e escolhas que me fizeram pensar, conheci professores que adoro e li vários poemas. Oh, poemas! Entendi que não podemos fazer todos ao nosso redor felizes totalmente, e que isso não é nossa culpa. Que devemos ser francos com nós mesmos".

– Kyrha me disse que sou caricato, professora. A senhora acha que sou caricato?

Demp percebeu que entendera que amava sua vida, por mais injusta e dificultosa que fosse. Nada mais importava.

– Se sua vida fosse um romance, como seria? – perguntou Otto, pretensioso, em uma noite invernal no salão, sentados nas poltronas.

– Acho que teria muitos, muitos problemas, e que tudo teria um fim.

Otto inclinou a cabeça.

– E o casal principal?

Demp sorriu.

– Um romance é mais do que beijos. É uma mescla com a natureza e tudo ao redor. É o aroma e os detalhes. É amor. Não existe só um tipo.

– Você ainda está magoado com aquela carta do admirador secreto?

Demp balançou a cabeça.

– Acho que agora posso ter um novo começo – afirmou, fitando o rosto corado de Otto.

Demp tinha feito seu último poema daquele ano e mostrou ao curioso Otto.

Fechamento de decisões

Da janela leste pode-se vislumbrar o horizonte errôneo do oeste
Tomando cuidado porque nem sempre há forma de se estar a sudoeste.

O vilão que toma boas ações não deixa de ser vilão
E o capanga que socorre em suas decisões funga em sua indecisão.

A aranha faz a teia para pegar
O esquilo que sobre a árvore pula e vai a planar
Tudo há razão para acontecer
Menos eu, que saio dessa engrenagem como um retrato quebrado a morrer.

A janela leste que se torna demais para o outro lado
Dificilmente desmolda o que já foi moldado.

E eu procurei meu sentido para viver
Assim me tornei um só ser
Maior do que eu, maior do que posso ver
Tudo faz sentido para acontecer...!

Logo vou achar, assim terei uma razão
Para viver.

Demp seria verdadeiro consigo mesmo, aceitaria todas as lágrimas e acataria a sinceridade. Foi isso que tinha aprendido. Até quando ser verossímil poderia o machucar, no entanto? Mesmo assim, era melhor ser justo com a realidade. Ela sempre voltava impactante como um trovão. Ele era vulneral, inspirado e narigudo.

Os erros eram seus acertos.

Eu poderia ser amado por trezentas pessoas, todavia, se não amar nenhuma delas, qual é a diferença? Não é sobre ser amado, mas sobre amar.

Ele confiaria mais em si.

Talvez tivesse achado a felicidade que tanto caçava, talvez ela sempre estivesse atrás dele, esperando. Demp não tinha certeza, porém sabia que estava um pouco melhor.

O inverno estava quieto, branco e, às vezes, tempestuoso. Contudo, também era silencioso, aconchegante como uma lareira e bonito. Demp se deixaria levar pela nevasca para que ela o manchasse de neve. Quando vivesse a primavera, estaria aberto como um botão de flor, cheio de outras possibilidades. Apesar de tudo, Demp sempre continuava; dessa vez não seria diferente.

Atravessaria sozinho aquela névoa branca, mesmo se seus amigos não o esperassem. Demp buscaria o que era dele de verdade. Se havia medo, o enfrentaria com determinação.

De algo Demp tinha convicção: as coisas boas sempre superam as ruins.

Portanto, se fosse afogado pela neve, logo o sol a derreteria para recomeçar.

Ele se agarraria a si e acharia sua luz.

O seu verdadeiro amor.

FIM

NOTA DO AUTOR

Esta é uma pequena página sobre como foi escrever este livro.

Não é simples se inspirar, sentir e amar. Afinal, escrevi tudo isso aos meus trezes anos e talvez seja apenas uma confusão de sentimentos e desejos que não posso ter na realidade. Tive de tentar me entender e descobrir a raiz de muitos dos meus problemas, que, às vezes, não são visíveis, mas ainda estão lá, manipulando nossas vidas.

Entre elas o medo de fofocas no colegial, as autoridades que não podem ser questionadas, as lágrimas que devemos esconder por vergonha e os sonhos que destruímos por desistir.

Aprendi que nossos amigos de verdade não acreditam em terceiros e tentam nos compreender apesar das adversidades; que não devemos ser amargurados, mas também não podemos abrir mão da nossa felicidade pelos outros; que o amor não está em perseguição, porém em amizade e parceria; que a janela leste está seguindo para o lado errado e temos de ajeitá-la.

Todos merecemos novos começos, e toda a forma de expressão que não machuque é válida. Engatinhamos no começo sem entender para, no fim, percebermos pelo que passamos.

Nascemos com nossas diferenças e devemos lutar por elas como um bruxo faz.

Há tantas outras coisas que escondi entre citações e títulos.

Por fim, nem todos que parecem merecer amor são quem mais precisam.

Na vida há mais problemas sem explicação do que respostas para eles. No fim a decisão sempre será nossa; então que seja com amor.

O melhor está sempre na melhora...

Esse trecho curto da vida é glorioso, sem muita pretensão e coberto de futilidades, como a exclusão. Quando o futuro não é nada mais do que sonhos irreais, é isso que queremos, sermos acolhidos.

Poemas Descartados

A.M.O.R

Sempre estive sozinho, mas agora vejo isso dentro de você
Me perfurando como uma bala a se perder
Sempre estive a chorar, mas quando mais percebo isso
Mais vontade tenho de mudar.

(Todavia, ainda há medo em meu coração)
(Será que tem outro alguém me esperando depois dessa multidão?)

Você se sentou ao meu lado e me lançou uma faca
Agora tento tirá-la
Não tenho raiva de você, só queria entender:
Por que quer tanto me ofender?

Me sinto liberto lentamente de suas amarras
Brilhando de dentro para fora, sendo meu escudo
(Mas ainda há tanta escuridão neste mundo)
Só queria alguém para que possa me compartilhar...
Desejo amar!

Me cansei da escuridão e me sinto zerado
Por favor, grite para mim do outro lado.

Tantos tecidos podres, tantos sonhos sendo vendidos para penhores
E só agora venho a despertar para um novo eu a se transformar.

(Ainda há alguém a me esperar?)
(Será que tenho o meu lugar?)
(Não quero mais ter medo de amar)
(Preciso recomeçar)

A NOITE

Você pode ser feliz, mas isso não significa que não irá cair
Tão delicado, tão trovoado, ele te encontra e mostra ser alguém mal-educado.

(Como macacos em galhos)

Ele só diz a verdade... É só a sinceridade que revela sua realidade
Tão duro, tão inesperada, os dias ruins podem ter passado
Porém piores estão vindo em cavalos alados.

Então:
Corra o mais rápido, girando até ficar atordoado
Corra o mais rápido, desviando de papos toxicados
Corra o mais rápido e logo estará livrado.
(Os dias ruins se foram, mas piores estão por vir)
(A sinceridade não perguntada o fura sem você pedir)

São seus sentimentos, mas não sua opinião
A noite pode ter ido, porém voltará como um trovão
(É total confusão)
E você corre dentro de uma floresta escura como um furacão.

Sozinho, solitário a correr, não há descanso para pessoas como você
Talvez eu fosse uma pessoa melhor se não me prendesse aos sentimentos
Mas desejo ser livre da maneira que quero, sem mais tormentos
Só quero ser eu mesmo sem que você me julgue
Livre-me ou me purgue...
E eu corro de você cada vez mais, me desejando paz.

Nada

Pessoas como eu são feitas para você

Pessoas como eu são feitas para sofrer.

A impunidade me chama, e quero segui-la na noite

Sem sussurros, sem nada

Apenas com lágrimas

Como é uma vida sem dor? Uma vida sem nada...

E não tenho forças para batalhar

Estou exausto de me encontrar

Inseguro de que realmente haja um lugar para ficar.

Sem certezas, sem planos

Sem dinheiro, sem voos

Sem números, quem eu sou?

Te desejo perto o suficiente para te ver

Mas não tão para escutar

Tenho vários motivos para desistir

Porém. persisto nesse chão

E essa é a nossa vida de aparências.

Porque sou a última coisa que tenho

E preciso me cuidar sem você

Entendo que não sou nada.

(Nada)

(Nada)

Em um grande mar

Para onde eu iria nadar?

Sem boia, sem braços ou pernas

Estaria esperando um tubarão me devorar?

E é isso que eu faço...

Nadar para a borda.

Quem eu sou?

Se você é tão gentil, por que o mundo sempre foi tão cruel?
Você é como vinil, guardado como uma antiga lembrança de um mundo vil.
(Isso não foi justo)

Você é como um piano quebrado
Uma memória adorável
Que pena que não toca mais e só é um fardo.

Eu poderia cantar para você, mas ainda não me ouviria
Sendo franco ninguém irá cantar para você
E um dia irá desaparecer
Porque uma mobília que não é mais usada
Um dia será descartada.

Mas você continua a fazer o que diz ser ruim
Sua voz é suja, impune do que verdadeiramente fiz
Você é como uma estrela no céu
Se não há nenhuma é única
Mas há tantas para ver que ninguém irá ver você.

Já estava na hora de te teclar
No fim, você é seu pior inimigo e ninguém sobrará
E para o lixão você rolará.

Essa é a sua canção de ninar
Ela não precisa rimar
Mas vai funcionar melhor do que se você tocar.

Deixei meus sonhos, porém volto para te avisar
Que esse destino é maior do que seu peso
E lentamente você começa a afundar
Sem esperanças de que um mundo novo virá
Sufocando sem maneira de se salvar.

Deitado de bruços na cama, a madeira podre após as chamas.

(Esse não é o motivo para você querer viver)
(E quando cair em si, estará sem próprio você)
(Esse piano estragado não é você, e este não sou eu)

Dívidas

Você estaria mais feliz se vivesse o agora
Sem deixar nada passar
Para que à noite esteja cansado e nada te procure.

Quando você dorme
Ninguém vem te perturbar
Apenas as aves que te procuram
Um dia elas não voltarão sem nada para beliscar.

Ele vê tudo em sua mente repassar
Flutuando como ramos presos ao ar
Ele vê a sua respiração se perder
Engolindo-se em medo de perder você.
(Ainda há perdão?)

Jardins podem avançar
Mas logo serão reduzidos a pequenas flores a murchar
Tudo pode ser tão vívido, mesmo que por dentro seja apenas um morto-vivo
Há tanto a pesar, tentando se desgrudar.

(Ele já não é mais o mesmo)
E ervas daninhas ficam encrustadas em seu peito
Existia muito a trocar
Porém seria bastante trabalho a realizar...
Afundando em um lago sem brilhar
Paralisado pela infelicidade
Se contorcendo ao divagar
E logo perecerá...
Quem o salvará?

Vendi minhas amizades
Vendi minhas esperanças
E vejo-a morrer como uma flor murcha
Quem me salvará?

E os urubus virão me pegar
Como um pesadelo noturno
E eu serei o corpo moribundo
Eles... eles... não esquecem. Não há questão para perdoar
Eles só sabem caçar e um dia terão algo para achar.

Aguentar

Preciso de alguém para me segurar
Pena que você é idiota o suficiente para aguentar.

Todos nascemos com uma alma, mas preciso da sua para me curar
Se eu não fizer, o mundo começa a uivar
Então terei de te machucar para a dor passar.

A chuva vem e tenho medo de me molhar
Corro para longe
Corro como um lobo na noite
E me esbarro em você
Viu meu pior
Viu meu melhor
E não tem medo de escapar
Como você pode aguentar?

Você pode fugir, mas irei te encontrar
Florestas
Lagos
Ou piscinas em um mar.

Quando você corre
Voa como um foguete na noite
Quando você corre
Ainda há amor.
(Um suspiro de alívio é a única coisa que ouço quando me afasto para te largar)
(Como você pode aguentar?)

Você cumpre seu cargo e não tem nada a ganhar
Se eu fosse você, não iria aguentar
(Porque minha alma precisa atacar)
Como um assassino na noite, não posso aguentar, então uso minha arma para te apaziguar
(Minhas veias gritam para pular)
E você nunca hesitou em me deixar.

"Ah-oh, ah, ah!"
Quando você suspira já estou longe para olhar
Você não sabe as técnicas para lutar e então:
(Terá de aguentar)

Tão sozinho
Tão vazio
Não sei quem você é
Mas sei quem você finge ser
Devorando seu ser

Sem

Tudo gira tão rápido que tenho medo de me perder
Por isso imito sem entender
Sinto que há um plástico a me enrolar
Sem respiração, sem ar.

Como uma borboleta que acaba de sair do casco
Ela sabe que já foi uma lagarta?
Ou simplesmente vive sem saber de nada?

(E agora vejo... Que nunca tive nada!)

A diversão não é só diversão
Olho porque alguém me mandou olhar
E me pego pensando: "Será que devo me cegar?".

Sem asas, sem liberdade
Apenas com medo entre nossa verdade
A borboleta voa pelo trigal em chamas
E o fogo selvagem quase a mata
Mas ela desvia e continua a planar até um ponto que não consigo mais enxergar.

Preso à cadeira sem poder me esquivar
Na frente de uma TV ligada há horas
E se eu gritar e minha garganta começar a sangrar
Meu único socorro será me calar.

Eu pulo como um gato entre as pessoas
Sem criar nenhuma amizade duradoura
Estive sempre a me sabotar
Mas agora tento continuar (sem medo de errar)
Porque a borboleta me tocou, e ao me cegar pude ver que não havia nada.

Todavia, quando as buzinas se acionam
O melhor é se disfarçar.

Há vergonha, há medo, há gritos por toda a sala
E tampo os ouvidos. Se não ouvir, não sentirei e tudo passará
Logo essa lembrança alguém apagará.

A casa pega fogo
E não sei se devo correr
Eu ou você, um dia irá morrer
Mas preciso ir.
(Para voar)

Dor

Há dias que quero mudar
Mas também há dias que sou duro como uma pedra
Há sonhos que você sabe que nunca irão se realizar
Mas por que nunca tentamos parar?

Eu simplesmente posso... ir
A mansão está em chamas, e você não irá me impedir
Porque não quero te machucar
Você precisa ficar ao meu lado
Mas você só quer brigar
Desta vez não vou abaixar minha cabeça só para você me condenar.

(De repente sou desgosto)

Está tudo em minha cabeça
Era vermelho, mas agora, azul
Porém nunca dourado
Apenas dor, porém a dor me liberta e me chama para ir
E eu? Eu só quero seguir...

Contudo, não quero deixar uma ferida aberta
Porém, você só me dá uma escolha para essa oferta.

Tudo passa tão rápido... que não consigo pensar!
As chamas te enrolam, e não sou eu quem vai te salvar
Só queria que você me libertasse
E me tornasse imune à sua vida.

Mas o calor através do meu peito
Me envolve em lembranças para voltar
Todavia eu irei fugir para fora.
(É a liberdade que está a me chamar?)

(De você)
Estou fazendo o que já fizeram com você.

A culpa é minha
Por raciocinar, e a culpa pesa em mim como toneladas
Não queria te deixar
Mas a que outra oportunidade posso me agarrar?

Cansei de te dar chances que nunca serão cumpridas
E para baixo eu vou
Para onde mereço ir
Você me teve, só que agora estou explodindo como um cometa em chamas.

Queria que você entendesse quando digo que estou indo
E me levasse a sério
Porque eu vou
Eu vou
Eu vou
E seus diálogos serão abandonados por mim
Porque escrevi em meu coração que estou indo
E você não entende o quanto...
Eu vou, eu vou, eu vou
E a escuridão vai, vai, vai para dentro de você.

Dor é o que sinto

Mas também é doce

Não é azul nem vermelho, é violeta

É uma nova cor rosa.

Há sonhos que queremos largar

Mas você sempre mentiu

Hoje eu sou de verdade

E meus sonhos vieram me buscar.

Quando você quer gritar

Mais se envolve

Envolve

Envolve

E essa vida não é para mim

Hoje irei gritar.

(Para você)

Alguém

Para onde você vai há alguém?
Para onde você vai haverá alguém?
Onde estou não há ninguém
Preso em uma prisão sem alguém...

Você vê o passado com beleza
Mas se esquece do futuro
Oh, o novo futuro!

Cansei de ser só feliz
Cansei de apenas sorrir
Exausto de explicar como deveria estar
Sempre estou sozinho e não tenho com quem falar porque as pessoas que conheço acham que sou vazio como uma maçaneta.

E corro pela escuridão
Pensando que se um dia partir ninguém saberá:
Que sou infeliz
Quando paro para dormir, as memórias me atacam como uma sombra no pasto, uma escuridão no mato.

E você nunca conhecerá esse meu lado
Porque todos os "oi" e "tchau" foram maquiados
(Sempre disfarçados)
Não preciso de presentes
Nem de etiquetas
Só quero seu amor
E mais nada.

Ele é como um piano quebrado
Possui uma memória adorável
Mas hoje está enferrujado.

Não preciso de dinheiro
Nem de pagar
Aguentarei uma vida simples só por te amar.

Cansei de só fazer diferença para mim mesmo
Cansei de pensar que morrerei ainda cedo.

Odeio conversar com o espelho
Há sempre julgamentos, sempre um grito de desespero
Correndo na noite, chorando a cada vírgula
Se um berro ecoa, ainda há vida.

A LUTA

Para onde vou há sangue e batalha
E agora tenho ciência do que você mais temia.

Sempre estive lutando em uma arena
Porém, não era com nenhum inimigo, apenas comigo
Reflexos em espelhos de pedras
Sem amigos.

Só queria ir para casa
Mas tornei o sangue a minha preferida pratada
Não mais um alvo
Não mais um simples fraco.

Guerra
Sangue e paz
Dando voltas e voltas
Até que não reste nada de mais.

Hoje beberei minha alma
Usando uma grande coroa e outra garrafa
Não há mais sorrisos brancos para mim
E você deve saber que aguento muita coisa
(Pode me chutar)
E você saberá
Que beberei até minha alma se esvaziar.

Eu posso não parecer perigoso
Mas carrego uma arma no torço.

Para onde vou
Não há perigo
Para onde vou
Não há medo.

Guerra, sangue e paz
É o que ele faz.

Não há janelas
Não há para onde olhar
Acho que a escuridão é o meu lugar.

— Mais um copo!
Como uma casca
Guerra, sangue e paz
Quanto menos você entende
Mais vinganças ele traz.

Há anos me agarro a você
Mas quem agora irei segurar?
Sozinho sem quem amar
Que triste história para contar.

O ÚNICO

Sempre tão pequeno
Sempre tão minúsculo
Você não era nada, mas agora se tornou tudo
Me envolvendo em seu mundo.

Poderia dizer que não respiro sem você
(Sem aprender)
Poderia pedir favores só para te ver.
(Mas isso não vai mais acontecer)

E agora eu voo pela janela
Já estava na hora de voltar para ela.

Tentava ignorar, porém agora que vejo
Posso assistir à luz me dominar.
(Sem flores ou uma multidão)
(Apenas com uma única reflexão)

As nuvens são azuis e ciano
Como panos em um teatro
Como memórias que me fazem lembrar de você
(Mas deixei tudo isso para que pudesse acontecer)
E agora sou alguém diferente
Alguém que não se esquecerá
Mas também que não irá voltar.

Fui o único para mim
E não quero mais ninguém
Entretanto, minha janela sempre estará aberta para você
Caso um dia já não seja mais você.

(E tudo tenha se perdido)
(Eu perdoo, eu vivo...!)

Vejo que há possibilidades
Vejo que sou o único
Vejo que sempre pude ser todo mundo
Vejo que poderia amar
Mas primeiro deveria abrir minha janela para deixar a felicidade entrar.

Sinto que não há mais dor
E que os urubus já caçam em outro mundo
Não mais dentro de mim
E poderei ser feliz.

Piscina

Flutuando em uma piscina
Nadando em um mar
Por mais que seja o mesmo lugar
Tudo mudou tanto que duvido que seja onde deveria estar.

Flores mortas nos beirais
Assobios roucos de pardais
O mesmo canto, mas em outras notas
Deixando minha mente nodosa.

Quem eu sou é quem irei honrar
Sem mais tormentas, sem noites, irei me levantar
E me transformo lentamente em ouro
Um coelho preso em várias tocas, achando enfim seu verdadeiro tesouro.

(Precisei me permitir encontrar)
(Ainda é o mesmo lugar, porém não o mesmo momento)

Tudo é cinza
Mas talvez nunca tivesse cor
Uma casa em chamas é onde você está
Em minha memória você está
E eu preciso esquecer...

Horizontes límpidos
Sem pingo de chuvas a embaçar
Finalmente posso procurar.

Sim, tive inveja do que ficou
Quantos anos precisei para entender que tudo já passou?

Tenho de compreender:
Porque minha mente quebrou tantas vezes
Que cada lado possui uma faceta diferente
O mesmo corpo
A mesma sala de aula
Porém, não a mesma vida presenciada.

O que era um mar, agora é uma piscina
E não preciso mais nadar para parar de me afundar
Consigo respirar
Gostaria de saber se encontrei a paz em você.

Você é um rosto misterioso em minha mente
Não é mais quente.

Quando você chegou
Transformou minha realidade em verdade
E agora posso ver com naturalidade
As pessoas que eram meus amigos
Agora não são mais
Porque você está entre eles
E eu só quero paz.

Tornou minha vida um inferno
E meu pior inimigo agora era meu herói
Sem seu toque maldoso
Quem eu seria?
(O mesmo)
(No mesmo lugar)
(Perdido entre pedras)
(Encalhado para o resto das cobras pegar)

E agradeço por poder vir
Sabendo que posso finalmente ir
(...)

Te reconheço

Milhares de pessoas poderiam achar meu rosto escultural
Porém enquanto não achar, essas sugestões serão ínfimas no final
Você poderia me elogiar de sensacional
Mas logo sua mentira o pegaria, e eu só seria um pouco de mingau.

Queria poder o salvar
Levando uma corda no ombro e a jogando para ele engatar
Queria tantas coisas... Mas agora tenho de me controlar
Por mais que sejam sonhos, eles machucam como alguém a me esfolar.

Pena que nem tudo é uma regra
Apenas uma proposta
E você a ignora
Pena que não posso te obrigar
Senão você estaria aqui comigo a criticar.

Tenho pena de tantas coisas... mas o que mais posso fazer
Se tudo que minha capacidade permite é viver?

Poderia fazer tantas coisas... mas hoje é dia de me lamentar
E enquanto te vejo pela janela fico a pensar.

(Você cresceu)

Meu único consolo é dizer:
"O que tem de acontecer vai acontecer"
Esperando por você.

E já não pertence ao passado que vivi
Mas será que ainda há algo a me conectar a ti?

(Você se foi)

E não sei mais o que olhar
Espere...!
Oh, há um espelho na porta
E nele me vejo
Obscura criatura.

Lentamente você começa a me chamar
Espere...!
Oh, não há mais nada para olhar
Começo a me confundir
Mas mesmo assim não tenho medo de avançar
Nesse espelho existe algo há brilhar.

Sou eu... É você... Sou eu... Não mais você.
(Eu cresci)

E vejo que você finalmente se foi
Sua gravidade sem afetar minha aura
Sinto que posso viver
Desamarrado
Entendo por completo
Quem era você.

Poderia fazer coisas épicas
Mas hoje minhas futilidades me cobrem
Poderia fugir de meus pesadelos
Mas a noites sempre têm o mesmo começo.

Eles dizem para não esquecer
Mas esqueci
E não há arrependimento!

Limpo como a chuva
Livre como uma pluma
Leve como uma pena
Levado pelas chamas
Não há mais gatos pretos
Só aves... e pela janela vejo o céu
Onde você deveria estar
Mas agora
Sou livre para ficar onde quero ficar.

Estou sem sangue e em guerra, mas há paz
Tudo isso ele traz
Do céu
Do meu céu
Do nosso céu...

(Eu me reconheço dentro de mim)
(Eu vejo que já está na hora de partir)
(Posso ser assim)
(Ficando aqui)
Eu, eu, eu
Posso ser feliz.

AGRADECIMENTOS

Aqui está um pequeno agradecimento para meus amados apoiadores, que leram de alguma forma esta obra.

Ah, primeiro dedico à minha amiga e eterna alma gêmea, Evellen, que pôde sugerir melhoras, levantando-me dos túmulos que criei em minha mente; e a Igor, pessoa com a qual vivi momentos incríveis, o que para minha mente é uma salvação. Também a outros amigos, que, de alguma forma, estão em meus personagens infantis.

Não posso me esquecer de minha amada e sempre confiável família, meus amados pais, minhas duas irmãs, primas e meu espelho.

À minha querida professora Eunice. "Não posso ser um eterno aluno de sua escola, mas serei sempre um estudante da vida."

Aos professores que de alguma forma estão escondidos em meus textos. A Ileany, Débora, Arlene, Dinalva, Lucineide, Cynthia; espero encontrar mais pessoas como vocês em minha viagem pelo campus.

Parece ser um sonho realizado ter um livro publicado. Assim sendo, à editora que me acolheu e aos meus amados leitores.

Este é um grande sonho dos tempos de brincadeira.

Grupo Editorial
coerência

Esta obra foi composta na fonte ITC Legacy Serif,
tamanho 11 pt, e impressa em papel pólen soft 70g/m².
São Paulo, janeiro de 2022